COLLECTION
FOLIO CLASSIQUE

Honoré de Balzac

Un début dans la vie

Préface de Gérard Macé

Édition établie et annotée par Pierre Barbéris

Professeur à l'Université de Caen

Gallimard

LA LOI DU TALION

Pour Christiane Rossi

Jusqu'au milieu des années soixante (je parle évidemment du siècle qui vient de finir), un autocar rejoignait L'Isle-Adam à partir de la porte Maillot, en passant par Courbevoie, Colombes, Argenteuil, Sannois, Enghien, Ermont et Deuil, avant d'obliquer à gauche vers des villages qui n'ont jamais connu de gare : Baillet, Chauvry, Béthemont, Villiers-Adam, et de suivre la vallée de l'Oise après Mériel. Comme un collier sans fermoir, comme un refrain dans une chanson de l'Île-de-France, j'ai encore en tête la liste de ces « noms de pays », et dans l'ordre où ils se suivent, car j'ai effectué le trajet bien souvent, dans un sens ou dans l'autre.

Je me souviens de visions derrière la vitre embuée de l'autocar, du paysage qui défile, des lampes dans la nuit, des reflets qui transforment les passants en apparitions. Et si les voyageurs n'ont plus de visages depuis longtemps, je me souviens de leurs silhouettes et de leurs bagages, de leurs sacs sur les genoux et des sièges trop étroits, de leurs valises fermées par une ficelle ou une ceinture, de leurs malles ou de leurs vélos qui obligeaient le chauffeur à monter sur le toit, pendant que les conversations sur la pluie et le beau temps, la vie toujours trop chère et le gouvernement qui se moque de nous, couvraient le bruit du moteur au ralenti. Je me souviens surtout du vague à l'âme et du mal au cœur qui furent mes premières impressions de voyage, à cause des tournants de la route et des détours de l'imaginaire, quand il faut échafauder des romans pour ne pas sombrer dans l'ennui, ou s'inventer un avenir dont la fragilité donne le vertige.

Chacun des pays traversés, au fur et à mesure que la banlieue se transformait en campagne, se vantait d'avoir un château qui n'était rien d'autre qu'une grande demeure à tourelles ou colombages, qu'on devinait à peine derrière de hauts murs. Parfois ce château n'était que ruines ou courants d'air, comme à Chauvry où il n'a jamais existé. Aujourd'hui encore, ce qu'on appelle le château se résume à une grille ouvragée donnant sur un parc où l'on ne voit jamais âme qui vive, et à gauche de l'entrée une maison de gardiens qui semble toujours vide. Gardiens dont l'occupation doit être de compter les jours, comme d'autres les âmes mortes. Gardiens du temps, dans un roman qui reste à écrire.

*

C'est dans cette région que Balzac a situé Un début dans la vie, *qui s'appelait d'abord* Un voyage en coucou. *Mais en 1822 on sortait de Paris par La Chapelle et Saint-Denis, pour continuer vers Saint-Brice et Moisselles, le long de ce qui était alors la route de l'Angleterre. Devenue pour nous la Nationale 1, elle divise le nord de Paris en deux territoires étonnamment fertiles pour l'imagination : à main droite le Valois et les rois de France, Ermenonville et Rousseau, l'abbaye de Châalis, Mortefontaine et les souvenirs de Nerval ; à main gauche la forêt de L'Isle-Adam et les villages balzaciens en lisière : Montsoult, Maffliers, Presles et Nerville.*

Balzac avait une connaissance précise et un souve-

nir heureux de la région, au point d'avoir envisagé un cycle de l'Oise dans La Comédie humaine, *après avoir situé près de Chambly le dernier roman de sa préhistoire littéraire, signé Horace de Saint-Aubin*[1]. *Plusieurs fois dans sa jeunesse (entre 1817 et 1819), il avait séjourné chez un ami de son père, un curé défroqué du nom de Villers-La-Faye, qui l'initia à la lecture de Buffon; en 1829 il était retourné à Maffliers chez la veuve du général Junot, la duchesse d'Abrantès qu'il avait aidée à rédiger ses mémoires.*

La région lui a d'ailleurs fourni une cinquantaine de noms propres, qu'il énumère avec un sens de la poésie qu'on retrouvera chez Proust; le château de Cassan et son pavillon chinois apparaissent dans plusieurs de ses récits, et c'est dans la même contrée que deux personnages se perdent, au début de l'étonnante nouvelle intitulée Adieu, *dans laquelle il envisage, avec une précision hallucinante, la guérison de l'esprit grâce au souvenir retrouvé. En s'enfonçant dans la forêt, un magistrat et un député font la rencontre d'une jeune femme retournée pour ainsi dire à l'état sauvage, depuis qu'elle a perdu la mémoire et la parole sur les bords de la Bérésina, où elle avait suivi son amant*[2]. *L'un des deux personnages est cet amant qu'elle ne reconnaît pas, et qui tente de la guérir en reconstituant le décor de la bataille dans un jardin de l'ancienne Seine-et-Oise. Figurants en costumes, charrettes en feu, température glaciale et rivière gelée,*

1. *Wann-Chlore* (1825), réédité en 1999 par la Mémoire du livre, avec une préface de Thierry Bodin.

2. Comme si la vie réelle d'un auteur pouvait s'épancher dans l'imagination d'un autre, il faut rapprocher cet épisode de ce que Nerval dit de sa mère, dans *Promenades et souvenirs*: « Elle est morte à vingt-cinq ans des fatigues de la guerre, d'une fièvre qu'elle gagna en traversant un pont chargé de cadavres, où sa voiture manqua d'être renversée. Mon père, forcé de rejoindre l'armée à Moscou, perdit plus tard ses lettres et ses bijoux dans les flots de la Bérésina. »

rien ne manque, pas même la neige, à cette scène qui préfigure à la fois les séances d'hypnose organisées par Charcot à la Salpêtrière, et les tournages en extérieur du cinéma à grand spectacle.

*

Écrit en 1842, Un début dans la vie *ne s'écarte pas de l'itinéraire de Paris à L'Isle-Adam. C'est que le roman a découvert la ligne droite, ou du moins une voie toute tracée qui lui permettra de fournir les bibliothèques de gare. Car si l'on sait l'importance du chemin de fer dans le développement de la presse, puis l'importance de la presse dans l'évolution du roman et son découpage en épisodes, il faut ajouter l'influence des transports (la voie étroite et balisée de la route, puis du rail) sur le mode narratif lui-même.*

Aux coups du sort et aux coups de gueule des dieux, aux arrêts imprévisibles de la Providence, aux errances des romans de chevalerie, aux lenteurs des pastorales, aux hésitations et aux zigzags des romans picaresques, à la forêt obscure des contes, aux sentiers qui bifurquent et aux chemins enchevêtrés, ont succédé les carrefours en étoile et les stations où l'on se donne rendez-vous ; aux oracles confus du destin, les lois de l'hérédité et les crimes à heure fixe.

Pour un peu Balzac annoncerait Zola, s'il n'avait une idée plus complexe du monde, et un attachement farouche à la liberté. Ses diverses curiosités, ses lectures éclectiques lui évitent les œillères du déterminisme, malgré Lavater et Gall : l'homme balzacien est encore issu de la foule innombrable des vivants et des morts, au-delà d'une famille ou d'une race ; et s'il est déjà un objet d'étude, il n'est pas encore un animal de laboratoire. D'où les plaisirs de la conversation, avec ses coq-à-l'âne et ses digressions incessantes, qui nous emmènent en Orient pendant que la voiture de Pierro-

tin «brouette» les voyageurs, en les secouant avec application de Paris jusqu'à Presles.

*

On fait du sur-place au début du roman. Comme toujours, penseront les lecteurs impatients, ou ceux qui n'aiment pas Balzac. Sauf que cette fois, l'attente fait partie du scénario, car il faut bien que Pierrotin remplisse sa voiture, de voyageurs et plus encore de paquets, qui arrondissent son pécule. Pendant que Balzac se livre à de nécessaires considérations économiques, on a donc le temps de voir arriver ses personnages, au fur et à mesure qu'ils prennent place dans le cabriolet, «au flanc courbé comme celui d'une femme grosse».

Quand ils sont dans la nasse, on peut enfin partir. Et que faire quand le terme du voyage est connu d'avance (le château de Presles, qui appartient au comte de Sérisy), ainsi que toutes les étapes le long du chemin? Il ne reste plus qu'à revenir en arrière en racontant sa vie, ou mieux encore à s'inventer des aventures pour épater son voisin, et se consoler de la médiocrité de son sort. Chacun se met donc à rêver à voix haute: un clerc de notaire a servi des pachas en Égypte et en Grèce, il a même vu l'Empereur chiquer à Waterloo. Un simple décorateur est un grand peintre qui revient de Rome, après avoir risqué sa vie pour une femme, dans une ville de la côte dalmate où l'on fabrique le marasquin. Bref, le Balzac feuilletonniste fournit encore de la copie à l'auteur de La Comédie humaine.

Mais quand on est un adolescent incertain de son avenir, comme Oscar Husson, qu'on a honte de sa mère et de ses recommandations devant tout le monde, et qu'on veut faire l'important comme les autres, on est une proie pour le démon de la perversité, qui nous fait parler au lieu de nous faire taire[1]*. C'est ainsi qu'Oscar livre en pâture l'intimité du comte de Sérisy, qu'il connaît par ouï-dire : son avarice et son impuissance, la légèreté de sa femme et la maladie de peau qui le défigure.*

Naturellement, le comte est dans la voiture et il entend tout, car il voyage incognito. Ou plutôt en cognito, *pour parler comme Mistigris qui porte si bien son nom, celui d'un jeu de cartes où le valet de trèfle est l'atout maître.*

*

On parle à tort et à travers, dans ce roman où le langage est dévoyé. Non seulement on ne recule devant aucun mensonge, non seulement on trahit des secrets (alors qu'il n'y a rien de plus dangereux que de causer dans les voitures publiques, comme le dit Mme Husson à son fils Oscar, qui n'en tient aucun compte), mais encore il semble que les noms, les êtres et les choses aient rompu tous les liens qui les font tenir ensemble. M. le Comte devient Monsieur Lecomte, le père Léger désigne un gros fermier qui pèse au moins cent vingt kilos, et Mistigris ne peut parler qu'en déformant les proverbes. Dans le langage du rapin qui transforme la sagesse des nations en vieille chouette, ou en perroquet un peu sourd, on retrouve la veine drolatique de Balzac, ses souvenirs de la basoche et les plaisanteries des jeunes clercs, mais il pousse le jeu jusqu'à ses conséquences ultimes, et c'est un véritable festival, qui annonce les 152 Proverbes mis au goût du jour *par Paul Éluard et Benjamin Péret. Dans la bouche de Mistigris, Paris n'a pas été bâti*

1. Cet aspect d'*Un début dans la vie* a été relevé par Vincent Descombes, pp. 32-33 de *L'Inconscient malgré lui* (Éditions de Minuit, collection « Critique », Paris, 1977).

dans un four, les bons comtes font les bons tamis, les voyages déforment évidemment la jeunesse (ce qui résume à peu près la mésaventure d'Oscar), chaque échaudé craint l'eau froide, abondance de chiens ne nuit pas, il faut ourler avec les loups, plus on est debout plus on rit, et quand on chasse le naturel il revient au jabot. Sans parler des cordonniers mal chauffés, des nombrils dorés et des extrêmes qui se bouchent[1]...

Certes, on n'en est pas encore à considérer l'humour avec sérieux, comme les surréalistes, voire avec gravité comme Lacan et ses épigones. Avec Balzac on reste dans le registre de la blague, mais avec la répétition elle devient grinçante. Inquiétante même, si l'on prend conscience que quelque chose s'est déréglé, dès que la voiture de Pierrotin s'est mise en route. Et si la langue de Mistigris ne cesse de fourcher, c'est pour être à l'unisson des vantardises et des mensonges, ou de la vérité qui blesse : en prêtant l'oreille, on finirait par entendre « *cocu* » *dans* « *coucou* ».

*

Un début dans la vie *s'inspire directement du* Voyage en coucou *de Laure Surville, la sœur préférée de Balzac. Aucun vol entre le frère et la sœur, mais un prêt librement consenti, ainsi qu'en témoigne la dédicace. Leur complicité remonte à loin, depuis l'enfance où ils vécurent ensemble les années de nourrice, et les rebuffades de leur mère. On songe à ce qu'aurait pu devenir, dans une atmosphère plus propice, l'émulation entre deux êtres à l'imagination aussi féconde.*

1. Balzac lui-même avait du goût pour les jeux de mots. Ainsi, dans une lettre bouleversante à sa mère, il écrit le 22 mars 1849, alors qu'il se trouve en Ukraine : « car vous avez, toi et Laure, de l'imagination pour les *cachots en Espagne.* »

Il est vrai que pour donner naissance à un atelier familial, comme chez les Brontë ou les Carroll, il aurait fallu que le fils chéri de la mère, né de ses amours avec le châtelain de Saché, soit moins idiot et moins paresseux.

Du récit de sa sœur, Honoré garde presque tout : le dispositif romanesque, des tournures et des phrases entières, mais il ajoute le jeu avec les proverbes, il augmente les digressions, il étoffe et amplifie la fin, et du conte moral de Laure, il fait un conte cruel. Non qu'il ignore tout à fait les vertus de la discrétion et de la probité, mais il sait que dans un roman elles engendrent l'ennui !

Le résultat, c'est que le réel reprend ses droits, dès que les personnages ont épuisé les ressources du langage livré à lui-même, et qu'apparaît la fausseté de leur discours, qui n'était gagé sur rien. Ceux qui se payaient de mots voient s'envoler leurs rêves, après avoir provoqué la ruine du régisseur de Presles, dont les économies étaient volées au comte.

*

Quant à Oscar, il doit encore payer sa dette : il laissera un bras sur un champ de bataille, où il se rachète en se conduisant avec noblesse, quelque part en Algérie, dont la conquête sert de toile de fond à la suite du récit, en même temps qu'elle met fin au rêve romantique de l'Orient.

Donnant donnant, en quelque sorte : aux infirmités du comte de Sérisy, révélées en public, répond ce sacrifice d'une partie de lui-même. Car si Balzac s'est inspiré du récit de sa sœur, il s'est également souvenu de la loi du talion, sans doute parce que l'inconscient ne l'oublie jamais, pas plus que la réalité historique.

Gérard Macé

Un début dans la vie

À LAURE

Que le brillant et modeste esprit
qui m'a donné le sujet de cette scène,
en ait l'honneur!

SON FRÈRE[1].

Les chemins de fer, dans un avenir aujourd'hui peu éloigné, doivent faire disparaître certaines industries[2], en modifier quelques autres, et surtout celles qui concernent les différents modes de transport en usage pour les environs de Paris. Aussi, bientôt les personnes et les choses qui sont les éléments de cette Scène lui donneront-elles le mérite d'un travail archéologique. Nos neveux[3] ne seront-ils pas enchantés de connaître le matériel social d'une époque qu'ils nommeront le vieux temps? Ainsi les pittoresques coucous[4] qui stationnaient sur la place de la Concorde[5] en encombrant le Cours-la-Reine, les coucous, si florissants pendant un siècle, si nombreux encore en 1830, n'existent plus; et, par la plus attrayante solennité champêtre, à peine en aperçoit-on un sur la route en 1842.

En 1820, les lieux célèbres par leurs sites et nommés *Environs de Paris* ne possédaient pas tout un service de messageries régulier. Néanmoins les Touchard père et fils[1] avaient acquis le monopole du transport pour les villes les plus populeuses, dans un rayon de quinze lieues ; et leur entreprise constituait un magnifique établissement situé rue du Faubourg Saint-Denis. Malgré leur ancienneté, malgré leurs effort, leurs capitaux et tous les avantages d'une centralisation[2] puissante, les Messageries Touchard trouvaient dans les coucous du faubourg Saint-Denis de terribles concurrents pour les points situés à sept ou huit lieues à la ronde. La passion du Parisien pour la campagne est telle, que des entreprises locales luttaient aussi avec avantage contre les Petites-Messageries, nom donné à l'entreprise des Touchard par opposition à celui des Grandes-Messageries de la rue Montmartre. À cette époque le succès des Touchard stimula les spéculateurs. Pour les moindres localités des environs de Paris, il s'élevait alors des entreprises de voitures belles, rapides et commodes, partant de Paris et y revenant à heures fixes, qui, sur tous les points, et dans un rayon de dix lieues, produisirent une concurrence acharnée. Battu pour le voyage de quatre à six lieues, le coucou se rabattit sur les petites distances, et vécut encore pendant quelques années. Enfin, il succomba dès que les omnibus[3] eurent démontré la possibilité de faire tenir dix-huit personnes sur une voiture traînée par deux chevaux. Aujourd'hui le coucou, si par hasard un de ces oiseaux d'un vol si pénible existe encore dans les magasins de quelque dépeceur de voitures, serait, par sa structure et par ses dispositions, l'objet de recherches savantes, comparables à celles de Cuvier sur les animaux trouvés dans les plâtrières de Montmartre.

Les petites entreprises, menacées par des spéculateurs qui luttèrent dès 1822 contre les Touchard père et fils, avaient ordinairement un point d'appui dans les sympathies des habitants du lieu qu'elles desservaient. Ainsi l'entrepreneur, à la fois conducteur et propriétaire de la voiture, était un aubergiste du pays dont les êtres, les choses et les intérêts lui étaient familiers. Il faisait les commissions avec intelligence, il ne demandait pas autant pour ses petits services et obtenait par cela même plus que les Messageries Touchard. Il savait éluder la nécessité d'un passe-debout[1]. Au besoin, il enfreignait les ordonnances sur les voyageurs à prendre. Enfin il possédait l'affection des gens du peuple. Aussi, quand une concurrence s'établissait, si le vieux messager du pays partageait avec elle les jours de la semaine, quelques personnes retardaient-elles leur voyage pour le faire en compagnie de l'ancien voiturier, quoique son matériel et ses chevaux fussent dans un état peu rassurant.

Une des lignes que les Touchard père et fils essayèrent de monopoliser, qui leur fut le plus disputée, et qu'on dispute encore aux Toulouse[2], leurs successeurs, est celle de Paris à Beaumont-sur-Oise, ligne étonnamment fertile, car trois entreprises l'exploitaient concurremment en 1822. Les Petites-Messageries baissèrent vainement leurs prix, multiplièrent vainement les heures de départ, construisirent vainement d'excellentes voitures, la concurrence subsista ; tant est productive une ligne sur laquelle sont situées de petites villes comme Saint-Denis et Saint-Brice, des villages comme Pierrefitte, Groslay, Écouen, Poncelles, Moisselles, Baillet, Monsoult, Maffliers, Franconville, Presles, Nointel, Nerville, etc. Les Messageries Touchard finirent par étendre le voyage de Paris à Chambly. La concurrence alla jusqu'à Chambly[3]. Aujourd'hui les Toulouse vont jusqu'à Beauvais.

Sur cette route, celle d'Angleterre, il existe un chemin qui prend à un endroit assez bien nommé

La Cave, vu sa topographie, et qui mène dans une des plus délicieuses vallées du bassin de l'Oise, à la petite ville de L'Isle-Adam, doublement célèbre et comme berceau de la maison éteinte[1] de L'Isle-Adam, et comme ancienne résidence des Bourbon-Conti[2]. L'Isle-Adam est une charmante petite ville appuyée de deux gros villages, celui de Nogent et celui de Parmain, remarquables tous deux par de magnifiques carrières qui ont fourni les matériaux des plus beaux édifices du Paris moderne et de l'étranger, car la base et les ornements des colonnes du théâtre de Bruxelles sont en pierre de Nogent. Quoique remarquable par d'admirables sites, par des châteaux célèbres que des princes, des moines ou de fameux dessinateurs ont bâtis, comme Cassan, Stors, Le Val, Nointel, Persan, etc., en 1822, ce pays échappait à la concurrence[3] et se trouvait desservi par deux voituriers, d'accord pour l'exploiter. Cette exception se fondait sur des raisons faciles à comprendre. De La Cave, le point où commence, sur la route d'Angleterre, le chemin pavé dû à la magnificence des princes de Conti, jusqu'à L'Isle-Adam, la distance est de deux lieues ; nulle entreprise ne pouvait faire un détour si considérable, d'autant plus que L'Isle-Adam formait alors une impasse. La route qui y menait y finissait. Depuis quelques années un grand chemin a relié la vallée de Montmorency à la vallée de L'Isle-Adam. De Saint-Denis, il passe par Saint-Leu-Taverny, Méru, L'Isle-Adam, et va jusqu'à Beaumont, le long de l'Oise. Mais en 1822, la seule route qui conduisît à L'Isle-Adam était celle des princes de Conti. Pierrotin et son collègue régnaient donc de Paris à L'Isle-Adam, aimés par le pays entier. La *voiture à Pierrotin* et celle de son camarade desservaient Stors, Le Val, Parmain, Champagne, Mours, Prérolles, Nogent, Nerville et Maffliers. Pierrotin était si connu, que les habitants de Monsoult, de Moisselles, de Baillet et de Saint-Brice, quoique situés sur la grande route, se servaient de sa voiture, où la chance d'avoir une place se rencontrait plus souvent que dans les diligences de Beaumont, toujours pleines. Pierrotin faisait bon ménage avec sa concurrence. Quand Pierrotin partait de L'Isle-Adam, son camarade revenait de Paris, et *vice versa*. Il est inutile de parler du concurrent. Pierrotin possédait les sympathies du pays. Des deux messagers, il est d'ailleurs le seul en scène dans cette véridique histoire. Qu'il vous suffise donc de savoir que les deux voituriers vivaient en bonne intelligence, se faisant une loyale guerre, et se disputant les habitants par de bons procédés. Ils jouissaient à Paris, par économie, de la même cour, du même hôtel, de la même écurie, du même hangar, du même bureau, du même employé. Ce détail dit assez que Pierrotin et son adversaire étaient, selon l'expression du peuple, de *bonnes pâtes* d'hommes. Cet hôtel, situé précisément à l'angle de la rue d'Enghien, existe encore, et se nomme le Lion-d'Argent[1]. Le propriétaire de cet établissement destiné, depuis un temps immémorial, à loger des messagers, exploitait lui-même une entreprise de voitures pour Dammartin si solidement établie que les Touchard, ses voisins, dont les Petites-Messageries sont en face, ne songeaient point à lancer de voiture sur cette ligne.

Quoique les départs pour L'Isle-Adam dussent avoir lieu à heure fixe, Pierrotin et son co-messager pratiquaient à cet égard une indulgence qui, si elle leur conciliait l'affection des gens du pays, leur valait de fortes remontrances de la part des étrangers, habitués à la régularité des grands établissements publics; mais les deux conducteurs de cette voiture, moitié diligence, moitié coucou, trouvaient toujours des défenseurs parmi leurs habitués. Le soir, le départ de quatre heures traînait jusqu'à quatre heures et demie, et celui du matin, quoique indiqué pour huit heures, n'avait jamais lieu avant neuf heures. Ce système était d'ailleurs excessivement élastique. En été, temps d'or pour les messagers, la loi des départs, rigoureuse envers les inconnus, ne pliait que pour les gens du pays. Cette méthode offrait à Pierrotin la possibilité d'empocher le prix de deux places pour une, quand un habitant du pays venait de bonne heure demander une place appartenant à un *oiseau de passage* qui, par malheur, était en retard. Cette élasticité ne trouverait certes pas grâce aux yeux des puristes en morale ; mais Pierrotin et son collègue la justifiaient par la *dureté des temps*, par leurs pertes pendant la saison d'hiver, par la nécessité d'avoir bientôt de meilleures voitures, et enfin par l'exacte observation de la loi écrite sur des bulletins dont les exemplaires excessivement rares ne se donnaient qu'aux voyageurs de passage assez obstinés pour en exiger.

Pierrotin, homme de quarante ans, était déjà père de famille. Sorti de la cavalerie à l'époque du licenciement de 1815, ce brave garçon avait succédé à son père, qui menait de L'Isle-Adam à Paris un coucou d'allure assez capricieuse. Après avoir épousé la fille d'un petit aubergiste, il donna de l'extension au service de L'Isle-Adam, le régularisa, se fit remarquer par son intelligence et par une exactitude militaire[1]. Leste, décidé, Pierrotin (ce nom devait être un surnom) imprimait, par la mobilité de sa physionomie, à sa figure rougeaude et faite aux intempéries, une expression narquoise qui ressemblait à un air spirituel. Il ne manquait d'ailleurs pas de cette facilité de parler qui s'acquiert à force de voir le monde et différents pays. Sa voix, par l'habitude de s'adresser à des chevaux et de crier gare, avait contracté de la rudesse ; mais il prenait un ton doux avec les bourgeois. Son costume, comme celui des messagers du second ordre[1], consistait en de bonnes grosses bottes pesantes de clous, faites à L'Isle-Adam, et un pantalon de gros velours vert bouteille, et une veste de semblable étoffe, mais par-dessus laquelle, pendant l'exercice de ses fonctions, il portait une blouse bleue, ornée au col, aux épaules et aux poignets de broderies multicolores. Une casquette à visière lui couvrait la tête. L'état militaire avait laissé dans les mœurs de Pierrotin un grand respect pour les supériorité sociales[2], et l'habitude de l'obéissance aux gens des hautes classes ; mais s'il se familiarisait volontiers avec les petits bourgeois, il respectait toujours les femmes, à quelque classe sociale qu'elles appartinssent. Néanmoins, à force de *brouetter le monde*, pour employer une de ses expressions, il avait fini par regarder ses voyageurs comme des paquets qui marchaient, et qui dès lors exigeaient moins de soins que les autres, l'objet essentiel de la messagerie.

Averti par le mouvement général qui, depuis la paix[3], révolutionnait sa patrie, Pierrotin ne voulait pas se laisser gagner par le progrès des lumières[4]. Aussi, depuis la belle saison, parlait-il beaucoup d'une certaine grande voiture commandée aux Farry, Breilmann et Compagnie[5], les meilleurs carrossiers de diligences, et nécessitée par l'affluence croissante des voyageurs. Le matériel de Pierrotin consistait alors en deux voitures. L'une, qui servait en hiver et la seule qu'il présentât aux agents du Fisc, lui venait de son père, et tenait du coucou. Les flancs arrondis de cette voiture permettaient d'y placer six voyageurs sur deux banquettes d'une dureté métallique, quoique couvertes en velours d'Utrecht jaune. Ces deux banquettes étaient séparées par une barre de bois qui s'ôtait et se remettait à volonté dans deux rainures pratiquées à chaque paroi intérieure, à hauteur de dos. Cette barre, perfidement enveloppée de velours et que Pierrotin appelait un dossier, faisait le désespoir des voyageurs par la difficulté qu'on éprouvait à l'enlever et à la replacer. Si ce dossier donnait du mal à manier, il en causait encore bien plus aux omoplates quand il était en place ; mais quand on le laissait en travers de la voiture, il rendait l'entrée et la sortie également périlleuses, surtout pour les femmes. Quoique chaque banquette de ce cabriolet, au flanc courbé comme celui d'une femme grosse, ne dût contenir que trois voyageurs, on en voyait souvent huit serrés comme des harengs dans une tonne. Pierrotin prétendait que les voyageurs s'en trouvaient beaucoup mieux, car ils formaient alors une masse compacte, inébranlable ; tandis que trois voyageurs se heurtaient perpétuellement et souvent risquaient d'abîmer leurs chapeaux contre la tête de son cabriolet, par les violents cahots de la route. Sur le devant de cette voiture, il existait une banquette de bois, le siège de Pierrotin, et où pouvaient tenir trois voyageurs, qui placés là, prennent, comme on le sait, le nom de *lapins*[1]. Par certains voyages, Pierrotin y plaçait quatre lapins, et s'asseyait alors en côté sur une espèce de boîte pratiquée au bas de la caisse, pour donner un point d'appui aux pieds de ses lapins, et toujours pleine de paille ou de paquets qui ne craignaient rien. La caisse de ce coucou, peinte en jaune, était embellie dans sa partie supérieure par une bande d'un bleu de perruquier où se lisaient en lettres d'un blanc d'argent sur les côtés : *L'Isle-Adam - Paris*, et derrière : *Service de L'Isle-Adam*. Nos neveux seraient dans l'erreur s'ils s'avisaient de croire que cette voiture ne pouvait emmener que treize personnes, y compris Pierrotin : dans les grandes occasions, elle en admettait parfois trois autres dans un compartiment carré recouvert d'une bâche où s'empilaient les malles, les caisses et les paquets ; mais le prudent Pierrotin n'y laissait monter que ses pratiques, et seulement à trois ou quatre cents pas de la Barrière. Ces habitants du *poulailler*, nom donné par les conducteurs à cette partie de la voiture, devaient descendre avant chaque village de la route où se trouvait un poste de gendarmerie. La surcharge interdite par les ordonnances *concernant la sûreté des voyageurs* était alors trop flagrante pour que le gendarme, essentiellement ami de Pierrotin, pût se dispenser de dresser procès-verbal de cette contravention. Ainsi le cabriolet de Pierrotin brouettait, par certains samedis soir ou lundis matin, quinze voyageurs ; mais alors, pour le traîner, il donnait à son gros cheval hors d'âge, appelé Rougeot, un compagnon dans la personne d'un cheval gros comme un poney, dont il disait un bien infini. Ce petit cheval était une jument nommée Bichette, elle mangeait peu, elle avait du feu, elle était infatigable, elle valait son pesant d'or.

« Ma femme ne la donnerait pas pour ce gros fainéant de Rougeot ! » s'écriait Pierrotin quand un voyageur le plaisantait ou riait sur *cet extrait de cheval*.

La différence entre l'autre voiture et celle-ci consistait en ce que la seconde était montée sur quatre roues. Cette voiture, de construction bizarre, appelée *la voiture à quatre roues*, admettait dix-sept voyageurs, et n'en devait contenir que quatorze. Elle faisait un bruit si considérable, que souvent à L'Isle-Adam on disait : « Voilà Pierrotin ! » quand il sortait de la forêt qui s'étale sur le coteau de la vallée. Elle était divisée en deux lobes, dont le premier, nommé *l'intérieur*, contenait six voyageurs sur deux banquettes, et le second, espère de cabriolet ménagé sur le devant, s'appelait un coupé. Ce coupé fermait par un vitrage incommode et bizarre dont la description prendrait trop d'espace pour qu'il soit possible d'en parler. La voiture à quatre roues était surmontée d'une impériale à capote sous laquelle Pierrotin fourrait six voyageurs, et dont la clôture s'opérait par des rideaux de cuir. Pierrotin s'asseyait sur un siège presque invisible, ménagé dessous le vitrage du coupé. Le messager de L'Isle-Adam ne payait les contributions auxquelles sont soumises les voitures publiques que sur son coucou présenté comme tenant six voyageurs, et il prenait un permis toutes les fois qu'il faisait rouler sa voiture à quatre roues. Ceci peut paraître extraordinaire aujourd'hui, mais dans ses commencements, l'impôt sur les voitures, assis avec une sorte de timidité, permit aux messagers ces petites tromperies qui les rendaient assez contents de *faire la queue*[1] aux employés, selon un mot de leur vocabulaire. Insensiblement le Fisc affamé devin sévère, il força les voitures à ne plus rouler sans porter le double timbre qui maintenant annonce qu'elles sont jaugées et que leurs contributions sont acquittées. Tout a son temps d'innocence, même le Fisc ; mais vers la fin de 1822, ce temps durait encore. Souvent, l'été, la voiture à quatre roues et le cabriolet allaient de concert sur la route, emmenant trente-deux voyageurs, et Pierrotin ne payait de taxe que sur six. Dans ces jours fortunés, le convoi parti à quatre heures et demie du faubourg Saint-Denis arrivait bravement à dix heures du soir à L'Isle-Adam. Aussi, fier de son service, qui nécessitait un louage de chevaux extraordinaire, Pierrotin disait-il : « Nous avons joliment marché ! » Pour pouvoir faire neuf lieues en cinq heures dans cet attirail, il supprimait alors les stations que les cochers font, sur cette route, à Saint-Brice, à Moisselles et à La Cave.

L'*Hôtel du Lion d'Argent* occupe un terrain d'une grande profondeur. Si sa façade n'a que trois ou quatre croisées sur le faubourg Saint-Denis, il comportait alors, dans sa longue cour au bout de laquelle sont les écuries, toute une maison plaquée contre la muraille d'une propriété mitoyenne. L'entrée formait comme un couloir sous les planchers duquel pouvaient stationner deux ou trois voitures. En 1822, le bureau de toutes les messageries logées au Lion-d'Argent était tenu par la femme de l'aubergiste, qui avait autant de livres que de services; elle prenait l'argent, inscrivait les noms, et mettait avec bonhomie les paquets dans l'immense cuisine de son auberge. Les voyageurs se contentaient de ce laisser-aller patriarcal. S'ils arrivaient trop tôt, ils s'asseyaient sous le manteau de la vaste cheminée, ou stationnaient sous le porche, ou se rendaient au *Café de l'Échiquier*, qui fait le coin d'une rue ainsi nommée, et parallèle à celle d'Enghien, de laquelle elle n'est séparée que par quelques maisons[1].

Dans les premiers jours de l'automne de cette année, par un samedi matin, Pierrotin était, les mains passées par les trous de sa blouse dans ses poches, sous la porte cochère du Lion-d'Argent, d'où se voyaient en enfilade la cuisine de l'auberge, et au-delà la longue cour au bout de laquelle les écuries se dessinaient en noir. La diligence de Dammartin venait de sortir, et s'élançait lourdement à la suite des diligences Touchard. Il était plus de huit heures du matin. Sous l'énorme porche, au-dessus duquel se lit sur un long tableau: *Hôtel du Lion d'Argent*, les garçons d'écurie et les facteurs des messageries regardaient les voitures accomplissant ce *lancer* qui trompe tant le voyageur, en lui faisant croire que les chevaux iront toujours ainsi.

« Faut-il atteler, bourgeois ? » dit à Pierrotin son garçon d'écurie quand il n'y eut plus rien à voir.

« Voilà huit heure et quart, et je ne me vois point de voyageurs, répondit Pierrotin. Où se fourrent-ils donc ? Attelle tout de même. Avec cela qu'il n'y a point de paquets. Vingt-bon-Dieu ! *Il*[1] ne saura où mettre ses voyageurs ce soir, puisqu'il fait beau, et moi je n'en ai que quatre d'inscrits ! V'là un beau *venez-y-voir*[2] pour un samedi ! C'est toujours comme ça quand il vous faut de l'argent ! Quel métier de chien ! qué chien de métier !

— Et si vous en aviez, où les mettriez-vous donc, vous n'avez que votre cabriolet ? » dit le facteur-valet d'écurie en essayant de calmer Pierrotin.

« Et ma nouvelle voiture donc ! fit Pierrotin.

— Elle existe donc ? » demanda le gros Auvergnat, qui en souriant montra des palettes blanches et larges comme des amandes.

« Vieux propre à rien ! elle roulera demain dimanche, et il nous faudra dix-huit voyageurs !

— Ah ! dame ! une belle voiture, ça chauffera la route, dit l'Auvergnat.

— Une voiture comme celle qui va sur Beaumont, quoi ! toute flambante ! elle est peinte en rouge et or à faire crever les Touchard de dépit ! Il me faudra trois chevaux. J'ai trouvé le pareil à Rougeot, et Bichette ira crânement en arbalète. Allons, tiens, attelle, dit Pierrotin qui regardait du côté de la porte Saint-Denis en pressant du tabac dans son brûle-gueule[3], je vois là-bas une dame et un petit jeune homme avec des paquets sous le bras ; ils cherchent le Lion-d'Argent, car ils ont fait la sourde oreille aux coucous. Tiens ! tiens ! il me semble reconnaître la dame pour une pratique !

— Vous êtes souvent arrivé plein après être parti à vide, lui dit son facteur.

— Mais point de paquets, répondit Pierrotin. Vingt-bon-Dieu ! qué sort ! »

Et Pierrotin s'assit sur une des deux énormes bornes qui garantissaient le pied des murs contre le choc des essieux ; mais il s'assit d'un air inquiet et rêveur qui ne lui était pas habituel. Cette conversation, insignifiante en apparence, avait remué de cruels soucis cachés au fond du cœur de Pierrotin. Et qui pouvait troubler le cœur de Pierrotin, si ce n'est une belle voiture ? Briller sur la route, lutter avec les Touchard, agrandir son service, emmener des voyageurs qui le complimenteraient sur les commodités dues au progrès de la carrosserie, au lieu d'avoir à entendre de perpétuels reproches sur *ses sabots*, telle était la louable ambition de Pierrotin. Or, le messager de L'Isle-Adam, entraîné par son désir de l'emporter sur son camarade, de l'amener peut-être un jour à lui laisser à lui seul le service de L'Isle-Adam, avait outrepassé ses forces. Il avait bien commandé la voiture chez Farry, Breilmann et Compagnie, les carrossiers qui venaient de substituer les ressorts carrés des Anglais aux cols de cygne et autres vieilles inventions françaises ; mais ces défiants et durs fabricants ne voulaient livrer cette diligence que contre des écus. Peu flattés de construire une voiture difficile à placer si elle leur restait, ces sages négociants ne l'entreprirent qu'après un versement de deux mille francs opéré par Pierrotin. Pour satisfaire à la juste exigence des carrossiers, l'ambitieux messager avait épuisé toutes ses ressources et tout son crédit. Sa femme, son beau-père et ses amis s'étaient saignés. Cette superbe diligence, il était allé la voir la veille chez les peintres, elle ne demandait qu'à rouler ; mais, pour la faire rouler le lendemain, il fallait accomplir le paiement. Or, il manquait mille francs à Pierrotin ! Endetté pour ses loyers avec l'aubergiste, il n'avait osé lui demander cette somme. Faute de mille francs, il s'exposait à perdre les deux mille francs donnés d'avance, sans compter cinq cents francs, prix du nouveau Rougeot, et trois cents francs de harnais neufs pour lesquels il avait obtenu trois mois de crédit. Et poussé par la rage du désespoir et par la folie de l'amour-propre, il venait d'affirmer que sa nouvelle voiture roulerait demain dimanche. En donnant quinze cents francs sur deux mille cinq cents, il espérait que les carrossiers attendris lui livreraient la voiture; mais il s'écria tout haut, après trois minutes de méditation: « Non, c'est des chiens finis! des vrais carcans[1]. — Si je m'adressais à M. Moreau, le régisseur de Presles, lui qui est si bon homme? se dit-il frappé d'une nouvelle idée, il me prendrait peut-être mon billet à six mois. »

En ce moment, un valet sans livrée, chargé d'une malle de cuir, et venu de l'établissement Touchard où il n'avait pas trouvé de place pour le départ de Chambly à une heure après midi, dit au messager: « Est-ce vous qu'êtes Pierrotin?

— Après? dit Pierrotin.

— Si vous pouvez attendre un petit quart d'heure, vous emmènerez mon maître; sinon je remporte sa malle, et il en sera quitte pour aller en cabriolet de place.

— J'attendrai deux, trois quarts d'heure et le pouce, mon garçon », dit Pierrotin en lorgnant la jolie petite malle en cuir bien attachée et fermant par une serrure de cuivre armoriée.

« Eh bien, voilà », dit le valet en se débarrassant l'épaule de la malle que Pierrotin souleva, pesa, regarda.

« Tiens, dit le messager à son facteur, enveloppe-la de foin doux, et place-la dans le coffre de derrière. Il n'y a point de nom dessus, ajouta-t-il.

— Il y a les armes de monseigneur, répondit le valet.

— Monseigneur? plus que ça d'or[2]! Venez donc prendre un petit verre », dit Pierrotin en clignotant et allant vers le *Café de l'Échiquier* où il amena le valet. « Garçon, deux absinthes! cria-t-il en entrant...

Qui donc est votre maître, et où va-t-il ? Je ne vous ai jamais vu », demanda Pierrotin au domestique en trinquant.

« Il y a de bonnes raisons pour cela, reprit le valet de pied. Mon maître ne va pas une fois par an chez vous, et il y va toujours en équipage. Il aime mieux la vallée d'Orge, où il a le plus beau parc des environs de Paris, un vrai Versailles, une terre de famille, il en porte le nom. Ne connaissez-vous pas M. Moreau ?

— L'intendant de Presles, dit Pierrotin.

— Eh bien, M. le comte va passer deux jours à Presles.

— Ah ! je vais mener le comte de Sérisy[1], s'écria le messager.

— Oui, mon gars, rien que cela. Mais attention ! il y a une consigne. Si vous avez des gens du pays dans votre voiture, ne nommez pas M. le comte, il veut voyager *en cognito*, et m'a recommandé de vous le dire en vous annonçant un bon pourboire.

— Ah ! ce voyage en cachemite[2] aurait-il par hasard rapport à l'affaire que le père Léger, fermier des Moulineaux, est venu conclure ?

— Je ne sais pas, reprit le valet ; mais le torchon brûle. Hier au soir, je suis allé donner l'ordre à l'écurie de tenir prête, à sept heures du matin, la voiture à la Daumont[3], pour aller à Presles ; mais, à sept heures, Sa Seigneurie l'a décommandée. Augustin, le valet de chambre, attribue ce changement à la visite d'une dame qui lui a eu l'air d'être venue du pays.

— Est-ce qu'on aurait dit quelque chose sur le compte de M. Moreau ! le plus brave homme, le plus honnête homme, le roi des hommes, quoi ! Il aurait pu gagner bien plus d'argent qu'il n'en a, s'il l'avait voulu, allez !...

— Il a eu tort alors, reprit le valet sentencieusement.

— M. de Sérisy va donc enfin habiter Presles,

puisqu'on a meublé, réparé le château? demanda Pierrotin après une pause. Est-ce vrai qu'on y a déjà dépensé deux cent mille francs[1]?

— Si nous avions, vous ou moi, ce qu'on a dépensé de plus, nous serions bourgeois. Si Mme la comtesse y va, ah! dame, les Moreau n'y auront plus leurs aises, dit le valet d'un air mystérieux.

— Brave homme, M. Moreau!» reprit Pierrotin qui pensait toujours à demander ses mille francs au régisseur, «un homme qui fait travailler, qui ne marchande pas trop l'ouvrage, et qui tire toute la valeur de la terre, et pour son maître encore! Brave homme! Il vient souvent à Paris, il prend toujours ma voiture, il me donne un bon pourboire, et il vous a toujours un tas de commissions pour Paris. C'est trois ou quatre paquets par jour, tant pour monsieur que pour madame; enfin, un mémoire de cinquante francs par mois, rien qu'en commissions. Si madame *fait un peu sa quelqu'une*, elle aime bien ses enfants, c'est moi qui vas les lui chercher au collège et qui les y reconduis. Chaque fois elle me donne cent sous, une grande *magni-magnon*[2] ne ferait pas mieux. Oh! toutes les fois que j'ai quelqu'un chez eux ou pour eux, je pousse jusqu'à la grille du château... Ça se doit, pas vrai?

— On dit que M. Moreau n'avait pas mille écus vaillant quand M. le comte l'a mis régisseur à Presles, dit le valet.

— Mais depuis 1806, en dix-sept ans, cet homme aurait fait quelque chose! répliqua Pierrotin.

— C'est vrai, dit le valet en hochant la tête. Après ça, les maîtres sont bien ridicules, et j'espère pour Moreau qu'il a fait son beurre.

— Je suis souvent allé vous porter des bourriches, dit Pierrotin, à votre hôtel, rue de la Chaussée-d'Antin, et je n'ai jamais *évu la valiscence*[3] de voir ni monsieur ni madame.

— M. le comte est un bon homme, dit confidentiellement le valet ; mais s'il réclame votre discrétion pour assurer son *cognito*, il doit y avoir du grabuge : du moins, voilà ce que nous pensons à l'hôtel ; car, pourquoi décommander la Daumont ? pourquoi voyager par un coucou ? Un pair de France n'a-t-il pas le moyen de prendre un cabriolet de remise[1] ?

— Un cabriolet est capable de lui demander quarante francs pour aller et venir ; car apprenez que cette route-là, si vous ne la connaissez pas, est faite pour les écureuils. Oh ! toujours monter et descendre, dit Pierrotin. Pair de France ou bourgeois, tout le monde est bien *regardant à ses pièces !* Si ce voyage concernait M. Moreau... mon Dieu, cela me vexerait-il, s'il lui arrivait malheur ! Vingt-bon-Dieu ! ne pourrait-on pas trouver un moyen de le prévenir ? car c'est un vrai brave homme, un brave homme fini, le roi des hommes, quoi !...

— Bah ! M. le comte l'aime beaucoup, M. Moreau ! dit le valet. Mais, tenez, si vous voulez que je vous donne un bon conseil : chacun pour soi. Nous avons bien assez à faire de nous occuper de nous-mêmes. Faites ce qu'on vous demande, et d'autant plus qu'il ne faut pas se jouer à Sa Seigneurie. Puis, pour tout dire, le comte est généreux. Si vous l'obligez de ça, dit le valet en montrant l'ongle d'un de ses doigts, il vous le rend grand comme ça », reprit-il en allongeant le bras.

Cette judicieuse réflexion et surtout l'image eurent pour effet, venant d'un homme aussi haut placé que le second valet de chambre du comte de Sérisy, de refroidir le zèle de Pierrotin pour le régisseur de la terre de Presles.

« Allons, adieu, monsieur Pierrotin », dit le valet.

Un coup d'œil rapidement jeté sur la vie du comte de Sérisy et sur celle de son régisseur est ici nécessaire pour bien comprendre le petit drame qui devait se passer dans la voiture à Pierrotin.

M. Hugret de Sérisy descend en ligne directe du fameux président Hugret, anobli sous François Ier. Cette famille *porte parti d'or et de sable à un orle de l'un à l'autre et deux losanges de l'un en l'autre,* avec : I, SEMPER MELIUS ERIS, devise qui, non moins que les deux dévidoirs pris pour supports, prouve la modestie des familles bourgeoises au temps où les Ordres se tenaient à leur place dans l'État, et la naïveté de nos anciennes mœurs par le calembour de ERIS, qui, combiné avec l'I du commencement et l'*s* final de *melius*[1], représente le nom *(Sérisy)* de la terre érigée en comté.

Le père du comte était premier président d'un parlement avant la Révolution. Quant à lui, déjà conseiller d'État au Grand Conseil, en 1787, à l'âge de vingt-deux ans, il s'y fit remarquer par de très beaux rapports sur des affaires délicates. Il n'émigra point pendant la Révolution[2], et la passa dans sa terre de Sérisy, près d'Arpajon, où le respect qu'on portait à son père le préserva de tout malheur. Après avoir passé quelques années à soigner le président de Sérisy, qu'il perdit en 1794, il fut élu vers cette époque au Conseil des Cinq-Cents, et accepta ces fonctions législatives pour distraire sa douleur. Au Dix-Huit Brumaire, M. de Sérisy fut, comme toutes les vieilles familles parlementaires, l'objet des coquetteries du Premier Consul, qui le plaça dans le Conseil d'État et lui donna l'une des administrations les plus désorganisées à reconstituer. Le rejeton de cette famille historique devint l'un des rouages les plus actifs de la grande et magnifique organisation due à Napoléon. Aussi le conseiller d'État quitta-t-il bientôt son administration pour un Ministère. Créé comte et sénateur par l'Empereur, il eut successivement le proconsulat de deux différents royaumes. En 1806, à quarante ans, le sénateur épousa la sœur du ci-devant marquis de Ronquerolles, veuve à vingt ans de Gaubert, un des plus illustres généraux républicains, et son héritière[1]. Ce mariage, convenable comme noblesse, doubla la fortune déjà considérable du comte de Sérisy, qui devint beau-frère du ci-devant marquis de Rouvre, nommé comte et chambellan par l'Empereur. En 1814, fatigué de travaux constants, M. de Sérisy, dont la santé délabrée exigeait du repos, résigna tous ses emplois, quitta le gouvernement à la tête duquel l'Empereur l'avait mis, et vint à Paris où Napoléon, forcé par l'évidence, lui rendit justice. Ce maître infatigable, qui ne croyait pas à la fatigue chez autrui, prit d'abord la nécessité dans laquelle se trouvait le comte de Sérisy pour une défection. Quoique le sénateur ne fût point en disgrâce, il passa pour avoir eu à se plaindre de Napoléon. Aussi, quand les Bourbons revinrent, Louis XVIII, en qui M. de Sérisy reconnut son souverain légitime, accorda-t-il au sénateur, devenu pair de France, une grande confiance en le chargeant de ses affaires privées, et le nommant ministre d'État. Au 20 mars, M. de Sérisy n'alla point à Gand, il prévint Napoléon qu'il restait fidèle à la maison de Bourbon, il n'accepta point la pairie pendant les Cent-Jours, et passa ce règne si court dans sa terre de Sérisy. Après la seconde chute de l'Empereur, il redevint naturellement membre du Conseil privé, fut nommé vice-président du Conseil d'État et liquidateur, pour le compte de la France, dans le règlement des indemnités demandées par les puissances étrangères. Sans faste personnel, sans ambition même, il possédait une grande influence dans les affaires publiques. Rien ne se faisait d'important en politique sans qu'il fût consulté ; mais il n'allait jamais à la cour et se montrait peu dans ses propres salons. Cette noble existence, vouée d'abord au travail, avait fini par devenir un travail continuel. Le comte se levait dès quatre heures du matin en toute saison, travaillait jusqu'à midi, vaquait à ses fonctions de pair de France ou de vice-président du Conseil d'État, et se couchait à neuf heures. Pour reconnaître tant de travaux, le roi l'avait fait chevalier de ses Ordres. M. de Sérisy était depuis longtemps grand-croix de la Légion d'honneur ; il avait l'ordre de la Toison-d'Or, l'ordre de Saint-André de Russie, celui de l'Aigle de Prusse, enfin presque tous les ordres des cours d'Europe. Personne n'était moins aperçu ni plus utile que lui dans le monde politique. On comprend que les honneurs, le tapage de la faveur, les succès du monde, étaient indifférents à un homme de cette trempe. Mais personne, excepté les prêtres, n'arrive à une pareille vie sans de graves motifs. Cette conduite énigmatique avait son mot, un mot cruel.

Amoureux de sa femme avant de l'épouser, cette passion avait résisté chez le comte à tous les malheurs intimes de son mariage avec une veuve, toujours maîtresse d'elle-même avant comme après sa seconde union, et qui jouissait d'autant plus de sa liberté, que M. de Sérisy avait pour elle l'indulgence d'une mère pour un enfant gâté. Ses constants travaux lui servaient de bouclier contre des chagrins de cœur ensevelis avec ce soin que savent prendre les hommes politiques pour de tels secrets. Il comprenait d'ailleurs combien eût été ridicule sa jalousie aux yeux du monde qui n'eût guère admis une passion conjugale chez un vieil administrateur. Comment, dès les premiers jours de son mariage, fut-il fasciné par sa femme ? Comment souffrit-il d'abord sans se venger ? Comment n'osa-t-il plus se venger ? Comment laissa-t-il le temps s'écouler, abusé par l'espérance ? Par quels moyens une femme jeune, jolie et spirituelle l'avait-elle mis en servage ? La réponse à toutes ces questions exigerait une longue histoire qui nuirait au sujet de cette scène, et que, sinon les hommes, du moins les femmes pourront entrevoir. Remarquons cependant que les immenses travaux et les chagrins du comte avaient contribué malheureusement à le priver des avantages nécessaires à un homme pour lutter contre de dangereuses comparaisons[1]. Aussi le plus affreux des malheurs secrets du comte était-il d'avoir donné raison aux répugnances de sa femme par une maladie uniquement due à ses excès de travail[2]. Bon, et même excellent pour la comtesse, il la laissait maîtresse chez elle ; elle recevait tout Paris, elle allait à la campagne, elle en revenait, absolument comme si elle eût été veuve ; il veillait à sa fortune et fournissait à son luxe, comme l'eût fait un intendant. La comtesse avait pour son mari la plus grande estime, elle aimait même sa tournure d'esprit ; elle savait le rendre heureux par son approbation : aussi faisait-elle tout ce qu'elle voulait de ce pauvre homme en venant causer une heure avec lui. Comme les grands seigneurs d'autrefois, le comte protégeait si bien sa femme, que porter atteinte à sa considération eût été lui faire une injure impardonnable. Le monde admirait beaucoup ce caractère, et Mme de Sérisy devait immensément à son mari. Toute autre femme, quand même elle eût appartenu à une famille aussi distinguée que celle des Ronquerolles, aurait pu se voir à jamais perdue. La comtesse était fort ingrate, mais ingrate avec charme. Elle jetait de temps en temps du baume sur les blessures du comte.

Expliquons maintenant le sujet du brusque voyage et de l'incognito du ministre d'État.

Un riche fermier de Beaumont-sur-Oise, nommé Léger, exploitait une ferme dont toutes les pièces faisaient enclave dans les terres du comte, et qui gâtait sa magnifique propriété de Presles. Cette ferme appartenait à un bourgeois de Beaumont-sur-Oise, appelé Margueron. Le bail fait à Léger en 1799, moment où les progrès de l'agriculture ne pouvaient se prévoir, était sur le point de finir, et le propriétaire refusa les offres de Léger pour un nouveau bail. Depuis longtemps M. de Sérisy, qui souhaitait se débarrasser des ennuis et des contestations que causent les enclaves, avait conçu l'espoir d'acheter cette ferme en apprenant que toute l'ambition de M. Margueron était de faire nommer son fils unique, alors simple percepteur, receveur particulier des finances à Senlis. Moreau signalait à son patron un dangereux adversaire dans la personne du père Léger. Le fermier, qui savait combien il pouvait vendre cher en détail cette ferme au comte, était capable d'en donner assez d'argent pour surpasser l'avantage que la recette particulière offrirait à Margueron fils. Deux jours auparavant, le comte, pressé d'en finir, avait appelé son notaire, Alexandre Crottat, et Derville[1], son avoué, pour examiner les circonstances de cette affaire. Quoique Derville et Crottat missent en doute le zèle du régisseur, dont une lettre inquiétante avait provoqué cette consultation, le comte défendit Moreau, qui, dit-il, le servait fidèlement depuis dix-sept ans. « Hé bien, avait répondu Derville, je conseille à Votre Seigneurie d'aller elle-même à Presles, et d'inviter à dîner ce Margueron. Crottat y enverra son premier clerc avec un acte de vente tout prêt, en laissant en blanc les pages ou les lignes nécessaires aux désignations de terrain ou aux titres. Enfin, que Votre Excellence se munisse au besoin d'une partie du prix en un bon sur la Banque, et n'oublie pas la nomination du fils à la perception de Beaumont. Si vous ne terminez pas en un moment, la ferme vous échappera ! Vous ignorez, monsieur le comte, les roueries des paysans. De paysan à diplomate, le diplomate succombe[1]. » Crottat appuya cet avis, que, d'après la confidence du valet à Pierrotin, le pair de France avait sans doute adopté. La veille, le comte avait envoyé par la diligence de Beaumont un mot à Moreau pour lui dire d'inviter à dîner Margueron, afin de terminer l'affaire des Moulineaux. Avant cette affaire, le comte avait ordonné de restaurer les appartements de Presles, et, depuis un an, M. Grindot, un architecte à la mode[2], y faisait un voyage par semaine. Or, tout en concluant son acquisition, M. de Sérisy voulait examiner en même temps les travaux et l'effet des nouveaux ameublements. Il comptait faire une surprise à sa femme en l'amenant à Presles, et mettait de l'amour-propre à la restauration de ce château. Quel événement était-il survenu pour que le comte, qui la veille allait ostensiblement à Presles, voulût s'y rendre incognito dans la voiture de Pierrotin ?

Ici, quelques mots sur la vie du régisseur deviennent indispensables.

Moreau, le régisseur de la terre de Presles, était le fils d'un procureur de province, devenu à la Révolution procureur-syndic à Versailles. En cette qualité, Moreau père avait presque sauvé les biens et la vie de MM. de Sérisy père et fils. Ce citoyen Moreau appartenait au parti Danton ; Robespierre[3], implacable dans ses haines, le poursuivit, finit par le découvrir et le fit périr à Versailles. Moreau fils, héritier des doctrines et des amitiés de son père, trempa dans une des conjurations faites contre le Premier Consul à son avènement au pouvoir. En ce temps, M. de Sérisy, jaloux d'acquitter sa dette de reconnaissance, fit évader à temps Moreau, qui fut condamné à mort ; puis il demanda sa grâce en 1804, l'obtint, lui offrit d'abord une place dans ses bureaux, et définitivement le prit pour secrétaire en lui donnant la direction de ses affaires privées. Quelque temps après le mariage de son protecteur, Moreau devint amoureux d'une femme de chambre de la comtesse et l'épousa. Pour éviter les désagréments de la fausse position où le mettait cette union, dont plus d'un exemple se rencontrait à la cour impériale, il demanda la régie de la terre de Presles où sa femme pourrait faire la dame, et où dans ce petit pays ils n'éprouveraient ni l'un ni l'autre aucune souffrance d'amour-propre. Le comte avait besoin à Presles d'un homme dévoué, car sa femme préférait l'habitation de la terre de Sérisy, qui n'est qu'à cinq lieues de Paris. Depuis trois ou quatre ans, Moreau possédait la clef de ses affaires, il était intelligent; car, avant la Révolution, il avait étudié la chicane dans l'étude de son père; M. de Sérisy lui dit alors: « Vous ne ferez pas fortune, vous vous êtes cassé le cou; mais vous serez heureux, car je me charge de votre bonheur. » En effet, le comte donna mille écus d'appointements fixes à Moreau, et l'habitation d'un joli pavillon au bout des communs; il lui accorda de plus tant de cordes à prendre dans les coupes de bois pour son chauffage, tant d'avoine, de paille et de foin pour deux chevaux, et des droits sur les redevances en nature. Un sous-préfet n'a pas de si beaux appointements. Pendant les huit premières années de sa gestion, le régisseur administra Presles consciencieusement; il s'y intéressa. Le comte, en y venant examiner le domaine, décider les acquisitions ou approuver les travaux, frappé de la loyauté de Moreau, lui témoigna sa satisfaction par d'amples gratifications. Mais lorsque Moreau se vit père d'une fille, son troisième enfant, il s'était si bien établi dans toutes ses aises à Presles, qu'il ne tint plus compte à M. de Sérisy de tant d'avantages exorbitants. Aussi, vers 1816, le régisseur, qui jusque-là n'avait pris que ses aises à Presles, accepta-t-il volontiers d'un marchand de bois une somme de vingt-cinq mille francs pour lui faire conclure, avec augmentation d'ailleurs, un bail d'exploitation des bois dépendant de la terre de Presles, pour douze ans. Moreau se raisonna : il n'aurait pas de retraite, il était père de famille, le comte lui devait bien cette somme pour dix ans bientôt d'administration ; puis, déjà légitime possesseur de soixante mille francs d'économies, s'il y joignait cette somme, il pouvait acheter une ferme de cent vingt mille francs sur le territoire de Champagne, commune située au-dessus de L'Isle-Adam, sur la rive droite de l'Oise. Les événements politiques empêchèrent le comte et les gens du pays de remarquer ce placement fait au nom de Mme Moreau, qui passa pour avoir hérité d'une vieille grand-tante, dans son pays, à Saint-Lô. Dès que le régisseur eut goûté au fruit délicieux de la Propriété, sa conduite resta toujours la plus probe du monde en apparence ; mais il ne perdit plus une seule occasion d'augmenter sa fortune clandestine, et l'intérêt de ses trois enfants lui servit d'émollient pour éteindre les ardeurs de sa probité ; néanmoins il faut lui rendre cette justice, que s'il accepta des pots-de-vin, s'il eut soin de lui dans les marchés, s'il poussa ses droits jusqu'à l'abus, aux termes du Code il restait honnête homme, et aucune preuve n'eût pu justifier une accusation portée contre lui. Selon la jurisprudence des moins voleuses cuisinières de Paris, il partageait entre le comte et lui les profits dus à son savoir-faire. Cette manière d'arrondir sa fortune était un cas de conscience, voilà tout. Actif, entendant bien les intérêts du comte, Moreau guettait avec d'autant plus de soin les occasions de procurer de bonnes acquisitions, qu'il y gagnait toujours un large présent. Presles rapportait soixante-douze mille francs en sac[1]. Aussi le mot du pays, à dix lieues à la ronde, était-il : « M. de Sérisy a dans Moreau un second lui-même!» En homme prudent, Moreau plaçait, depuis 1817, chaque année ses bénéfices et ses appointements sur le Grand-Livre, en arrondissant sa pelote dans le plus profond secret. Il avait refusé des affaires en se disant sans argent, et il faisait si bien le pauvre auprès du comte, qu'il avait obtenu deux bourses entières pour ses enfants au collège Henri-IV[1]. En ce moment, Moreau possédait cent vingt mille francs de capital placés dans le Tiers consolidé, devenu le cinq pour cent et qui montait dès ce temps à quatre-vingts francs[2]. Ces cent vingt mille francs inconnus, et sa ferme de Champagne augmentée par des acquisitions, lui faisaient une fortune d'environ deux cent quatre-vingt mille francs, donnant seize mille francs de rente.

Telle était la situation du régisseur au moment où le comte voulut acheter la ferme des Moulineaux dont la possession était indispensable à sa tranquillité. Cette ferme consistait en quatre-vingt-seize pièces de terre bordant, jouxtant, longeant les terres de Presles, et souvent enclavées comme des cases dans un jeu de dames, sans compter les haies mitoyennes et des fossés de séparation où naissaient les plus ennuyeuses discussions à propos d'un arbre à couper, quand la propriété s'en trouvait contestable. Tout autre qu'un ministre d'État aurait eu vingt procès par an au sujet des Moulineaux. Le père Léger ne voulait acheter la ferme que pour la revendre au comte. Afin de parvenir plus sûrement à gagner les trente ou quarante mille francs, objets de ses désirs, le fermier avait depuis longtemps essayé de s'entendre avec Moreau. Poussé par les circonstances, trois jours auparavant[3] ce samedi critique, au milieu des champs, le père Léger avait démontré clairement au régisseur qu'il pouvait faire placer au comte de Sérisy de l'argent à deux et demi pour cent net en terres de convenance, c'est-à-dire avoir, comme toujours, l'air de servir son patron, tout en y trouvant un secret bénéfice de quarante mille francs qu'il lui offrit. « Ma foi », avait dit le soir en se couchant le régisseur à sa femme, « si je tire de l'affaire des Moulineaux cinquante mille francs, car monsieur m'en donnera bien dix mille, nous nous retirerons à L'Isle-Adam dans le pavillon de Nogent. » Ce pavillon est une charmante propriété jadis bâtie par le prince de Conti pour une dame, et où toutes les recherches avaient été prodiguées. « Ça me plairait, lui avait répondu sa femme. Le Hollandais qui est venu s'y établir l'a très bien restauré, et il nous le laissera pour trente mille francs, puisqu'il est forcé de retourner aux Indes. — Nous serons à deux pas de Champagne, avait repris Moreau. J'ai l'espoir d'acheter pour cent mille francs la ferme et le moulin de Mours. Nous aurions ainsi dix mille livres de rente en terres, une des plus délicieuses habitations de la vallée, à deux pas de nos biens, et il nous resterait environ six mille livres de rente sur le Grand-Livre. — Mais pourquoi ne demanderais-tu pas la place de juge de paix à L'Isle-Adam ? nous y aurions de l'influence et quinze cents francs de plus. — Oh ! j'y ai bien pensé. » Dans ces dispositions, en apprenant que son maître voulait venir à Presles et lui disait d'inviter Margueron à dîner pour samedi, Moreau s'était hâté d'envoyer un exprès qui remit au premier valet de chambre du comte une lettre à une heure trop avancée de la soirée pour que M. de Sérisy pût en prendre connaissance ; mais Augustin la posa sur le bureau, selon son habitude en pareil cas. Dans cette lettre, Moreau priait le comte de ne pas se déranger et de se fier à son zèle. Or, selon lui, Margueron ne voulait plus vendre en bloc et parlait de diviser les Moulineaux en quatre-vingt-seize lots ; il fallait lui faire abandonner cette idée, et peut-être, disait le régisseur, arriver à prendre un prête-nom.

Tout le monde a ses ennemis. Or, le régisseur et sa femme avaient froissé, à Presles, un officier en retraite, appelé M. de Reybert, et sa femme. De coups de langue en coups d'épingle, on en était arrivé aux coups de poignard. M. de Reybert ne respirait que vengeance, il voulait faire perdre à Moreau sa place et devenir son successeur. Ces deux idées sont jumelles. Aussi la conduite du régisseur, épiée pendant deux ans, n'avait-elle plus de secrets pour les Reybert. En même temps que Moreau dépêchait son exprès au comte de Sérisy, Reybert envoyait sa femme à Paris. Mme de Reybert demanda si instamment à parler au comte que, renvoyée à neuf heures du soir, moment où le comte se couchait, elle fut introduite le lendemain matin, à sept heures, chez Sa Seigneurie. « Monseigneur, avait-elle dit au ministre d'État, nous sommes incapables, mon mari et moi, d'écrire des lettres anonymes. Je suis Mme de Reybert, née de Corroy. Mon mari n'a que six cents francs de retraite et nous vivons à Presles, où votre régisseur nous fait avanies sur avanies, quoique nous soyons des gens comme il faut. M. de Reybert, qui n'est pas un intrigant, tant s'en faut ! s'est retiré capitaine d'artillerie en 1816, après avoir servi pendant vingt ans, toujours loin de l'Empereur, monsieur le comte ! Et vous devez savoir combien les militaires qui ne se trouvaient pas sous les yeux du maître avançaient difficilement ; sans compter que la probité, la franchise de M. de Reybert déplaisaient à ses chefs. Mon mari n'a pas cessé, depuis trois ans, d'étudier votre intendant dans le dessein de lui faire perdre sa place. Vous le voyez, nous sommes francs. Moreau nous a rendus ses ennemis, nous l'avons surveillé. Je viens donc vous dire que vous êtes joué dans l'affaire des Moulineaux. On veut vous prendre cent mille francs qui seront partagés entre le notaire, Léger et Moreau. Vous avez dit d'inviter Margueron, vous comptez aller à Presles demain ; mais Margueron fera le malade, et Léger compte si bien avoir la ferme qu'il est venu réaliser ses valeurs à Paris. Si nous vous avons éclairé, si vous voulez un régisseur probe, vous prendrez mon mari ; quoique noble, il vous servira comme il a servi l'État. Votre intendant a deux cent cinquante mille francs de fortune, il ne sera pas à plaindre. » Le comte avait remercié froidement Mme de Reybert, et lui avait alors donné de l'eau bénite de cour, car il méprisait la délation ; mais, en se rappelant tous les soupçons de Derville[1], il fut intérieurement ébranlé ; puis tout à coup il avait aperçu la lettre de son régisseur, il l'avait lue ; et, dans les assurances de dévouement, dans les respectueux reproches qu'il recevait à propos de la défiance que supposait cette envie de traiter l'affaire par lui-même, il avait deviné la vérité sur Moreau. « La corruption est venue avec la fortune, comme toujours[2] ! » se dit-il. Le comte avait alors fait à Mme de Reybert des questions moins pour obtenir des détails que pour se donner le temps de l'observer, et il avait écrit à son notaire un petit mot pour lui dire de ne plus envoyer son premier clerc à Presles, mais d'y venir lui-même pour dîner. « Si monsieur le comte, avait dit Mme de Reybert en terminant, m'a jugée défavorablement sur la démarche que je me suis permise à l'insu de M. de Reybert, il doit être maintenant convaincu que nous avons obtenu ces renseignements sur son régisseur de la manière la plus naturelle : la conscience la plus timorée n'y saurait trouver rien à redire. » Mme de Reybert, née de Corroy, se tenait droit comme un piquet. Elle avait offert aux investigations rapides du comte une figure trouée comme une écumoire par la petite vérole, une taille plate et sèche, deux yeux ardents et clairs, des boucles blondes aplaties sur un front soucieux, une capote de taffetas vert passée, doublée de rose, une robe blanche à pois violets, des souliers de peau. Le comte avait reconnu en elle la femme du capitaine pauvre, quelque puritaine abonnée au *Courrier français*[1], ardente de vertu, mais sensible au bien-être d'une place, et l'ayant convoitée. « Vous dites six cents francs de retraite », avait répondu le comte en se répondant à lui-même au lieu de répondre à ce que venait de raconter Mme de Reybert. « Oui, monsieur le comte. — Vous êtes née de Corroy ? — Oui, monsieur, une famille noble du pays messin, le pays de mon mari. — Dans quel régiment servait M. de Reybert ? — Dans le 7e régiment d'artillerie. — Bien ! » avait répondu le comte en écrivant le numéro du régiment. Il avait pensé pouvoir donner la régie de sa terre à un ancien officier[2], sur le compte duquel il obtiendrait au ministère de la Guerre les renseignements les plus exacts. « Madame », avait-il repris en sonnant son valet de chambre, « retournez à Presles avec mon notaire, qui trouvera moyen d'y venir pour dîner, et à qui je vous ai recommandée ; voici son adresse. Je vais moi-même en secret à Presles, et ferai dire à M. de Reybert de me parler... » Ainsi la nouvelle du voyage de M. de Sérisy par la voiture publique et la recommandation de taire le nom du comte n'alarmaient pas à faux le messager, il pressentait le danger près de fondre sur une de ses meilleures pratiques.

En sortant du *Café de l'Échiquier*, Pierrotin aperçut à la porte du Lion-d'Argent la femme et le jeune homme en qui sa perspicacité lui avait fait reconnaître des chalands ; car la dame, le cou tendu, le visage inquiet, le cherchait évidemment. Cette dame, vêtue d'une robe de soie noire reteinte, d'un chapeau de couleur carmélite[3], et d'un vieux cachemire français, chaussée en bas de filoselle et de souliers de peau de chèvre, tenait à la main un cabas de paille et un parapluie bleu de roi. Cette femme, autrefois belle, paraissait âgée d'environ quarante ans ; mais ses yeux bleus, dénués de la flamme qu'y met le bonheur, annonçaient qu'elle avait depuis longtemps renoncé au monde. Aussi sa mise, autant que sa tournure, indiquait-elle une mère entièrement vouée à son ménage et à son fils. Si les brides du chapeau étaient fanées, la forme datait de plus de trois ans. Le châle tenait par une aiguille cassée, convertie en épingle au moyen d'une boule de cire à cacheter. L'inconnue attendait impatiemment Pierrotin pour lui recommander ce fils, qui sans doute voyageait seul pour la première fois, et qu'elle avait accompagné jusqu'à la voiture, autant par défiance que par amour maternel. Cette mère était en quelque sorte complétée par son fils ; de même que, sans la mère, le fils n'eût pas été si bien compris. Si la mère se condamnait à laisser voir des gants reprisés, le fils portait une redingote olive dont les manches un peu courtes au poignet annonçaient qu'il grandirait encore, comme les adultes de dix-huit à dix-neuf ans. Le pantalon bleu, raccommodé par la mère, offrait aux regards un fond neuf, quand la redingote avait la méchanceté de s'entrouvrir par derrière.

« Ne tourmente donc pas tes gants ainsi, tu les flétris d'autant, disait-elle quand Pierrotin se montra. — Vous êtes le conducteur… Ah ! mais c'est vous, Pierrotin ? » reprit-elle en laissant son fils pour un moment et emmenant le voiturier à deux pas.

« Ça va bien, madame Clapart ? » répondit le messager, dont la figure eut un air qui peignait à la fois du respect et de la familiarité.

« Oui, Pierrotin. Ayez bien soin de mon Oscar, il va seul pour la première fois.

— Oh ! s'il va seul chez M. Moreau ?… » s'écria le voiturier pour savoir si le jeune homme y allait effectivement.

« Oui, répondit la mère.

— Mme Moreau le veut donc bien ? reprit Pierrotin d'un petit air finaud.

— Hélas ! dit la mère, ce ne sera pas tout roses pour lui, pauvre enfant ; mais son avenir exige impérieusement ce voyage. »

Cette réponse frappa Pierrotin, qui hésitait à confier ses craintes sur le régisseur à Mme Clapart, de même qu'elle n'osait nuire à son fils en faisant à Pierrotin certaines recommandations qui eussent transformé le conducteur en mentor. Pendant cette délibération mutuelle[1], qui se traduisit par quelques phrases sur le temps, sur la route, sur les stations du voyage, il n'est pas inutile d'expliquer quels liens rattachaient Pierrotin à Mme Clapart, et autorisaient les deux mots confidentiels qu'ils venaient d'échanger. Souvent, c'est-à-dire trois ou quatre fois par mois, Pierrotin trouvait à La Cave, à son passage quand il allait à Paris, le régisseur qui faisait signe à un jardinier en voyant venir la voiture. Le jardinier aidait alors Pierrotin à charger un ou deux paniers pleins de fruits ou de légumes selon la saison, de poulets, d'œufs, de beurre, de gibier. Le régisseur payait toujours la commission à Pierrotin en lui donnant l'argent nécessaire pour acquitter les droits à la Barrière, si l'envoi contenait des choses sujettes à l'Octroi. Jamais ces paniers, ces bourriches, ces paquets ne portaient de suscription. Une première fois, qui avait servi pour toutes, le régisseur avait indiqué de vive voix le domicile de Mme Clapart au discret voiturier, en le priant de ne jamais confier à d'autres ce précieux message. Pierrotin, rêvant une intrigue entre quelque charmante fille et le régisseur, était allé rue de la Cerisaie, 7, dans le quartier de l'Arsenal, où il avait vu la Mme Clapart qui vient de vous être pourtraite[2], au lieu de la belle et jeune créature qu'il s'attendait à y trouver. Les messagers sont appelés par leur état à pénétrer dans beaucoup d'intérieurs et dans bien des secrets ; mais le hasard social, cette sous-providence, ayant voulu qu'ils fussent sans éducation ou dénués du talent d'observation, il s'ensuit qu'ils ne sont pas dangereux. Néanmoins, après quelques mois, Pierrotin ne savait comment expliquer les relations de Mme Clapart et de M. Moreau, sur ce qu'il lui fut permis d'entrevoir dans le ménage de la rue de la Cerisaie. Quoique les loyers ne fussent pas chers à cette époque dans le quartier de l'Arsenal[1], Mme Clapart était logée au troisième étage, au fond d'une cour, dans une maison qui jadis fut l'hôtel de quelque grand seigneur, au temps où la haute noblesse du royaume demeurait sur l'ancien emplacement du palais des Tournelles et de l'hôtel Saint-Paul. Vers la fin du seizième siècle, les grandes familles se partagèrent ces vastes espaces, autrefois occupés par les jardins du palais de nos rois, ainsi que l'indiquent les noms des rues de la Cerisaie, Beautreillis, des Lions, etc. Cet appartement, dont toutes les pièces étaient revêtues d'antiques boiseries, se composait de trois chambres en enfilade, une salle à manger, un salon et une chambre à coucher. Au-dessus se trouvaient une cuisine et la chambre d'Oscar. En face de la porte d'entrée, sur ce qui se nomme à Paris le carré, se voyait la porte d'une chambre en retour, ménagée à chaque étage dans une espèce de bâtiment qui contenait aussi la cage d'un escalier en bois, et qui formait une tour carrée, construite en grosses pierres. Cette chambre était celle de Moreau quand il couchait à Paris. Pierrotin avait vu dans la première pièce, où il déposait les bourriches, six chaises en noyer garnies de paille, une table et un buffet ; aux fenêtres, de petits rideaux roux. Plus tard, quand il entra dans le salon, il y remarqua de vieux meubles du temps de l'Empire, mais passés. Il ne se trouvait d'ailleurs dans ce salon que le mobilier exigé par le propriétaire pour répondre du loyer. Pierrotin jugea de la chambre à coucher par le salon et par la salle à manger. Les boiseries, réchampies en grosse peinture à la colle et d'un blanc rouge qui empâte les moulures, les dessins, les figurines, loin d'être un ornement, attristaient le regard. Le parquet, qui ne se cirait jamais, était d'un ton gris comme les parquets des pensionnats. Quand le voiturier surprit M. et Mme Clapart à table, leurs assiettes, leurs verres, les plus petites choses accusaient une effroyable gêne ; néanmoins ils se servaient de couverts d'argent ; mais les plats, la soupière, écornés et raccommodés autant que la vaisselle des plus pauvres gens, inspiraient la pitié. M. Clapart, vêtu d'une méchante petite redingote, chaussé de pantoufles ignobles, ayant toujours des lunettes vertes aux yeux, lui montrait, en ôtant une affreuse casquette âgée de cinq ans, un crâne pointu du haut duquel tombaient des filaments grêles et sales auxquels un poète aurait refusé le nom de cheveux. Cet homme au teint blafard paraissait craintif et devait être tyrannique. Dans ce triste appartement, situé au nord, sans autre vue que celle d'une vigne étalée sur le mur opposé, d'un puits dans l'encoignure de la cour, Mme Clapart prenait des airs de reine et marchait en femme qui ne savait pas aller à pied. Souvent, en remerciant Pierrotin, elle lui lançait des regards qui eussent attendri un observateur ; de temps en temps, elle lui glissait des pièces de douze sous dans la main. Sa voix était charmante. Pierrotin ne connaissait pas cet Oscar, par la raison que cet enfant sortait du collège et qu'il ne l'avait jamais rencontré au logis.

Voici la triste histoire que Pierrotin n'eût jamais devinée, même en demandant, comme il le faisait depuis quelque temps, des renseignements à la portière ; car cette femme ne savait rien, si ce n'est que les Clapart payaient deux cent cinquante francs de loyer, n'avaient qu'une femme de ménage pour quelques heures le matin, que madame faisait quelquefois de petits savonnages elle-même[1], et payait tous les jours ses ports de lettres[2] en paraissant hors d'état de les laisser s'accumuler.

Il n'existe pas, ou plutôt il existe rarement de criminel qui soit complètement criminel. À plus forte raison rencontrera-t-on difficilement de malhonnêteté compacte. On peut faire des comptes à son avantage avec son patron, ou tirer à soi le plus de paille possible au râtelier ; mais tout en se constituant un capital par des voies plus ou moins licites, il est peu d'hommes qui ne se permettent quelques bonnes actions. Ne fût-ce que par curiosité, par amour-propre, comme contraste, par hasard, tout homme a eu son moment de bienfaisance ; il le nomme son erreur, il ne recommence pas ; mais il sacrifie au Bien, comme le plus bourru sacrifie aux Grâces, une ou deux fois dans sa vie. Si les fautes de Moreau peuvent être excusées, ne sera-ce point par sa persistance à secourir une pauvre femme dont les bonnes grâces l'avaient jadis rendu fier, et chez laquelle il se cacha pendant ses dangers ! Cette femme, célèbre sous le Directoire par ses liaisons avec un des cinq rois du moment, épousa, par cette toute-puissante protection, un fournisseur qui gagna des millions, et que Napoléon ruina en 1802[3]. Cet homme, nommé Husson, devint fou de son passage subit de l'opulence à la misère, il se jeta dans la Seine en laissant la belle Mme Husson grosse. Moreau, très intimement lié avec Mme Husson, était alors condamné à mort ; il ne put donc pas épouser la veuve du fournisseur, il fut même obligé de quitter la France pour quelque temps. Âgée de vingt-deux ans, Mme Husson épousa, dans sa détresse, un employé nommé Clapart, jeune homme de vingt-sept ans, qui donnait, comme on dit, des espérances. Dieu garde les femmes de beaux hommes qui donnent des espérances ! À cette époque les employés devenaient promptement des gens considérables, car l'Empereur recherchait les capacités[1]. Mais Clapart, doué d'une beauté vulgaire, ne possédait aucune intelligence. En croyant Mme Husson fort riche, il avait feint une grande passion pour elle ; il lui fut à charge en ne satisfaisant, ni dans le présent ni dans l'avenir, aux besoins qu'elle avait contractés pendant ses jours d'opulence. Clapart remplissait assez mal au Bureau des Finances une place qui ne comportait pas plus de dix-huit cents francs d'appointements. Quand Moreau, revenu chez le comte de Sérisy, apprit l'horrible situation dans laquelle se trouvait Mme Husson, il put, avant de se marier, la placer comme première femme de chambre chez MADAME, mère de l'Empereur. Malgré cette puissante protection, Clapart ne put jamais avancer, sa nullité se laissait trop promptement voir. Ruinée en 1815 par la chute de l'Empereur, la brillante Aspasie du Directoire resta sans autres ressources qu'une place de douze cents francs d'appointements qu'on eut pour Clapart, par le crédit du comte de Sérisy, dans les Bureaux de la Ville de Paris. Moreau, le seul protecteur de cette femme à laquelle il avait connu plusieurs millions, obtint pour Oscar Husson une des demi-bourses de la Ville de Paris au collège Henri-IV, et il envoyait par Pierrotin, rue de la Cerisaie, tout ce qui peut décemment s'offrir pour aider un ménage en détresse. Oscar était tout l'avenir, toute la vie de sa mère[2]. Pour unique défaut, on ne pouvait reprocher à cette pauvre femme que l'exagération de sa tendresse pour cet enfant, la bête noire du beau-père. Oscar était malheureusement doué d'une dose de sottise que ne soupçonnait pas sa mère, malgré les épigrammes de Clapart. Cette sottise, ou, pour parler plus correctement, cette outrecuidance, inquiétait tellement le régisseur, qu'il avait prié Mme Clapart de lui envoyer ce jeune homme pour un mois, afin de l'étudier et deviner à quelle carrière il fallait le destiner. Moreau pensait à présenter un jour Oscar au comte comme son successeur. Mais pour donner exactement au Diable et à Dieu ce qui leur revient, peut-être n'est-il pas inutile de constater les causes du stupide amour-propre d'Oscar, en faisant observer qu'il était né dans la maison de MADAME, mère de l'Empereur. Durant sa première enfance, ses yeux furent éblouis par les splendeurs impériales[1]. Sa flexible imagination dut conserver les empreintes de ces étourdissants tableaux, garder une image de ce temps d'or et de fêtes, avec l'espérance de le retrouver. La jactance naturelle aux collégiens, tous possédés du désir de briller les uns à l'envi[2] des autres, appuyée sur ces souvenirs d'enfance, s'était développée outre mesure. Peut-être aussi la mère se rappelait-elle au logis avec un peu trop de complaisance les jours où elle fut une des reines du Paris directorial. Enfin, Oscar, qui venait d'achever ses classes, avait eu peut-être à repousser au collège les humiliations que les élèves payants déversent à tout propos sur les boursiers, quand les boursiers ne savent pas leur imprimer un certain respect par une force physique supérieure[3]. Ce mélange d'ancienne splendeur éteinte, de beauté passée, de tendresse acceptant la misère, d'espérance en ce fils, d'aveuglement maternel, de souffrances héroïquement supportées, faisait de cette mère une de ces sublimes figures qui, dans Paris, sollicitent les regards de l'observateur.

Incapable de deviner l'attachement profond de Moreau pour cette femme, ni celui de cette femme pour son protégé de 1797, devenu son unique ami,

Pierrotin ne voulut pas communiquer le soupçon qui lui passait dans la tête relativement au danger que courait Moreau. Le terrible « Nous avons bien assez à faire de nous occuper de nous-mêmes ! » du valet de chambre revint au cœur du voiturier, ainsi que le sentiment de l'obéissance à ceux qu'il appelait *les chefs de file*. D'ailleurs, en ce moment, Pierrotin se sentait dans la tête autant de pointes qu'il y a de pièces de cent sous dans mille francs ! Un voyage de sept lieues se dessinait sans doute comme un voyage de long cours, à l'imagination de cette pauvre mère, qui, dans sa vie élégante, avait rarement passé les Barrières ; car ces mots : « Bien, madame ! — oui, madame ! » répétés par Pierrotin, disaient assez que le voiturier désirait se soustraire à des recommandations évidemment trop verbeuses et inutiles.

« Vous placerez les paquets de manière à ce qu'ils ne soient pas mouillés, si par hasard le temps changeait.

— J'ai une bâche, dit Pierrotin. D'ailleurs, tenez, voyez, madame, avec quels soins on les charge ?

— Oscar, ne reste pas plus de quinze jours, quelque instance qu'on te fasse, reprit Mme Clapart en revenant à son fils. Quoi que tu fasses, tu ne saurais plaire à Mme Moreau ; d'ailleurs tu dois être revenu pour la fin de septembre. Tu sais, nous devons aller à Belleville chez ton oncle Cardot.

— Oui, maman.

— Surtout, lui dit-elle à voix basse, ne parle jamais de domesticité... Songe à tout moment que Mme Moreau a été femme de chambre...

— Oui, maman... »

Oscar, comme tous les jeunes gens chez qui l'amour-propre est excessivement sensible, paraissait contrarié de se voir admonester ainsi sur le seuil de l'*Hôtel du Lion d'Argent*.

« Eh bien, adieu, maman ; on va partir, voilà le cheval attelé. »

La mère, ne se souvenant plus qu'elle se trouvait en plein faubourg Saint-Denis, embrassa son Oscar, et lui dit en sortant un joli petit pain de son cabas : « Tiens, tu allais oublier ton petit pain et ton chocolat ! Mon enfant, je te le répète, ne prends rien dans les auberges, on y fait payer les moindres choses dix fois ce qu'elles valent. »

Oscar aurait voulu voir sa mère bien loin, quand elle lui fourra le pain et le chocolat dans sa poche. Cette scène avait deux témoins, deux jeunes gens de quelques années plus âgés que l'échappé du collège, mieux mis que lui, venus sans leur mère, et dont la démarche, la toilette, les façons trahissaient cette complète indépendance, objet de tous les désirs d'un enfant encore sous le joug immédiat de sa mère. Ces deux jeunes gens furent alors pour Oscar le monde entier.

« Il dit *maman* », s'écria l'un des deux inconnus en riant.

Ce mot parvint à l'oreille d'Oscar et détermina un : « Adieu, ma mère ! » lancé dans un terrible mouvement d'impatience.

Avouons-le : Mme Clapart parlait un peu trop haut, et semblait mettre les passants dans la confidence de sa tendresse.

« Qu'as-tu donc, Oscar ? demanda cette pauvre mère blessée. Je ne te conçois pas », reprit-elle d'un air sévère en se croyant capable (erreur de toutes les mères qui gâtent leurs enfants) de lui imposer du respect. « Écoute, mon Oscar, dit-elle en reprenant aussitôt sa voix tendre, tu as de la propension à causer, à dire tout ce que tu sais et tout ce que tu ne sais pas, et cela par bravade, par un sot amour-propre de jeune homme ; je te le répète, songe à tenir ta langue en bride. Tu n'es pas encore assez avancé dans la vie, mon cher trésor, pour juger les gens avec lesquels tu vas te rencontrer, et il n'y a rien de plus dangereux que de causer dans les voitures publiques. En diligence, d'ailleurs, les gens comme il faut gardent le silence. »

Les deux jeunes gens, qui sans doute étaient allés jusqu'au fond de l'établissement, firent entendre de nouveau sous la porte cochère le bruit de leurs talons de bottes : ils pouvaient avoir écouté cette semonce ; aussi, pour se débarrasser de sa mère, Oscar eut-il recours à un moyen héroïque, qui prouve combien l'amour-propre stimule l'intelligence.

« Maman, dit-il, tu es entre deux airs, tu pourrais gagner une fluxion [1] ; et d'ailleurs, je vais monter en voiture. »

L'enfant avait touché quelque endroit sensible, car sa mère le saisit, l'embrassa comme s'il s'agissait d'un voyage de long cours, et le conduisit jusqu'au cabriolet en laissant voir des larmes dans ses yeux.

« N'oublie pas de donner cinq francs aux domestiques, dit-elle. Écris-moi trois fois au moins pendant ces quinze jours ? conduis-toi bien, et songe à toutes mes recommandations. Tu as assez de linge pour n'en pas donner à blanchir. Enfin rappelle-toi toujours les bontés de M. Moreau, écoute-le comme un père, et suis bien ses conseils... »

En montant dans le cabriolet, Oscar laissa voir ses bas bleus par un effet de son pantalon qui remonta brusquement, et le fond neuf de son pantalon par le jeu de sa redingote qui s'ouvrit. Aussi le sourire des deux jeunes gens, à qui ces traces d'une honorable médiocrité n'échappèrent point, fit-il une nouvelle blessure à l'amour-propre du jeune homme.

« Oscar a retenu la première place, dit la mère à Pierrotin. Mets-toi dans le fond », reprit-elle en regardant toujours Oscar avec tendresse et lui souriant avec amour.

Oh ! combien Oscar regretta que les malheurs et les chagrins eussent altéré la beauté de sa mère, que la misère et le dévouement l'empêchassent d'être bien mise! L'un de ces deux jeunes gens, celui qui avait des bottes et des éperons, poussa l'autre par un coup de coude pour lui montrer la mère d'Oscar, et l'autre retroussa sa moustache par un geste qui signifiait: Jolie tournure!

« Comment me débarrasser de ma mère », se dit Oscar qui prit un air soucieux.

« Qu'as-tu ? » lui demanda Mme Clapart.

Oscar feignit de n'avoir pas entendu, le monstre! Peut-être dans cette circonstance Mme Clapart manquait-elle de tact. Mais les sentiments absolus ont tant d'égoïsme.

« Georges, aimes-tu les enfants en voyage? demanda le jeune homme à son ami.

— Oui, s'ils sont sevrés, s'ils se nomment Oscar, et s'ils ont du chocolat, mon cher Amaury. »

Ces deux phrases furent échangées à demi-voix pour laisser à Oscar la liberté d'entendre ou de ne pas entendre; sa contenance allait indiquer au voyageur la mesure de ce qu'il pourrait tenter contre l'enfant pour s'égayer pendant la route. Oscar ne voulut pas avoir entendu. Il regardait autour de lui pour savoir si sa mère, qui pesait sur lui comme un cauchemar, se trouvait encore là, car il se savait trop aimé par elle pour être si promptement quitté. Non seulement il comparait involontairement la mise de son compagnon de voyage avec la sienne, mais encore il sentait que la toilette de sa mère était pour beaucoup dans le sourire moqueur des deux jeunes gens. « S'ils pouvaient s'en aller, eux ? » se dit-il.

Hélas! Amaury venait de dire à Georges, en donnant un léger coup de canne à la roue du cabriolet: « Et tu vas confier ton avenir à cette barque fragile.

— Il le faut! » dit Georges d'un air fatal[1].

Oscar poussa un soupir en remarquant la façon cavalière du chapeau mis sur l'oreille comme pour montrer une magnifique chevelure blonde bien frisée; tandis qu'il avait, par l'ordre de son beau-père, ses cheveux noirs coupés en brosse sur le front et ras comme ceux des soldats. Le vaniteux enfant montrait une figure ronde et joufflue, animée par les couleurs d'une brillante santé; tandis que le visage de son compagnon de voyage était long, fin de forme et pâle. Le front de ce jeune homme avait de l'ampleur, et sa poitrine moulait un gilet façon cachemire. En admirant un pantalon collant gris de fer, une redingote à brandebourgs et à olives serrée à la taille, il semblait à Oscar que ce romanesque inconnu, doué de tant d'avantages, abusait envers lui de sa supériorité, de même qu'une femme laide est blessée par le seul aspect d'une belle femme. Le bruit du talon des bottes à fer, que l'inconnu faisait un peu trop sonner au goût d'Oscar, lui retentissait jusqu'au cœur. Enfin Oscar était aussi gêné dans ses vêtements faits peut-être à la maison et taillés dans les vieux habits de son beau-père, que cet envié garçon se trouvait à l'aise dans les siens. « Ce gars-là doit avoir quelques dix francs dans son gousset », pensa Oscar. Le jeune homme se retourna. Que devint Oscar en apercevant une chaîne d'or passée autour du cou, et au bout de laquelle se trouvait sans doute une montre d'or. Cet inconnu prit alors aux yeux d'Oscar les proportions d'un personnage.

Élevé rue de la Cerisaie depuis 1815, pris et reconduit au collège les jours de congé par son père, Oscar n'avait pas eu d'autres points de comparaison, depuis son âge de puberté, que le pauvre ménage de sa mère. Tenu sévèrement selon le conseil de Moreau, il n'allait pas souvent au spectacle, et il ne s'élevait pas alors plus haut que le théâtre de l'Ambigu-Comique[1] où ses yeux n'apercevaient pas beaucoup d'élégance, si toutefois l'attention qu'un enfant prête au mélodrame lui permet d'examiner la salle. Son beau-père portait encore, selon la mode de l'Empire, sa montre dans le gousset de ses pantalons, et laissait pendre sur son abdomen une grosse chaîne d'or terminée par un paquet de breloques hétéroclites, des cachets, une clef à tête ronde et plate où se voyait un paysage en mosaïque. Oscar, qui regardait ce vieux luxe comme un *nec plus ultra*, fut donc étourdi par cette révélation d'une élégance supérieure et négligente. Ce jeune homme montrait abusivement des gants soignés, et semblait vouloir aveugler Oscar en agitant avec grâce une élégante canne à pomme d'or. Oscar arrivait à ce dernier quartier de l'adolescence où de petites choses font de grandes joies et de grandes misères, où l'on préfère un malheur à une toilette ridicule, où l'amour-propre, en ne s'attachant pas aux grands intérêt de la vie, se prend à des frivolités, à la mise, à l'envie de paraître homme. On se grandit alors, et la jactance est d'autant plus exorbitante qu'elle s'exerce sur des riens ; mais si l'on jalouse un sot élégamment vêtu, l'on s'enthousiasme aussi pour le talent, on admire l'homme de génie. Ces défauts, quand ils sont sans racines dans le cœur, accusent l'exubérance de la sève, le luxe de l'imagination. Qu'un enfant de dix-neuf ans, fils unique, tenu sévèrement au logis paternel à cause de l'indigence qui atteint un employé à douze cents francs, mais adoré et pour qui sa mère s'impose de dures privations, s'émerveille d'un jeune homme de vingt-deux ans, en envie la polonaise à brandebourgs doublée de soie, le gilet en faux cachemire et la cravate passée dans un anneau de mauvais goût, n'est-ce pas des peccadilles commises à tous les étages de la société, par l'inférieur qui jalouse son supérieur ? L'homme de génie lui-même obéit à cette première passion. Rousseau de Genève n'a-t-il pas admiré Venture et Bacle[1] ? Mais Oscar passa de la peccadille à la faute, il se sentit humilié, il s'en prit à son compagnon de voyage, et il s'éleva dans son cœur un secret désir de lui prouver qu'il le valait bien. Les deux beaux fils[1] se promenaient toujours de la porte aux écuries, des écuries à la porte, allant jusqu'à la rue ; et quand ils se retournaient, ils regardaient toujours Oscar, tapi dans son coin. Oscar, persuadé que les ricanements des deux jeunes gens le concernaient, affecta la plus profonde indifférence. Il se mit à fredonner le refrain d'une chanson mise alors à la mode par les Libéraux, et qui disait : *C'est la faute à Voltaire, c'est la faute à Rousseau*[2]. Cette attitude le fit sans doute prendre pour un petit clerc d'avoué.

« Tiens, il est peut-être dans les chœurs de l'Opéra », dit Amaury.

Exaspéré, le pauvre Oscar bondit, leva le dossier et dit à Pierrotin : « Quand partirons-nous ?

— Tout à l'heure », répondit le messager qui tenait son fouet à la main et regardait dans la rue d'Enghien.

En ce moment, la scène fut animée par l'arrivée d'un jeune homme accompagné d'un vrai gamin qui se produisirent suivis d'un commissionnaire traînant une voiture à l'aide d'une bricole. Le jeune homme vint parler confidentiellement à Pierrotin qui hocha la tête et se mit à héler son facteur. Le facteur accourut pour aider à décharger la petite voiture qui contenait, outre deux malles, des seaux, des brosses, des boîtes de formes étranges, une infinité de paquets et d'ustensiles que le plus jeune des deux nouveaux voyageurs, monté sur l'impériale, y plaçait, y calait avec tant de célérité, que le pauvre Oscar, souriant à sa mère alors en faction de l'autre côté de la rue, n'aperçut aucun de ces ustensiles qui auraient pu révéler la profession de ces nouveaux compagnons de route. Le gamin, âgé d'environ seize ans, portait une blouse grise serrée par une ceinture de cuir verni. Sa casquette, *crânement* mise en travers sur sa tête, annonçait un caractère rieur, aussi bien que le pittoresque désordre de ses cheveux bruns bouclés, répandus sur ses épaules. Sa cravate de taffetas noir dessinait une ligne noire sur un cou très blanc, et faisait ressortir encore la vivacité de ses yeux gris. L'animation de sa figure brune, colorée, la tournure de ses lèvres assez fortes, ses oreilles détachées, son nez retroussé, tous les détails de sa physionomie annonçaient l'esprit railleur de Figaro, l'insouciance du jeune âge ; de même que la vivacité de ses gestes, son regard moqueur révélaient une intelligence déjà développée par la pratique d'une profession embrassée de bonne heure. Comme s'il avait déjà quelque valeur morale, cet enfant, fait homme par l'Art ou par la Vocation, paraissait indifférent à la question du costume, car il regardait ses bottes non cirées en ayant l'air de s'en moquer, et son pantalon de simple coutil en y cherchant des taches, moins pour les faire disparaître que pour en voir l'effet.

« Je suis d'un beau ton ! » fit-il en se secouant et s'adressant à son compagnon.

Le regard de celui-là révélait une autorité sur cet adepte en qui des yeux exercés auraient reconnu ce joyeux élève en peinture, qu'en style d'atelier on appelle un *rapin*[1].

« De la tenue, Mistigris[2] ! » répondit le maître en lui donnant le surnom que l'atelier lui avait sans doute imposé.

Ce voyageur était un jeune homme mince et pâle, à cheveux noirs, extrêmement abondants, et dans un désordre tout à fait fantasque ; mais cette abondante chevelure semblait nécessaire à une tête énorme dont le vaste front annonçait une intelligence précoce. Le visage tourmenté, trop original pour être laid, était creusé comme si ce singulier jeune homme souffrait, soit d'une maladie chronique, soit de privations imposées par la misère qui est une terrible maladie chronique, soit de chagrins trop récents pour être oubliés[1]. Son habillement, presque analogue à celui de Mistigris, toute proportion gardée, consistait en une méchante redingote usée, mais propre, bien brossée, de couleur vert-américain, un gilet noir boutonné jusqu'en haut, comme la redingote, et qui laissait à peine voir, autour de son cou, un foulard rouge. Un pantalon noir, aussi usé que la redingote, flottait autour de ses jambes maigres. Enfin des bottes crottées indiquaient qu'il venait à pied et de loin. Par un regard rapide, cet artiste embrassa les profondeurs de l'*Hôtel du Lion d'argent*, les écuries, les différents jours, les détails, et il regarda Mistigris qui l'avait imité par un coup d'œil ironique.

« Joli ! dit Mistigris.

— Oui, c'est joli, répéta l'inconnu.

— Nous sommes encore arrivés trop tôt, dit Mistigris. Ne pourrions-nous pas chiquer *une* légume[2] quelconque ! Mon estomac est comme la nature, il abhorre le vide !

— Pouvons-nous aller prendre une tasse de café ? demanda le jeune homme d'une voix douce à Pierrotin.

— Ne soyez pas longtemps, dit Pierrotin.

— Bon, nous avons un quart d'heure », répondit Mistigris en trahissant ainsi le génie d'observation inné chez les rapins de Paris.

Ces deux voyageurs disparurent. Neuf heures sonnèrent alors dans la cuisine de l'hôtel. Georges trouva juste et raisonnable d'apostropher Pierrotin.

« Eh ! mon ami, quand on jouit d'un sabot conditionné comme celui-là, dit-il en frappant avec sa canne sur la roue, on se donne au moins le mérite de l'exactitude[3]. Que diable ! on ne se met pas là-dedans pour son agrément, il faut avoir des affaires diablement pressées pour y confier ses os. Puis cette rosse, que vous appelez Rougeot, ne nous regagnera pas le temps perdu.

— Nous allons vous atteler Bichette pendant que ces deux voyageurs prendront leur café, répondit Pierrotin. Va donc, toi, dit-il au facteur, voir si le père Léger veut s'en venir avec nous...

— Et où est-il, ce père Léger ? fit Georges.

— En face, au numéro 50, il n'a pas trouvé de place dans la voiture de Beaumont », dit Pierrotin à son facteur sans répondre à Georges et en disparaissant pour aller chercher Bichette.

Georges, à qui son ami pressa la main, monta dans la voiture, en y jetant d'abord d'un air important un grand portefeuille qu'il plaça sous le coussin. Il prit le coin opposé à celui que remplissait Oscar.

« Ce père Léger m'inquiète, dit-il.

— On ne peut pas nous ôter nos places, j'ai le numéro un, répondit Oscar.

— Et moi le deux », répondit Georges.

En même temps que Pierrotin paraissait avec Bichette, le facteur apparut remorquant un gros homme du poids de cent vingt kilogrammes, au moins. Le père Léger appartenait au genre du fermier à gros ventre, à dos carré, à queue poudrée, et vêtu d'une petite redingote de toile bleue. Ses guêtres blanches, montant jusqu'au-dessus du genou, y pinçaient des culottes de velours rayé, serrées par des boucles d'argent. Ses souliers ferrés pesaient chacun deux livres. Enfin, il tenait à la main un petit bâton rougeâtre et sec, luisant, à gros bout, attaché par un cordon de cuir autour de son poignet.

« Vous vous appelez le père Léger ? » dit sérieusement Georges quand le fermier tenta de mettre un de ses pieds sur le marchepied.

« Pour vous servir », dit le fermier en montrant

une figure qui ressemblait à celle de Louis XVIII[1], à fortes bajoues rubicondes, où poindait[2] un nez qui dans toute autre figure eût paru énorme. Ses yeux souriants étaient pressés par des bourrelets de graisse. « Allons, un coup de main, mon garçon », dit-il à Pierrotin.

Le fermier fut hissé par le facteur et par le messager au cri de : « Haoup ! là ! ahé ! hisse !... » poussé par Georges.

« Oh ! je ne vais pas loin, je ne vais que jusqu'à La Cave », dit le fermier répondant à une plaisanterie par une autre.

En France tout le monde entend la plaisanterie.

« Mettez-vous au fond, dit Pierrotin, vous allez être six.

— Et votre autre cheval, demanda Georges, est-il aussi fantastique qu'*un troisième* cheval de poste[3] ?

— Voilà, bourgeois », dit Pierrotin, en indiquant par un geste la petite jument venue toute seule.

« Il appelle cet insecte un cheval, fit Georges étonné.

— Oh ! il est bon, ce petit cheval-là, dit le fermier qui s'était assis, salut, messieurs. Allons-nous démarrer, Pierrotin ?

— J'ai deux voyageurs qui prennent leur tasse de café », répondit le voiturier.

Le jeune homme à la figure creusée et son rapin se montrèrent alors.

« Partons ! fut un cri général.

— Nous allons partir, répondit Pierrotin. Allons, démarrons », dit-il au facteur, qui ôta les pierres avec lesquelles les roues étaient calées.

Le messager prit la bride de Rougeot, et fit ce cri guttural de kit ! kit ! pour dire aux deux bêtes de rassembler leurs forces, et quoique notablement engourdies, elles tirèrent la voiture, que Pierrotin rangea devant la porte du Lion-d'Argent. Après cette manœuvre purement préparatoire, il regarda dans la rue d'Enghien et disparut en laissant sa voiture sous la garde du facteur.

« Eh bien, est-il sujet à ces attaques-là, votre bourgeois ? demanda Mistigris au facteur.

— Il est allé reprendre son avoine à l'écurie », répondit l'Auvergnat au fait de toutes les ruses en usage pour faire patienter les voyageurs.

« Après tout, dit Mistigris, *le temps est un grand maigre*[1]. »

En ce moment, la mode d'estropier les proverbes régnait dans les ateliers de peinture. C'était un triomphe que de trouver un changement de quelques lettres ou d'un mot à peu près semblable qui laissait au proverbe un sens baroque ou cocasse.

« *Paris n'a pas été bâti dans un four* », répondit le maître.

Pierrotin revint amenant le comte de Sérisy venu par la rue de l'Échiquier, et avec qui sans doute il avait eu quelques minutes de conversation.

« Père Léger, voulez-vous donner votre place à monsieur le comte ? ma voiture serait chargée plus également.

— Et nous ne partirons pas dans une heure, si vous continuez, dit Georges. Il va falloir ôter cette infernale barre que nous avons eu tant de peine à mettre, et tout le monde devra descendre pour un voyageur qui vient le dernier. Chacun a droit à la place qu'il a retenue, quelle est celle de monsieur ? Voyons, faites l'appel ! Avez-vous une feuille, avez-vous un registre ? Quelle est la place de M. Lecomte, comte de quoi ?

— Monsieur le comte... dit Pierrotin visiblement embarrassé, vous serez bien mal.

— Vous ne saviez donc pas votre compte ? demanda Mistigris. *Les bons comtes font les bons tamis*.

— Mistigris, de la tenue ! » s'écria gravement son maître.

M. de Sérisy fut évidemment pris par tous les voyageurs pour un bourgeois qui s'appelait Lecomte[1].

« Ne dérangez personne[2], dit le comte à Pierrotin, je me mettrai près de vous sur le devant.

— Allons, Mistigris, dit le jeune homme au rapin, souviens-toi du respect que tu dois à la vieillesse ! Tu ne sais pas combien tu peux être affreusement vieux, *les voyages déforment la jeunesse*. Ainsi cède ta place à monsieur. »

Mistigris ouvrit le devant du cabriolet et sauta par terre avec la rapidité d'une grenouille qui s'élance à l'eau.

« Vous ne pouvez pas être un lapin, auguste vieillard, dit-il à M. de Sérisy.

— Mistigris, *les Arts sont l'ami de l'homme*, lui répondit son maître.

— Je vous remercie, monsieur », dit le comte au maître de Mistigris qui devint ainsi son voisin.

Et l'homme d'État jeta sur le fond de la voiture un coup d'œil sagace qui offensa beaucoup Oscar et Georges.

« Nous sommes en retard d'une heure un quart, dit Oscar.

— Quand on veut être maître d'une voiture, on en retient toutes les places[3] », fit observer Georges.

Désormais sûr de son incognito, le comte de Sérisy ne répondit rien à ces observations, et prit l'air d'un bourgeois débonnaire.

« Vous seriez en retard, ne seriez-vous pas bien aise qu'on vous eût attendus ? » dit le fermier aux deux jeunes gens.

Pierrotin regardait vers la porte Saint-Denis en tenant son fouet, et il hésitait à monter sur la dure banquette où frétillait Mistigris.

« Si vous attendez quelqu'un, dit alors le comte, je ne suis pas le dernier.

— J'approuve ce raisonnement », dit Mistigris.

Georges et Oscar se mirent à rire assez insolemment.

« Le vieillard n'est pas fort », dit Georges à Oscar que cette apparence de liaison avec Georges enchanta.

Quand Pierrotin fut assis à droite sur son siège, il se pencha pour regarder en arrière sans pouvoir trouver dans la foule les deux voyageurs qui lui manquaient pour être à son grand complet.

« Parbleu ! deux voyageurs de plus ne me feraient pas de mal.

— Je n'ai pas payé, je descends, dit Georges effrayé.

— Et qu'attends-tu, Pierrotin ? » dit le père Léger.

Pierrotin cria un certain hi ! dans lequel Bichette et Rougeot reconnaissaient une résolution définitive, et les deux chevaux s'élancèrent vers la montée du faubourg d'un pas accéléré qui devait bientôt se ralentir.

Le comte avait une figure entièrement rouge, mais d'un rouge ardent sur lequel se détachaient quelques portions enflammées, et que sa chevelure entièrement blanche mettait en relief. À d'autres qu'à des jeunes gens, ce teint eût révélé l'inflammation constante du sang produite par d'immenses travaux[1]. Ces bourgeons nuisaient tellement à l'air noble du comte, qu'il fallait un examen attentif pour retrouver dans ses yeux verts la finesse du magistrat, la profondeur du politique et la science du législateur. La figure était plate, le nez semblait avoir été déprimé. Le chapeau cachait la grâce et la beauté du front. Enfin il y avait de quoi faire rire cette jeunesse insouciante dans le bizarre contraste d'une chevelure d'un blanc d'argent avec des sourcils gros, touffus, restés noirs. Le comte, qui portait une longue redingote bleue, boutonnée militairement jusqu'en haut, avait une cravate blanche autour du cou, du coton dans les oreilles, et un col de chemise assez ample qui dessinait sur chaque joue un carré blanc. Son pantalon noir enveloppait ses bottes dont le bout paraissait à peine. Il n'avait point de décoration à sa boutonnière, enfin ses gants de daim lui cachaient les mains. Certes, pour des jeunes gens, rien ne trahissait dans cet homme un pair de France, un des hommes les plus utiles au pays. Le père Léger n'avait jamais vu le comte, qui, de son côté, ne le connaissait que de nom. Si le comte, en montant en voiture, y jeta le perspicace coup d'œil qui venait de choquer Oscar et Georges, il y cherchait le clerc de son notaire pour lui recommander le plus profond silence, dans le cas où il eût été forcé comme lui de prendre la voiture à Pierrotin ; mais rassuré par la tournure d'Oscar, par celle du père Léger, et surtout par l'air quasi militaire, par les moustaches et les façons de chevalier d'industrie qui distinguaient Georges, il pensa que son billet était arrivé sans doute à temps chez maître Alexandre Crottat.

« Père Léger », dit Pierrotin en atteignant la rude montée du faubourg Saint-Denis à la rue de la Fidélité[1], « descendons, hein !

— Je descends aussi, dit le comte en entendant ce nom, il faut soulager vos chevaux.

— Ah ! si nous allons ainsi, nous ferons quatorze lieues en quinze jours ! s'écria Georges.

— Est-ce ma faute ? dit Pierrotin, un voyageur veut descendre.

— Dix louis pour toi, si tu me gardes fidèlement le secret que je t'ai demandé », dit à voix basse le comte en prenant Pierrotin par le bras.

« Oh ! mes mille francs », se dit Pierrotin en lui-même après avoir fait à M. de Sérisy un clignement d'yeux qui signifiait : « Comptez sur moi ! »

Oscar et Georges restèrent dans la voiture.

« Écoutez, Pierrotin, puisque Pierrotin il y a,

s'écria Georges quand après la montée les voyageurs furent replacés, si vous deviez ne pas aller mieux que cela, dites-le ? je paie ma place et je prends un bidet à Saint-Denis, car j'ai des affaires importantes qui seraient compromises par un retard.

— Oh ! il ira bien, répondit le père Léger. Et d'ailleurs la route n'est pas large.

— Jamais je ne suis plus d'une demi-heure en retard, répliqua Pierrotin.

— Enfin, vous ne brouettez pas le pape, n'est-ce pas ? dit Georges ; ainsi, marchez !

— Vous ne devez pas de préférence, et si vous craignez de trop cahoter monsieur, dit Mistigris en montrant le comte, ça n'est pas bien.

— Tous les voyageurs sont égaux devant le coucou, comme les Français devant la Charte[1], dit Georges.

— Soyez tranquille, dit le père Léger, nous arriverons bien à La Chapelle avant midi. »

La chapelle est le village contigu à la barrière Saint-Denis.

Tous ceux qui ont voyagé savent que les personnes réunies par le hasard dans une voiture ne se mettent pas immédiatement en rapport, et, à moins de circonstances rares, elles ne causent qu'après avoir fait un peu de chemin. Ce temps de silence est pris aussi bien par un examen mutuel que par la prise de possession de la place où l'on se trouve. Les âmes ont tout autant besoin que le corps de se mettre en équilibre. Quand chacun croit avoir pénétré l'âge vrai, la profession, le caractère de ses compagnons, le plus causeur commence alors, et la conversation s'engage avec d'autant plus de chaleur, que tout le monde a senti le besoin d'embellir le voyage et d'en charmer les ennuis. Les choses se passent ainsi dans les voitures françaises. Chez les autres nations, les mœurs sont bien différentes. Les anglais mettent leur orgueil à ne pas desserrer les dents ; l'Allemand est triste en voiture, et les Italiens sont trop prudents pour causer; les Espagnols n'ont plus guère de diligences, et les Russes n'ont point de routes. On ne s'amuse donc que dans les lourdes voitures de France, dans ce pays si babillard, si indiscret, où tout le monde est empressé de rire et de montrer son esprit, où la raillerie anime tout, depuis les misères des basses classes jusqu'aux graves intérêts des gros bourgeois. La Police y bride d'ailleurs peu la langue, et la Tribune[1] y a mis la discussion à la mode. Quand un jeune homme de vingt-deux ans, comme celui qui se cachait sous le nom de Georges, a de l'esprit, il est excessivement porté, surtout dans la situation présente, à en abuser. D'abord, Georges eut bientôt décrété qu'il était l'être supérieur de cette réunion. Il vit un manufacturier de second ordre dans le comte qu'il prit pour un coutelier, un gringalet dans le garçon minable accompagné de Mistigris, un petit niais dans Oscar, et dans le gros fermier une excellente nature à mystifier. Après avoir pris ainsi ses mesures, il résolut de s'amuser aux dépens de ses compagnons de voyage.

« Voyons », se dit-il pendant que le coucou de Pierrotin descendait de La Chapelle pour s'élancer sur la Plaine-Saint-Denis, « me ferai-je passer pour être Étienne ou Béranger ?... Non, ces cocos-là sont gens à ne connaître ni l'un ni l'autre[2]. Carbonaro ?... Diable ! je pourrais me faire empoigner[3]. Si j'étais un des fils du maréchal Ney ?... Bah ! qu'est-ce que je leur dirais ? l'exécution de mon père. Ça ne serait pas drôle. Si je revenais du Champ-d'Asile[4] ?... Ils pourraient me prendre pour un espion, ils se défieraient de moi. Soyons un prince russe déguisé, je vais leur faire avaler de fameux détails sur l'empereur Alexandre... Si je prétendais être Cousin, professeur de philosophie ?... oh ! comme je pourrais les entortiller ! Non, le gringalet à chevelure ébouriffée m'a l'air d'avoir traîné ses guêtres aux cours de la Sorbonne[1]. Pourquoi n'ai-je pas songé plus tôt à les faire aller? j'imite si bien les Anglais, je me serais posé en lord Byron, voyageant incognito... Sapristi! j'ai manqué mon coup. Être fils du bourreau?... Voilà une crâne idée pour se faire faire de la place à déjeuner. Oh! bon, j'aurai commandé les troupes d'Ali, pacha de Janina[2]!... »

Pendant ce monologue, la voiture roulait dans les flots de poussière qui s'élèvent incessamment des bas-côtés de cette route si battue.

« Quelle poussière! dit Mistigris.

— Henri IV est mort, lui repartit vivement son compagnon. Encore si tu disais qu'elle sent la vanille, tu émettrais une opinion nouvelle.

— Vous croyez rire, répondit Mistigris: eh bien, ça rappelle par moments la vanille.

— Dans le Levant... » dit Georges en voulant entamer une histoire.

« Dans le vent, fit le maître à Mistigris en interrompant Georges.

— Je dis dans le Levant, d'où je reviens, reprit Georges, la poussière sent très bon; mais ici, elle ne sent quelque chose que quand il se rencontre un dépôt de poudrette comme celui-ci!

— Monsieur vient du Levant? dit Mistigris d'un air narquois.

— Tu vois bien que monsieur est si fatigué, qu'il s'est mis sur le Ponant[3], lui répondit son maître.

— Vous n'êtes pas très bruni par le soleil, dit Mistigris.

— Oh! je sors de mon lit après une maladie de trois mois, dont le germe était, disent les médecins, une peste rentrée.

— Vous avez eu la peste! s'écria le comte en faisant un geste d'effroi. Pierrotin, arrêtez!

— Allez, Pierrotin, répéta Mistigris. On vous dit

qu'elle est rentrée, la peste, dit-il en interpellant M. de Sérisy. C'est une peste qui passe en conversation.

— Une peste de celles dont on dit : "Peste !" s'écria le maître.

— Ou : "Peste soit du bourgeois !" reprit Mistigris.

— Mistigris ! reprit le maître, je vous mets à pied si vous vous faites des affaires. Ainsi, dit-il en se tournant vers Georges, monsieur est allé dans l'Orient ?

— Oui, monsieur, d'abord en Égypte, et puis en Grèce où j'ai servi Ali, pacha de Janina, avec qui j'ai eu une terrible prise de bec. — On ne résiste pas à ces climats-là. — Aussi les émotions de tout genre que donne la vie orientale m'ont-elles désorganisé le foie.

— Ah ! vous avez servi ? dit le gros fermier. Quel âge avez-vous donc ?

— J'ai vingt-neuf ans[1], reprit Georges que tous les voyageurs regardèrent. À dix-huit ans, je suis parti simple soldat pour la fameuse campagne de 1813 ; mais je n'ai vu que le combat d'Hanau[2] et j'y ai gagné le grade de sergent-major. En France, à Montereau, je fus nommé sous-lieutenant, et j'ai été décoré par... (il n'y a pas de mouchards ?) par l'Empereur[3].

— Vous êtes décoré, dit Oscar, et vous ne portez pas la croix[4] ?

— La croix de ceux-ci ?... bonsoir. Quel est d'ailleurs l'homme comme il faut qui porte ses décorations en voyage ? Voilà monsieur, dit-il en montrant le comte de Sérisy, je parie tout ce que vous voudrez...

— Parier tout ce qu'on voudra, c'est en France une manière de ne rien parier du tout, dit le maître à Mistigris.

— Je parie tout ce que vous voudrez, reprit Georges avec affectation, que ce monsieur est couvert de crachats[5].

— J'ai, répondit en riant le comte de Sérisy, celui de grand-croix de la Légion d'honneur, celui de Saint-André de Russie, celui de l'Aigle de Prusse, celui de l'Annonciade de Sardaigne, et la Toison-d'Or.

— Excusez du peu, dit Mistigris. Et tout ça va en coucou ?

— Ah ! il va bien, le bonhomme couleur de brique, dit Georges à l'oreille d'Oscar. Hein ! qu'est-ce que je vous disais ? reprit-il à haute voix. Moi, je ne le cache pas, j'adore l'Empereur...

— Je l'ai servi, dit le comte.

— Quel homme ! n'est-ce pas ? s'écria Georges.

— Un homme à qui j'ai bien des obligations, répondit le comte d'un air niais très bien joué.

— Vos croix ?... dit Mistigris.

— Et combien il prenait de tabac ! reprit M. de Sérisy.

— Oh ! il le prenait dans ses poches, à même, dit Georges.

— On m'a dit cela, demanda le père Léger d'un air presque incrédule.

— Mais bien plus, il chiquait et fumait, reprit Georges. Je l'ai vu fumant, et d'une drôle de manière, à Waterloo, quand le maréchal Soult l'a pris à bras-le-corps et l'a jeté dans sa voiture, au moment où il avait empoigné un fusil et allait charger les Anglais[1] !...

— Vous étiez à Waterloo ? fit Oscar dont les yeux s'écarquillaient.

— Oui, jeune homme, j'ai fait la campagne de 1815. J'étais capitaine à Mont-Saint-Jean, et je me suis retiré sur la Loire, quand on nous a licenciés. Ma foi, la France me dégoûtait, et je n'ai pas pu y tenir. Non, je me serais fait empoigner. Aussi me suis-je en allé avec deux ou trois lurons, Selves, Besson[2] et autres, qui sont à cette heure en Égypte, au service du pacha Mohammed[3], un drôle de corps, allez !

Jadis simple marchand de tabac à La Cavalle, il est en train de se faire prince souverain. Vous l'avez vu dans le tableau d'Horace Vernet, *Le Massacre des Mameluks*[1]. Quel bel homme ! Moi je n'ai pas voulu quitter la religion de mes pères et embrasser l'islamisme, d'autant plus que l'abjuration exige une opération chirurgicale de laquelle je ne me soucie pas du tout. Puis, personne n'estime un renégat. Ah ! si l'on m'avait offert cent mille francs de rente, peut-être... et encore ?... non. Le Pacha me fit donner mille thalaris de gratification...

— Qu'est-ce que c'est ? dit Oscar qui écoutait Georges de toutes ses oreilles.

— Oh ! pas grand-chose. Le thalaris[2] est comme qui dirait une pièce de cent sous. Et, ma foi, je n'ai pas gagné la rente des vices que j'ai contractés dans ce tonnerre de Dieu de pays-là, si toutefois c'est un pays. Je ne puis plus maintenant me passer de fumer le narguilé deux fois par jour, et c'est cher...

— Et comment est donc l'Égypte ? demanda M. de Sérisy.

— L'Égypte, c'est tout sables, répondit Georges sans se déferrer. Il n'y a de vert que la vallée du Nil. Tracez une ligne verte sur une feuille de papier jaune, voilà l'Égypte. Par exemple, les Égyptiens, les fellahs ont sur nous un avantage, il n'y a point de gendarmes. Oh ! vous feriez toute l'Égypte, vous n'en verriez pas un.

— Je suppose qu'il y a beaucoup d'Égyptiens, dit Mistigris.

— Pas tant que vous le croyez, reprit Georges, il y a beaucoup plus d'Abyssins, de Giaours, de Véchabites, de Bédouins et de Cophtes... Enfin, tous ces animaux-là sont si peu divertissants, que je me suis trouvé très heureux de m'embarquer sur une polacre[3] génoise qui devait aller charger aux îles Ioniennes de la poudre et des munitions pour Ali de Tébélen[4].

Vous savez? les Anglais vendent de la poudre et des munitions à tout le monde, aux Turcs, aux Grecs, au diable, si le diable avait de l'argent[1]. Ainsi, de Zante nous devions aller sur la côte de Grèce en louvoyant. Tel que vous me voyez, mon nom de Georges est fameux dans ces pays-là. Je suis le petit-fils de ce fameux Czerni-Georges[2] qui a fait la guerre à la Porte, et qui malheureusement au lieu de l'enfoncer s'est enfoncé lui-même. Son fils s'est réfugié dans la maison du consul français de Smyrne, et il est venu mourir à Paris en 1792[3], laissant ma mère grosse de moi, son septième enfant. Nos trésors ont été volés par un des amis de mon grand-père, en sorte que nous étions ruinés. Ma mère, qui vivait du produit de ses diamants vendus un à un, a épousé en 1799 M. Yung, mon beau-père, un fournisseur. Mais ma mère est morte, je me suis brouillé avec mon beau-père qui, entre nous, est un gredin; il vit encore, mais nous ne nous voyons point. Ce chinois-là nous a laissés tous les sept sans nous dire: "Es-tu chien? es-tu loup?" Voilà comment, de désespoir, je suis parti en 1813 simple conscrit... Vous ne sauriez croire avec quelle joie ce vieux Ali de Tébélen a reçu le petit-fils de Czerni-Georges. Ici, je me fais appeler simplement Georges. Le Pacha m'a donné un sérail...

— Vous avez un sérail? dit Oscar.

— Étiez-vous pacha à beaucoup de queues? demanda Mistigris.

— Comment ne savez-vous pas, reprit Georges, qu'il n'y a que le sultan qui fasse des pachas, et que mon ami Tébélen, car nous étions amis comme Bourbons, se révoltait contre le Padischa! Vous savez, ou vous ne savez pas que le vrai nom du Grand-Seigneur est Padischa, et non pas Grand-Turc ou Sultan. Ne croyez pas que ce soit grand-chose, un sérail. Autant avoir un troupeau de chèvres. Ces femmes-là sont bien bêtes, et j'aime cent fois mieux les grisettes de la Chaumière[1], à Montparnasse.

— C'est plus près, dit le comte de Sérisy.

— Les femmes de sérail ne savent pas un mot de français, et la langue est indispensable pour s'entendre. Ali m'a donné cinq femmes légitimes et dix esclaves. À Janina, c'est comme si je n'avais rien eu. Dans l'Orient, voyez-vous, avoir des femmes, c'est très mauvais genre, on en a comme nous avons ici Voltaire et Rousseau ; mais qui jamais ouvre son Voltaire ou son Rousseau ? Personne[2]. Et cependant le grand genre est d'être jaloux. On coud une femme dans un sac et on la jette à l'eau sur un simple soupçon, d'après un article de leur code.

— En avez-vous jeté ? demanda le fermier.

— Moi, fi donc, un Français ! je les ai aimées. »

Là-dessus Georges refrisa, retroussa ses moustaches et prit un air rêveur. On entrait à Saint-Denis où Pierrotin s'arrêta devant la porte de l'aubergiste qui vend les célèbres talmouses[3] et où tous les voyageurs descendent. Intrigué par les apparences de vérité mêlées aux plaisanteries de Georges, le comte remonta promptement dans la voiture, regarda sous le coussin le portefeuille que Pierrotin lui dit y avoir été mis par ce personnage énigmatique, et lut en lettres dorées : « Maître Crottat, notaire. » Aussitôt le comte se permit d'ouvrir le portefeuille, en craignant avec raison que le père Léger ne fût pris d'une curiosité semblable ; il en ôta l'acte qui concernait la ferme des Moulineaux, le plia, le mit dans la poche de côté de sa redingote et revint examiner les voyageurs.

« Ce Georges est tout bonnement le second clerc de Crottat. Je ferai mes compliments à son patron, qui devait m'envoyer son premier clerc », se dit-il.

À l'air respectueux du père Léger et d'Oscar, Georges comprit qu'il avait en eux de fervents admirateurs ; il se posa naturellement en grand seigneur, il leur paya des talmouses et un verre de vin d'Alicante, ainsi qu'à Mistigris et à son maître, en profitant de cette largesse pour demander leurs noms.

« Oh ! monsieur, dit le patron de Mistigris, je ne suis pas doué d'un nom illustre comme le vôtre, je ne reviens pas d'Asie... »

En ce moment le comte, qui s'était empressé de rentrer dans l'immense cuisine de l'aubergiste, afin de ne donner aucun soupçon sur sa découverte, put écouter la fin de cette réponse.

« ... Je suis tout bonnement un pauvre peintre qui reviens de Rome où je suis allé aux frais du gouvernement, après avoir remporté le grand prix, il y a cinq ans. Je me nomme Schinner[1].

— Hé ! bourgeois, peut-on vous offrir un verre d'Alicante et des talmouses ? dit Georges au comte.

— Merci, dit le comte, je ne sors jamais sans avoir pris ma tasse de café à la crème.

— Et vous ne mangez rien entre vos repas ? Comme c'est Marais, place Royale et île Saint-Louis[2] ! dit Georges. Quand il a *blagué* tout à l'heure sur ses croix, je le croyais plus fort qu'il n'est, dit-il à voix basse au peintre ; mais nous le remettrons sur ses décorations, ce petit fabricant de chandelles. Allons, mon brave, dit-il à Oscar, humez-moi le verre versé pour l'épicier, ça vous fera pousser des moustaches. »

Oscar voulut faire l'homme, il but le second verre et mangea trois autres talmouses.

« Bon vin », dit le père Léger en faisant claquer sa langue contre son palais.

« Il est d'autant meilleur, dit Georges, qu'il vient de Bercy ! Je suis allé à Alicante, et, voyez-vous, c'est du vin de ce pays-là comme mon bras ressemble à un moulin à vent. Nos vins factices sont bien meilleurs que les vins naturels. — Allons, Pierrotin, un verre?... Hein! c'est bien dommage que vos chevaux ne puissent pas en siffler chacun un, nous irions mieux.

— Oh! c'est pas la peine, j'ai déjà un cheval gris», dit Pierrotin en montrant Bichette.

En entendant ce vulgaire calembour, Oscar trouva Pierrotin un garçon prodigieux.

«En route!» Ce mot de Pierrotin retentit au milieu d'un claquement de fouet, quand les voyageurs se furent emboîtés.

Il était alors onze heures. Le temps un peu couvert se leva, le vent du haut chassa les nuages, le bleu de l'éther brilla par places; aussi quand la voiture à Pierrotin s'élança dans le petit ruban de route qui sépare Saint-Denis de Pierrefitte, le soleil avait-il achevé de boire les dernières et fines vapeurs dont le voile diaphane enveloppait les paysages de cette célèbre banlieue.

«Eh bien, pourquoi donc avez-vous quitté votre ami le pacha? dit le père Léger à Georges.

— C'était un singulier polisson, répondit Georges d'un air qui cachait bien des mystères. Figurez-vous, il me donne sa cavalerie à commander!... très bien.»

«Ah! voilà pourquoi il a des éperons», pensa le pauvre Oscar.

«De mon temps, Ali de Tébélen avait à se dépêtrer de Chrosrew-Pacha[1], encore un drôle de pistolet! Vous le nommez ici Chaureff, mais son nom en turc se prononce Cossereu. Vous avez dû lire autrefois dans les journaux que le vieil Ali a rossé Chosrew, et solidement. Eh bien, sans moi, Ali de Tébélen eût été frit quelques jours plus promptement. J'étais à l'aile droite et je vois Chosrew, un vieux finaud qui vous enfonce notre centre... oh! là! raide et par un beau mouvement à la Murat. Bon! Je prends mon temps, je fais une charge à fond de train et coupe en deux la colonne de Chosrew, qui avait dépassé le centre et qui restait à découvert. Vous comprenez... Ah ! dame, après l'affaire, Ali m'embrassa...

— Ça se fait en Orient ? dit le comte de Sérisy d'un air goguenard.

— Oui, monsieur, reprit le peintre, ça se fait partout.

— Nous avons ramené Chosrew pendant trente lieues de pays... comme à une chasse, quoi ! reprit Georges. C'est des cavaliers finis, les Turcs. Ali m'a donné des yatagans, des fusils et des sabres !... en veux-tu, en voilà. De retour dans sa capitale, ce satané farceur m'a fait des propositions qui ne me convenaient pas du tout. Ces Orientaux sont drôles, quand ils ont une idée... Ali voulait que je fusse son favori, son héritier. Moi, j'avais assez de cette vie-là ; car, après tout, Ali de Tébélen était en rébellion avec la Porte, et je jugeai convenable de la prendre, la porte. Mais je rends justice à M. de Tébélen, il m'a comblé de présents : des diamants, dix mille thalaris, mille pièces d'or, une belle Grecque pour groom, un petit Arnaute pour compagne[1], et un cheval arabe. Allez, Ali pacha de Janina est un homme incompris, il lui faudrait un historien. Il n'y a qu'en Orient qu'on rencontre de ces âmes de bronze, qui pendant vingt ans font tout pour pouvoir venger une offense un beau matin. D'abord il avait la plus belle barbe blanche qu'on puisse voir, une figure dure, sévère...

— Mais qu'avez-vous fait de vos trésors ? dit le père Léger.

— Ah ! voilà. Ces gens-là n'ont pas de Grand-Livre ni de Banque de France, j'emportai donc mes bigallions[2] sur une tartane grecque qui fut pincée par le Capitan-Pacha lui-même ! Tel que vous me voyez, j'ai failli être empalé à Smyrne. Oui, ma foi, sans M. de Rivière[3], l'ambassadeur, qui s'y trouvait, on me prenait pour un complice d'Ali-Pacha. J'ai sauvé ma tête, afin de parler honnêtement[1], mais les dix mille thalaris, les mille pièces d'or, les armes, oh ! tout a été bu par le *soifard* trésor du Capitan-Pacha. Ma position était d'autant plus difficile que ce Capitan-Pacha n'était autre que Chosrew. Depuis sa rincée, le drôle avait obtenu cette place, qui équivaut à celle de grand amiral en France.

— Mais il était dans la cavalerie, à ce qu'il paraît », dit le père Léger qui suivait avec attention le récit de Georges.

« Oh ! comme on voit bien que l'Orient est peu connu dans le département de Seine-et-Oise, s'écria Georges. Monsieur, voilà les Turcs : vous êtes fermier, le Padischa vous nomme maréchal ; si vous ne remplissez pas vos fonctions à sa satisfaction, tant pis pour vous, on vous coupe la tête : c'est sa manière de destituer les fonctionnaires. Un jardinier passe préfet, et un premier ministre redevient tchiaoux[2]. Les Ottomans ne connaissent point les lois sur l'avancement ni la hiérarchie ! De cavalier, Chosrew était devenu marin. Le Padischa Mahmoud l'avait chargé de prendre Ali par mer, et il s'est en effet rendu maître de lui, mais assisté par les Anglais, qui ont eu la bonne part, les gueux ! ils ont mis la main sur les trésors. Ce Chosrew, qui n'avait pas oublié la leçon d'équitation que je lui avais donnée, me reconnut. Vous comprenez que mon affaire était faite, oh ! raide ! si je n'avais pas eu l'idée de me réclamer, en qualité de Français et de troubadour[3], de M. de Rivière. L'ambassadeur, enchanté de se montrer, demanda ma liberté. Les Turcs ont cela de bon dans le caractère, qu'ils vous laissent aussi bien aller qu'ils vous coupent la tête, ils sont indifférents à tout. Le consul de France[4], un charmant homme, ami de Chosrew, me fit restituer deux mille thalaris ; aussi son nom, je puis le dire, est-il gravé dans mon cœur...

— Vous le nommez ? » demanda M. de Sérisy.

M. de Sérisy laissa voir sur sa figure quelques marques d'étonnement quand Georges lui dit effectivement le nom d'un de nos plus remarquables consuls généraux qui se trouvait alors à Smyrne.

« J'assistai, par parenthèse, à l'exécution du commandant de Smyrne, que le Padischa avait ordonné à Chosrew de mettre à mort, une des choses les plus curieuses que j'ai vues, quoique j'en aie beaucoup vu, je vous la raconterai tout à l'heure en déjeunant. De Smyrne, je passai en Espagne, en apprenant qu'il s'y faisait une révolution. Oh ! je suis allé droit à Mina[1], qui m'a pris pour aide de camp, et m'a donné le grade de colonel. Je me suis battu pour la cause constitutionnelle qui va succomber, car nous allons entrer en Espagne un de ces jours.

— Et vous êtes officier français ? dit sévèrement le comte de Sérisy. Vous comptez bien sur la discrétion de ceux qui vous écoutent.

— Mais il n'y a pas de mouchards, dit Georges.

— Vous ne songez donc pas, colonel Georges, dit le comte, qu'en ce moment on juge à la Cour des pairs une conspiration qui rend le gouvernement très sévère à l'égard des militaires qui portent les armes contre la France, et qui nouent des intrigues à l'étranger dans le dessein de renverser nos souverains légitimes[2]... »

Sur cette terrible observation, le peintre devint rouge jusqu'aux oreilles, et regarda Mistigris qui parut interdit.

« Eh bien, dit le père Léger, après ?

— Si, par exemple, j'étais magistrat, mon devoir ne serait-il pas, répondit le comte, de faire arrêter l'aide de camp de Mina par les gendarmes de la brigade de Pierrefitte, et d'assigner comme témoins tous les voyageurs qui sont dans la voiture ? »

Ces paroles coupèrent d'autant mieux la parole à

Georges qu'on arrivait devant la brigade de gendarmerie, dont le drapeau blanc flottait, en termes classiques, au gré du zéphyr[1].

« Vous avez trop de décorations pour vous permettre une pareille lâcheté, dit Oscar.

— Nous allons le repincer, dit Georges à l'oreille d'Oscar.

— Colonel », s'écria Léger que la sortie du comte de Sérisy oppressait et qui voulait changer de conversation, dans les pays où vous êtes allé, « comment ces gens-là cultivent-ils ? quels sont leurs assolements ?

— D'abord, vous comprenez, mon brave, que ces gens-là sont trop occupés de fumer eux-mêmes pour fumer leurs terres... »

Le comte ne put s'empêcher de sourire. Ce sourire rassura le narrateur.

« ... Mais ils ont une façon de cultiver qui va vous sembler drôle. Ils ne cultivent pas du tout, voilà leur manière de cultiver. Les Turcs, les Grecs, ça mange des oignons ou du riz... Ils recueillent l'opium de leurs coquelicots, qui leur donne de grands revenus ; et puis ils ont le tabac, qui croît spontanément, le fameux Lattaqui[2] ! puis les dattes ! un tas de sucreries qui croissent sans culture. C'est un pays plein de ressources et de commerce. On fait beaucoup de tapis à Smyrne, et pas chers.

— Mais, dit Léger, si les tapis sont en laine, elle ne vient que des moutons ; et pour avoir des moutons, il faut des prairies, des fermes, une culture...

— Il doit bien y avoir quelque chose qui ressemble à cela, répondit Georges ; mais le riz vient dans l'eau, d'abord ; puis, moi, j'ai toujours longé les côtes et je n'ai vu que des pays ravagés par la guerre. D'ailleurs, j'ai la plus profonde aversion pour la statistique[3].

— Et les impôts ? dit le père Léger.

— Ah ! les impôts sont lourds. On leur prend tout,

mais on leur laisse le reste. Frappé des avantages de ce système, le pacha d'Égypte était en train d'organiser son administration sur ce pied-là, quand je l'ai quitté.

— Mais comment... » dit le père Léger qui ne comprenait plus rien.

« Comment ?... reprit Georges. Mais il a des agents qui prennent les récoltes, en laissant aux fellahs juste de quoi vivre. Aussi, dans ce système-là, point de paperasses ni de bureaucratie, la plaie de la France... Ah ! voilà !...

— Mais en vertu de quoi ? dit le fermier.

— C'est un pays de despotisme, voilà tout. Ne savez-vous pas la belle définition donnée par Montesquieu du despotisme : "Comme le sauvage, il coupe l'arbre par le pied pour en avoir les fruits[1]..."

— Et l'on veut nous ramener là[2], dit Mistigris ; mais *chaque échaudé craint l'eau froide*.

— Et on y viendra, s'écria le comte de Sérisy. Aussi ceux qui ont des terres feront-ils bien de les vendre. M. Schinner a dû voir de quel train toutes ces choses-là reviennent en Italie.

— *Corpo di Bacco*, le pape n'y va pas de main morte ! reprit Schinner. Mais on y est fait. Les Italiens sont un si bon peuple ! Pourvu qu'on les laisse un peu assassiner les voyageurs sur les routes, ils sont contents.

— Mais, reprit le comte, vous ne portez pas non plus la décoration de la Légion d'honneur que vous avez obtenue en 1819, c'est donc une mode générale ? »

Mistigris et le faux Schinner rougirent jusqu'aux oreilles.

« Moi ! c'est différent, reprit Schinner, je ne voudrais pas être reconnu. Ne me trahissez pas, monsieur. Je suis censé être un petit peintre sans conséquence, je passe pour un décorateur. Je vais dans un château où je ne dois exciter aucun soupçon.

— Ah ! fit le comte, une bonne fortune, une intrigue ?... Oh ! vous êtes bien heureux d'être jeune... »

Oscar, qui crevait dans sa peau de n'être rien et de n'avoir rien à dire, regardait le colonel Czerni-Georges, le grand peintre Schinner, et il cherchait à se métamorphoser en quelque chose. Mais que pouvait être un garçon de dix-neuf ans, qu'on envoyait pendant quinze à vingt jours à la campagne, chez le régisseur de Presles ? Le vin d'Alicante lui montait à la tête, et son amour-propre lui faisait bouillonner le sang dans les veines ; aussi, lorsque le fameux Schinner laissa deviner une aventure romanesque dont le bonheur devait être aussi grand que le danger, attacha-t-il sur lui des yeux pétillants de rage et d'envie.

« Ah ! dit le comte d'un air envieux et crédule, il faut bien aimer une femme pour lui faire de si énormes sacrifices...

— Quels sacrifices ?... fit Mistigris.

— Ne savez-vous donc pas, mon petit ami, qu'un plafond peint par un si grand maître se couvre d'or ? répondit le comte. Voyons ! si la Liste civile vous paie trente mille francs ceux de deux salles au Louvre, reprit-il en regardant Schinner, pour un bourgeois, comme vous dites de nous dans vos ateliers[1], un plafond vaut bien vingt mille francs ; or, à peine en donnera-t-on deux mille à un décorateur obscur.

— L'argent de moins n'est pas la plus grande perte, répondit Mistigris. Songez donc que ce sera certes un chef-d'œuvre, et qu'il ne faut pas le signer pour ne point *la* compromettre.

— Ah ! je rendrais bien toutes mes croix aux souverains de l'Europe pour être aimé comme l'est un jeune homme à qui l'amour inspire de tels dévouements ! s'écria M. de Sérisy.

— Ah ! voilà, fit Mistigris, on est jeune, on est aimé ! on a des femmes, et comme on dit : *abondance de chiens ne nuit pas*.

— Et que dit de cela Mme Schinner ? reprit le comte, car vous avez épousé par amour la belle Adélaïde de Rouville, la protégée du vieil amiral de Kergarouët[1], qui vous a fait obtenir vos plafonds au Louvre par son neveu, le comte de Fontaine.

— Est-ce qu'un grand peintre est jamais marié en voyage ? fit observer Mistigris.

— Voilà donc la morale des ateliers !... s'écria niaisement[2] le comte de Sérisy.

— La morale des cours où vous avez eu vos décorations est-elle meilleure[3] ? » dit Schinner qui recouvra son sang-froid un moment troublé par la connaissance que le comte annonçait avoir des commandes faites à Schinner.

« Je n'en ai pas demandé une seule, répondit le comte, et je crois les avoir toutes loyalement gagnées.

— Et ça vous va *comme un notaire sur une jambe de bois* », répliqua Mistigris.

M. de Sérisy ne voulut pas se trahir, il prit un air de bonhomie en regardant la vallée de Groslay qui se découvre en prenant à la Patte-d'Oie le chemin de Saint-Brice, et laissant sur la droite celui de Chantilly.

« Attrape, dit en grommelant Oscar.

— Est-ce aussi beau qu'on le prétend, Rome ? demanda Georges au grand peintre.

— Rome n'est belle que pour les gens qui aiment, il faut avoir une passion pour s'y plaire ; mais, comme ville, j'aime mieux Venise, quoique j'aie manqué d'y être assassiné.

— Ma foi, sans moi, dit Mistigris, vous la gobiez joliment ! C'est ce satané farceur de lord Byron qui vous a valu cela. Oh ! ce chinois[4] d'Anglais était-il rageur !

— Chut ! dit Schinner, je ne veux pas qu'on sache mon affaire avec lord Byron.

— Avouez tout de même, répondit Mistigris, que vous avez été bien heureux que j'aie appris à tirer la savate[1]. »

De temps en temps, Pierrotin échangeait avec le comte de Sérisy des regards singuliers qui eussent inquiété des gens un peu plus expérimentés que ne l'étaient les cinq voyageurs.

« Des lords, des pachas, des plafonds de trente mille francs ! Ah ça ! s'écria le messager de L'Isle-Adam, je mène donc des souverains aujourd'hui ? quels pourboires !

— Sans compter que les places sont payées, dit finement Mistigris.

— Ça m'arrive à propos, reprit Pierrotin ; car, père Léger, vous savez bien ma belle voiture neuve sur laquelle j'ai donné deux mille francs d'arrhes... Eh bien, ces canailles de carrossiers, à qui je dois compter deux mille cinq cents francs demain, n'ont pas voulu accepter un acompte de quinze cents francs et recevoir de moi un billet de mille francs à deux mois !... Ces carcans-là veulent tout. Être dur à ce point avec un homme établi depuis huit ans, avec un père de famille, et le mettre en danger de perdre tout, argent et voiture, si je ne trouve pas un misérable billet de mille francs. Hue ! Bichette. Ils ne feraient pas ce tour-là aux grandes entreprises, allez.

— Ah ! dame ! *pas d'argent, pas de suif*, dit le rapin.

— Vous n'avez plus que huit cents francs à trouver », répondit le comte en voyant dans cette plainte adressée au père Léger une espèce de lettre de change tirée sur lui.

« C'est vrai, fit Pierrotin, Xi ! Xi ! Rougeot.

— Vous avez dû voir de beaux plafonds à Venise, reprit le comte en s'adressant à Schinner.

— J'étais trop amoureux pour faire attention à ce qui me semblait alors n'être que des bagatelles, répondit Schinner. Je devrais cependant être bien guéri de l'amour, car j'ai reçu précisément dans les États vénitiens, en Dalmatie, une cruelle leçon.

— Ça peut-il se dire ? demanda Georges. Je connais la Dalmatie.

— Eh bien, si vous y êtes allé, vous devez savoir qu'au fond de l'Adriatique, c'est tous vieux pirates, forbans, corsaires retirés des affaires, quand ils n'ont pas été pendus, des...

« Les Uscoques[1], enfin », dit Georges.

En entendant le mot propre, le comte, que Napoléon avait envoyé jadis dans les Provinces illyriennes, tourna la tête, tant il en fut étonné.

« C'est dans cette ville où l'on fait du marasquin, dit Schinner en paraissant chercher un nom.

— Zara ! dit Georges. J'y suis allé, c'est sur la côte.

— Vous y êtes, reprit le peintre. Moi, j'allais là pour observer le pays, car j'adore le paysage. Voilà vingt fois que j'ai le désir de faire du paysage, que personne, selon moi, ne comprend, excepté Mistigris qui recommencera quelque jour Hobbema, Ruysdaël, Claude Lorrain, Poussin et autres.

— Mais, s'écria le comte, qu'il n'en recommence qu'un de ceux-là, ce sera bien assez.

— Si vous interrompez toujours monsieur, dit Oscar, nous ne nous y reconnaîtrons plus.

— Ce n'est pas d'ailleurs à vous que monsieur s'adresse, dit Georges au comte.

— Ce n'est pas poli de couper la parole, dit sentencieusement Mistigris ; mais nous en avons tous fait autant, et nous perdrions beaucoup si nous ne semions pas le discours de petits agréments en échangeant nos réflexions. Tous les Français sont égaux dans le coucou, a dit le petit-fils de Georges. Ainsi continuez, agréable vieillard... *blaguez-nous*.

Cela se fait dans les meilleures sociétés ; et vous savez le proverbe : *Il faut ourler avec les loups*.

— On m'avait dit des merveilles de la Dalmatie, reprit Schinner, j'y vais donc en laissant Mistigris à Venise, à l'auberge.

— À la *locanda* ! fit Mistigris, lâchons la couleur locale[1].

— Zara est, comme on dit, une vilenie...

— Oui, dit Georges, mais elle est fortifiée.

— Parbleu ! dit Schinner, les fortifications sont pour beaucoup dans mon aventure. À Zara, il se trouve beaucoup d'apothicaires, je me loge chez l'un d'eux. Dans les pays étrangers, tout le monde a pour principal métier de louer en garni, l'autre métier est un accessoire. Le soir, je me mets à mon balcon après avoir changé de linge. Or, sur le balcon d'en face, j'aperçois une femme, oh ! mais une femme ! une Grecque, c'est tout dire, la plus belle créature de toute la ville : des yeux fendus en amande, des paupières qui se dépliaient comme des jalousies, et des cils comme des pinceaux ; un visage d'un ovale à rendre fou Raphaël, un teint d'un coloris délicieux, les teintes bien fondues, veloutées... des mains... oh !...

— Qui n'étaient pas de beurre comme celles de la peinture de l'école de David[2], dit Mistigris.

— Eh ! vous nous parlez toujours peinture ! s'écria Georges.

— Ah ! voilà, *chassez le naturel, il revient au jabot*, répliqua Mistigris.

— Et un costume ! le costume pur grec, reprit Schinner. Vous comprenez, me voilà incendié. Je questionne mon Diafoirus[3], il m'apprend que cette voisine se nomme Zéna. Je change de linge. Pour épouser Zéna, le mari, vieil infâme, a donné trois cent mille francs aux parents, tant était célèbre la beauté de cette fille vraiment la plus belle de toute la Dalmatie, Illyrie, Adriatique, etc. Dans ce pays-là, on achète sa femme, et sans voir...

— Je n'irai pas, dit le père Léger.

— Il y a des nuits où mon sommeil est éclairé par les yeux de Zéna, reprit Schinner. Ce jeune premier de mari avait soixante-sept ans. Bon ! Mais il était jaloux non pas comme un tigre, car on dit des tigres qu'ils sont jaloux comme un Dalmate, et mon homme était pire qu'un Dalmate, il valait trois Dalmates et demi. C'était un Uscoque, un tricoque, un archicoque dans une bicoque.

— Enfin un de ces gaillards qui *n'attachent pas leurs chiens avec des Cent-Suisses*... dit Mistigris.

— Fameux, reprit Georges en riant.

— Après avoir été corsaire, peut-être pirate, mon drôle se moquait de tuer un chrétien comme moi de cracher par terre, reprit Schinner. Voilà qui va bien. D'ailleurs, richissime à millions, le vieux gredin ! et laid comme un pirate à qui je ne sais quel pacha avait pris les oreilles, et qui avait laissé un œil je ne sais où... L'Uscoque se servait joliment de celui qui lui restait, et je vous prie de me croire, quand je vous dirai qu'il avait l'œil à tout. "Jamais, me dit le petit Diafoirus, il ne quitte sa femme. — Si elle pouvait avoir besoin de votre ministère, je vous remplacerais déguisé ; c'est un tour qui a toujours du succès dans nos pièces de théâtre", lui répondis-je. Il serait trop long de vous peindre le plus délicieux temps de ma vie, à savoir, les trois jours que j'ai passés à ma fenêtre, échangeant des regards avec Zéna et changeant de linge tous les matins. C'était d'autant plus violemment chatouilleux que les moindres mouvements étaient significatifs et dangereux. Enfin Zéna jugea, sans doute, qu'un étranger, un Français, un artiste était, seul au monde, capable de lui faire les yeux doux au milieu des abîmes qui l'entouraient ; et, comme elle exécrait son affreux pirate, elle répondait à mes regards par des œillades à enlever un homme dans le cintre du paradis sans poulies. J'arrivais à la hauteur de Don Quichotte. Je m'exalte, je m'exalte! Enfin, je m'écriai: "Eh bien, le vieux me tuera, mais j'irai!" Point d'études de paysage, j'étudiais la bicoque de l'Uscoque. À la nuit, ayant mis le plus parfumé de mon linge, je traverse la rue, et j'entre...

— Dans la maison? dit Oscar.

— Dans la maison? reprit Georges.

— Dans la maison, répéta Schinner.

— Eh bien, vous êtes un fier luron, s'écria le père Léger, je n'y serais pas allé, moi...

— D'autant plus que vous n'auriez pas pu passer la porte, répondit Schinner. J'entre donc, reprit-il, et je trouve deux mains qui me prennent les mains. Je ne dis rien, car ces mains, douces comme une pelure d'oignon, me recommandaient le silence! On me souffle à l'oreille en vénitien: "Il dort!" Puis, quand nous sommes sûrs que personne ne peut nous rencontrer, nous allons, Zéna et moi, sur les remparts nous promener, mais accompagnés, s'il vous plaît, d'une vieille duègne, laide comme un vieux portier, et qui ne nous quittait pas plus que notre ombre, sans que j'aie pu décider madame la pirate à se séparer de cette absurde compagnie. Le lendemain soir, nous recommençons; je voulais faire renvoyer la vieille, Zéna résiste. Comme mon amoureuse parlait grec et moi vénitien, nous ne pouvions pas nous entendre; aussi nous quittâmes-nous brouillés. Je me dis en changeant de linge: "Pour sûr, la prochaine fois, il n'y aura plus de vieille, et nous nous raccommoderons chacun dans notre langue maternelle..." Eh bien, c'est la vieille qui m'a sauvé! Vous allez voir. Il faisait si beau, que pour ne pas donner de soupçons, je vais flâner dans le paysage, après notre raccommodement, bien entendu. Après m'être promené le long des remparts, je viens tranquillement les mains dans mes poches, et je vois la rue obstruée de monde. Une foule!... Bah! comme pour une exécution. Cette foule se rue sur moi. Je suis arrêté, garrotté, conduit et gardé par des gens de police. Non! vous ne savez pas, et je souhaite que vous ne sachiez jamais ce que c'est que de passer pour un assassin aux yeux d'une populace effrénée qui vous jette des pierres, qui hurle après vous depuis le haut jusqu'en bas de la principale rue d'une petite ville, qui vous poursuit de cris de mort!... Ah! tous les yeux sont comme autant de flammes, toutes les bouches sont une injure, et ces brandons de haine brûlante se détachent sur l'effroyable cri: "À mort! à bas l'assassin!..." qui fait de loin comme une basse-taille...

— Ils criaient donc en français, ces Dalmates? demanda le comte à Schinner; vous nous racontez cette scène comme si elle vous était arrivée d'hier.»

Schinner resta tout interloqué.

«L'émeute[1] parle la même langue partout, dit le profond politique Mistigris.

— Enfin, reprit Schinner, quand je suis au Palais de l'endroit, et en présence des magistrats du pays, j'apprends que le damné corsaire est mort empoisonné par Zéna. J'aurais bien voulu pouvoir changer de linge. Parole d'honneur, je ne savais rien de ce mélodrame. Il paraît que la Grecque mêlait de l'opium (il y a tant de coquelicots par là, comme dit monsieur!) au grog du pirate afin de voler un petit instant de liberté pour se promener, et, la veille, cette malheureuse femme s'était trompée de dose. L'immense fortune du damné pirate causait tout le malheur de ma Zéna; mais elle expliqua si naïvement les choses, que moi, d'abord, sur la déclaration de la vieille, je fus mis hors de cause avec une injonction du maire et du commissaire de police autrichien d'aller à Rome. Zéna, qui laissa prendre une grande partie des richesse de l'Uscoque aux héritiers et à la justice, en fut quitte, m'a-t-on dit, pour deux ans de réclusion dans un couvent où elle est encore. J'irai faire son portrait, car dans quelques années tout sera oublié. Voilà les sottises qu'on commet à dix-huit ans.

— Et vous m'avez laissé sans un sou dans la *locanda* à Venise, dit Mistigris. Je suis allé de Venise à Rome vous retrouver en brossant des portraits à cinq francs pièce, qu'on ne me payait pas ; mais c'est mon plus beau temps ! *le bonheur,* comme on dit, *n'habite pas sous des nombrils dorés.*

— Vous figurez-vous les réflexions qui me prenaient à la gorge dans une prison dalmate, jeté là sans protection, ayant à répondre à des Autrichiens de Dalmatie, et menacé de perdre la tête pour m'être promené deux fois avec une femme entêtée à garder sa portière. Voilà du guignon ! s'écria Schinner.

— Comment, dit naïvement Oscar, ça vous est arrivé ?

— Pourquoi ce ne serait-il pas arrivé à monsieur, puisque c'était arrivé déjà une fois pendant l'occupation française en Illyrie à l'un de nos plus beaux officiers d'artillerie[1] ? dit finement le comte.

— Et vous avez cru l'artilleur ? dit finement Mistigris au comte.

— Et c'est tout ? demanda Oscar.

— Eh bien, dit Mistigris, il ne peut pas vous dire qu'on lui a coupé la tête. *Plus on est debout, plus on rit.*

— Monsieur, y a-t-il des fermes dans ce pays-là ? demanda le père Léger. Comment y cultive-t-on ?

— On cultive le marasquin, dit Mistigris, une plante qui vient à hauteur de bouche, et qui produit la liqueur de ce nom.

— Ah ! dit le père Léger.

— Je ne suis resté que trois jours en ville et quinze

jours en prison, je n'ai rien vu, pas même les champs où se récolte le marasquin, répondit Schinner.

— Ils se moquent de vous, dit Georges au père Léger, le marasquin vient dans des caisses. »

La voiture à Pierrotin descendait alors un des versants du rapide vallon de Saint-Brice pour gagner l'auberge sise au milieu de ce gros bourg, où il s'arrêtait environ une heure pour faire souffler ses chevaux, leur laisser manger leur avoine et leur donner à boire. Il était alors environ une heure et demie.

« Eh ! c'est le père Léger, s'écria l'aubergiste au moment où la voiture se rangea devant la porte. Déjeunez-vous ?

— Tous les jours une fois, répondit le gros fermier ; nous casserons une croûte.

— Faites-nous donner à déjeuner », dit Georges en tenant sa canne au port d'arme d'une façon cavalière qui excita l'admiration d'Oscar.

Oscar enragea quand il vit cet insouciant aventurier tirant de sa poche de côté un étui de paille façonné où il prit un cigare blond qu'il fuma sur le seuil de la porte en attendant le déjeuner.

« En usez-vous ? dit Georges à Oscar.

— Quelquefois », répondit l'ex-collégien en bombant sa petite poitrine et prenant un certain air crâne.

Georges présenta l'étui tout ouvert à Oscar et à Schinner.

« Peste ! dit le grand peintre, des cigares de dix sous !

— Voilà le reste de ce que j'ai rapporté d'Espagne, dit l'aventurier. Déjeunez-vous ?

— Non, dit l'artiste, je suis attendu au château. D'ailleurs, j'ai pris quelque chose avant de partir.

— Et vous ? dit Georges à Oscar.

— J'ai déjeuné », dit Oscar.

Oscar aurait donné dix ans de sa vie pour avoir

des bottes et des sous-pieds. Et il éternuait, et il toussait, et il crachait, et il accueillait la fumée avec des grimaces mal déguisées.

« Vous ne savez pas fumer, lui dit Schinner, tenez ? »

Schinner, la figure immobile, aspira la fumée de son cigare, et la rendit par le nez sans la moindre contraction. Il recommença, garda la fumée dans son gosier, s'ôta de la bouche le cigare, et souffla gracieusement la fumée.

« Voilà, jeune homme, dit le grand peintre.

— Voilà, jeune homme, un autre procédé », dit Georges en imitant Schinner, mais en avalant toute la fumée et ne rendant rien.

« Et mes parents qui croient m'avoir donné de l'éducation », pensa le pauvre Oscar en essayant de fumer avec grâce.

Il éprouva une nausée si forte qu'il se laissa volontiers chiper son cigare par Mistigris, qui lui dit en le fumant avec un plaisir évident : « Vous n'avez pas de maladies contagieuses ? »

Oscar aurait voulu être assez fort pour cogner Mistigris.

« Comment ! dit-il en montrant le colonel Georges, huit francs de vin d'Alicante et de talmouses, quarante sous de cigares, et son déjeuner qui va lui coûter...

— Au moins dix francs, répondit Mistigris, mais c'est comme ça, *les petits poissons font les grandes rivières*.

— Ah ! père Léger, nous boirons bien une bouteille de vin de Bordeaux, dit alors Georges au fermier.

— Son déjeuner va lui coûter vingt francs ! s'écria Oscar. Ainsi voilà maintenant trente et quelques francs. »

Tué par le sentiment de son infériorité, Oscar s'assit sur la borne et se perdit dans une rêverie qui ne lui permit pas de voir que son pantalon, retroussé par l'effet de sa position, montrait le point de jonction d'un vieux haut de bas avec un pied tout neuf, un chef-d'œuvre de sa mère.

« Nous sommes confrères en bas », dit Mistigris en relevant un peu son pantalon pour montrer un effet du même genre ; « mais *les cordonniers sont toujours les plus mal chauffés*. »

Cette plaisanterie fit sourire M. de Sérisy, qui se tenait les bras croisés sous la porte cochère en arrière des voyageurs. Quelque fous que fussent ces jeunes gens, le grave homme d'État leur enviait leurs défauts, il aimait leurs jactances, il admirait la vivacité de leurs plaisanteries.

« Eh bien, aurez-vous les Moulineaux ? car vous êtes allé chercher des écus à Paris », disait au père Léger l'aubergiste qui venait de lui montrer dans ses écuries un bidet à vendre. « Ce sera drôle à vous de *refaire le poil* à un pair de France, à un ministre d'État, au comte de Sérisy. »

Le vieil administrateur ne laissa rien voir sur son visage, et se retourna pour examiner le fermier.

« Il est cuit, répondit à voix basse le père Léger à l'aubergiste.

— Ma foi, tant mieux, j'aime à voir les nobles *embêtés*[1]... Et il vous faudrait une vingtaine de mille francs, je vous les prêterais[2] ; mais François, le conducteur de la Touchard de six heures, vient de me dire que M. Margueron était invité par le comte de Sérisy à dîner aujourd'hui même à Presles.

— C'est le projet de Son Excellence, mais nous avons aussi nos malices, répondit le père Léger.

— Le comte placera le fils de M. Margueron, et vous n'avez pas de place à donner, vous ! dit l'aubergiste au fermier.

— Non ; mais si le comte a pour lui les ministres, moi j'ai le roi Louis XVIII, dit le père Léger à l'oreille de l'aubergiste, et quarante mille de ses portraits donnés au bonhomme Moreau me permettront d'acheter les Moulineaux deux cent soixante mille francs comptant avant M. de Sérisy, qui sera bienheureux de racheter la ferme trois cent soixante mille francs, au lieu de voir mettre les pièces de terre une à une en adjudication.

— Pas mal, bourgeois, s'écria l'aubergiste.

— Est-ce bien travaillé ? dit le fermier.

— Après ça, dit l'aubergiste, pour lui la ferme vaut ça.

— Les Moulineaux rapportent aujourd'hui six mille francs nets d'impôts, et je renouvellerai le bail à sept mille cinq cents pour dix-huit ans. Ainsi c'est un placement à plus de deux et demi. M. le comte ne sera pas volé. Pour ne pas faire tort à M. Moreau, je serai proposé par lui pour fermier au comte, il aura l'air de prendre les intérêts de son maître en lui trouvant presque trois pour cent de son argent et un locataire qui paiera bien...

— Qu'aura-t-il en tout, le père Moreau ?

— Dame, si le comte lui donne dix mille francs, il aura de cette affaire-là cinquante mille francs ; mais il les aura bien gagnés.

— D'ailleurs, après tout, *il* se soucie bien de Presles ! et il est si riche ! dit l'aubergiste. Je ne l'ai jamais vu, moi.

— Ni moi, dit le père Léger ; mais il va finir par habiter, autrement il ne dépenserait pas deux cent mille francs à restaurer l'intérieur. C'est aussi beau que chez le Roi.

— Ah ! bien, dit l'aubergiste, il était temps que Moreau fît son beurre.

— Oui, car une fois les maîtres là, dit Léger, ils ne mettront pas leurs yeux dans leurs poches. »

Le comte ne perdit pas un mot de cette conversation tenue à voix basse.

« J'ai donc ici les preuves que j'allais chercher là-bas », pensa-t-il en regardant le gros fermier qui rentrait dans la cuisine. « Peut-être, se dit-il, n'est-ce encore qu'à l'état de plan ? peut-être Moreau n'a-t-il rien accepté ?... » tant il lui répugnait encore de croire son régisseur capable de tremper dans une semblable conspiration.

Pierrotin vint donner à boire à ses chevaux. Le comte pensa que le conducteur allait déjeuner avec l'aubergiste et le fermier ; or ce qu'il venait d'entendre lui fit craindre quelque indiscrétion.

« Tous ces gens-là s'entendent contre nous, c'est pain bénit que de déjouer leurs plans, pensa-t-il.

— Pierrotin, dit-il à voix basse au voiturier en s'approchant de lui, je t'ai promis dix louis pour me garder le secret ; mais si tu veux continuer à cacher mon nom (et je saurai si tu n'as ni prononcé mon nom, ni fait le moindre signe qui puisse le révéler jusqu'à ce soir, à qui que ce soit, partout, même jusqu'à L'Isle-Adam), je te donnerai demain matin, à ton passage, les mille francs pour achever de payer ta nouvelle voiture[1]. Ainsi, pour plus de sûreté, dit le comte en frappant sur l'épaule de Pierrotin devenu pâle de plaisir, ne déjeune pas, reste à la tête de tes chevaux.

— Monsieur le comte, je vous comprends bien, allez ! c'est par rapport au père Léger ?

— C'est vis-à-vis de tout le monde, répliqua le comte.

— Soyez paisible... Dépêchons-nous, dit Pierrotin en entrouvrant la porte de la cuisine, nous sommes en retard. Écoutez, père Léger, vous savez qu'il y a de la côte à monter ; moi, je n'ai pas faim, j'irai doucement, vous me rattraperez bien, ça vous fera du bien de marcher.

— Est-il enragé, Pierrotin ! dit l'aubergiste. Tu ne veux pas venir déjeuner avec nous ? Le colonel paie du vin à cinquante sous et une bouteille de vin de Champagne.

— Je ne peux pas. J'ai un poisson qui doit être remis à Stors à trois heures pour un grand dîner, et il n'y a pas à badiner avec ces pratiques-là, ni avec les poissons.

— Eh bien, dit le père Léger à l'aubergiste, attelle à ton cabriolet ce cheval que tu veux me vendre, tu nous feras rattraper Pierrotin, nous déjeunerons en paix, et je jugerai du cheval. Nous tiendrons bien trois dans ton tape-cul. »

Au grand contentement du comte, Pierrotin vint pour rebrider lui-même ses chevaux. Schinner et Mistigris étaient partis en avant. À peine Pierrotin, qui reprit les deux artistes au milieu du chemin de Saint-Brice à Poncelles, atteignait-il à une éminence de la route d'où l'on aperçoit Écouen, le clocher du Mesnil et les forêts qui cerclent tout un paysage ravissant, que le bruit d'un cheval amenant au galop un cabriolet qui sonnait la ferraille annonça le père Léger et le compagnon de Mina, qui se réintégrèrent dans la voiture. Quand Pierrotin se jeta sur la berme[1] pour descendre à Moisselles, Georges, qui n'avait cessé de parler de la beauté de l'hôtesse de Saint-Brice avec le père Léger, s'écria : « Tiens ! le paysage n'est pas mal, grand peintre ?

— Bah ! il ne doit pas vous étonner, vous qui avez vu l'Orient et l'Espagne.

— Et qui en ai deux cigares encore ! Si ça n'incommode personne, voulez-vous les finir, Schinner ? car le petit jeune homme en a eu assez de quelques gorgées. »

Le père Léger et le comte gardèrent un silence qui passa pour une approbation, ainsi les deux conteurs furent réduits au silence.

Oscar, irrité d'être appelé petit jeune homme, dit, pendant que les deux jeunes gens allumaient leurs cigares : « Si je n'ai pas été l'aide de camp de Mina, monsieur, si je ne suis pas allé en Orient, j'irai peut-être. La carrière à laquelle ma famille me destine m'épargnera, j'espère, le désagrément de voyager en coucou, quand j'aurai votre âge. Après avoir été un personnage, une fois en place, j'y resterai...

— *Et coetera puntum !* » fit Mistigris en contrefaisant la voix de jeune coq enrouée qui rendait le discours d'Oscar encore plus ridicule, car le pauvre enfant se trouvait dans la période où la barbe pousse, où la voix prend son caractère. « Après tout, ajouta Mistigris, *les extrêmes se bouchent*.

— Ma foi ! fit Schinner, les chevaux ne pourront plus aller avec tant de charges.

— Votre famille, jeune homme, pense à vous lancer dans une carrière, et laquelle ? dit sérieusement Georges.

— La diplomatie », répondit Oscar.

Trois éclats de rire partirent comme des fusées de la bouche de Mistigris, du grand peintre et du père Léger. Le comte, lui, ne put s'empêcher de sourire. Georges garda son sang-froid.

« Il n'y a, par Allah ! point de quoi rire, dit le colonel aux rieurs. Seulement, jeune homme, reprit-il en s'adressant à Oscar, il me semble que votre respectable mère est pour le quart d'heure dans une position sociale peu convenable pour une ambassadrice... Elle avait un cabas bien digne d'estime et un béquet à ses souliers.

— Ma mère ! monsieur ?... dit Oscar avec un mouvement d'indignation. Eh ! c'était la femme de charge de chez nous[1]...

— De chez nous est très aristocratique, s'écria le comte en interrompant Oscar.

— Le Roi dit *nous* », répliqua fièrement Oscar.

Un regard de Georges réprima l'envie de rire qui saisit tout le monde ; il fit ainsi comprendre au peintre et à Mistigris combien il était nécessaire de ménager Oscar pour exploiter cette mine de plaisanterie.

« Monsieur a raison, dit le grand peintre au comte en lui montrant Oscar, les gens comme il faut disent nous, il n'y a que des gens sans aveu qui disent *chez moi*. On a toujours la manie de paraître avoir ce qu'on n'a pas. Pour un homme chargé de décorations...

— Monsieur est donc toujours décorateur ? fit Mistigris.

— Vous ne connaissez guère le langage des cours. Je vous demande votre protection, Excellence, ajouta Schinner en se tournant vers Oscar.

— Je me félicite d'avoir voyagé, sans doute, avec trois hommes qui sont ou seront célèbres : un peintre illustre déjà, dit le comte, un futur général, et un jeune diplomate qui rendra quelque jour la Belgique à la France[1]. »

Après avoir commis le crime odieux de renier sa mère[2], Oscar, pris de rage en devinant combien ses compagnons de voyage se moquaient de lui, résolut de vaincre à tout prix leur incrédulité.

« Tout ce qui reluit n'est pas or, dit-il en lançant des éclairs par les yeux.

— Ça n'est pas ça, s'écria Mistigris. C'est : *tout ce qui reluit n'est pas fort*. Vous n'irez pas loin en diplomatie si vous ne possédez pas mieux vos proverbes.

— Si je ne sais pas bien les proverbes, je connais mon chemin.

— Vous devez aller loin, dit Georges, car la femme de charge de votre maison vous a glissé des provisions comme pour un voyage d'outre-mer : du biscuit, du chocolat...

— Un pain particulier et du chocolat, oui, monsieur, reprit Oscar, pour mon estomac beaucoup trop délicat pour digérer les ratatouilles d'auberge.

— Ratatouille est aussi délicat que votre estomac, dit Georges.

— Ah ! j'aime ratatouille, s'écria le grand peintre.

— Ce mot est à la mode dans les meilleures sociétés, reprit Mistigris, je m'en sers à l'estaminet de la *Poule-Noire*.

— Votre précepteur est sans doute quelque professeur célèbre, M. Andrieux[1] de l'Académie française, ou M. Royer-Collard, demanda Schinner.

— Mon précepteur se nomme l'abbé Loraux[2], aujourd'hui vicaire de Saint-Sulpice, reprit Oscar en se souvenant du nom du confesseur du collège.

— Vous avez bien fait de vous faire élever particulièrement, dit Mistigris, car *l'Ennui naquit un jour de l'Université* ; mais vous le récompenserez, votre abbé ?

— Certes, il sera quelque jour évêque, dit Oscar.

— Par le crédit de votre famille, dit sérieusement Georges.

— Peut-être contribuerons-nous à le faire mettre à sa place, car l'abbé Frayssinous vient souvent à la maison.

— Ah ! vous connaissez l'abbé Frayssinous ? demanda le comte.

— Il a des obligations à mon père, répondit Oscar.

— Et vous allez sans doute à votre terre ? fit Georges.

— Non, monsieur ; mais moi je puis dire où je vais, je vais au château de Presles, chez le comte de Sérisy.

— Ah ! diantre, vous allez à Presles, s'écria Schinner en devenant rouge comme une cerise.

— Vous connaissez Sa Seigneurie le comte de Sérisy ? » demanda Georges.

Le père Léger se tourna pour voir Oscar, et le regarda d'un air stupéfait en s'écriant : « M. de Sérisy serait à Presles ?

— Apparemment, puisque j'y vais, répondit Oscar.

— Et vous avez souvent vu le comte? demanda M. de Sérisy à Oscar.

— Comme je vous vois, répondit Oscar. Je suis camarade avec son fils, qui est à peu près de mon âge, dix-neuf ans, et nous montons à cheval ensemble presque tous les jours[1].

— *On a vu des rois épousseter des bergères*», dit sentencieusement Mistigris.

Un clignement d'yeux de Pierrotin au père Léger rassura pleinement le fermier.

«Ma foi, dit le comte à Oscar, je suis enchanté de me trouver avec un jeune homme qui puisse me parler de ce personnage, j'ai besoin de sa protection dans une affaire assez grave, et où il ne lui en coûterait guère de me favoriser: il s'agit d'une réclamation auprès du gouvernement américain. Je serai bien aise d'avoir des renseignements sur le caractère de M. de Sérisy.

— Oh! si vous voulez réussir, répondit Oscar en prenant un air malicieux, ne vous adressez pas à lui, mais à sa femme; il en est amoureux fou, personne mieux que moi ne sait à quel point, et sa femme ne peut pas le souffrir.

— Et pourquoi? dit Georges.

— Le comte a des maladies de peau qui le rendent hideux, et que le docteur Alibert[2] s'efforce en vain de guérir. Aussi, M. de Sérisy donnerait-il la moitié de son immense fortune pour avoir ma poitrine, dit Oscar en écartant sa chemise et montrant une carnation d'enfant. Il vit seul retiré dans son hôtel. Aussi faut-il être bien protégé pour l'y trouver. D'abord, il se lève de fort grand matin, il travaille de trois à huit heures; à partir de huit heures il fait ses remèdes: des bains de soufre ou de vapeur. On le cuit dans des espèces de boîtes en fer, car il espère toujours guérir.

— S'il est si bien avec le Roi, pourquoi ne se fait-il pas toucher par lui[1] ? demanda Georges.

— Cette femme a donc un mari à la coque ? dit Mistigris.

— Le comte a promis trente mille francs à un célèbre médecin écossais qui le traite en ce moment[2], dit Oscar en continuant.

— Mais alors sa femme ne saurait être blâmée de se donner du meilleur... dit Schinner, qui n'acheva pas.

— Je crois bien, dit Oscar. Ce pauvre homme est si racorni, si vieux, que vous lui donneriez quatre-vingts ans ! Il est sec comme un parchemin, et, pour son malheur, il sent sa position...

— Il ne doit pas sentir bon, dit le facétieux père Léger.

— Monsieur, il adore sa femme et il n'ose pas la gronder, reprit Oscar ; il joue avec elle des scènes à mourir de rire, absolument comme Arnolphe dans la comédie de Molière[3]... »

Le comte atterré regardait Pierrotin qui, le voyant impassible, imagina que le fils de Mme Clapart débitait des calomnies.

« Aussi, monsieur, voulez-vous réussir, dit Oscar au comte, allez voir le marquis d'Aiglemont. Si vous avez ce vieil adorateur de madame pour vous, vous aurez d'un seul coup et la femme[4] et le mari.

— C'est ce que nous appelons *faire d'une pierre deux sous*, dit Mistigris.

— Ah ! ça, dit le peintre, vous avez donc vu le comte déshabillé, vous êtes donc son valet de chambre ?

— Son valet de chambre ? s'écria Oscar.

— Dame, on ne dit pas ces choses-là de ses amis dans les voitures publiques, reprit Mistigris. *La prudence*, jeune homme, *est mère de la surdité*. Moi, je ne vous écoute pas.

— C'est le cas de dire, s'écria Schinner, *dis-moi qui tu hantes, je te dirai qui tu hais !*

— Apprenez, grand peintre, répliqua Georges sentencieusement, qu'on ne peut pas dire de mal des gens qu'on ne connaît pas, et le petit vient de nous prouver qu'il sait son Sérisy par cœur. S'il nous avait seulement parlé de madame, on aurait pu croire qu'il était bien avec...

— Pas un mot de plus sur la comtesse de Sérisy, jeunes gens ! s'écria le comte. Je suis l'ami de son frère, le marquis de Ronquerolles, et qui s'aviserait de mettre en doute l'honneur de la comtesse aurait à me répondre de ses paroles.

— Monsieur a raison, s'écria le peintre, on ne doit pas *blaguer* les femmes.

— Dieu ! l'Honneur et les Dames ! j'ai vu ce mélodrame-là, dit Mistigris[1].

— Si je ne connais point Mina, je connais le garde des Sceaux, dit le comte en continuant et regardant Georges. Si je ne porte pas mes décorations, dit-il en regardant le peintre, j'empêche d'en donner à ceux qui ne les méritent pas. Enfin, je connais tant de monde, que je connais M. Grindot, l'architecte de Presles... Arrêtez, Pierrotin, je veux descendre un moment. »

Pierrotin poussa ses chevaux jusqu'au bout du village de Moisselles, où il se trouve une auberge à laquelle les voyageurs s'arrêtent. Ce bout de chemin se fit dans un profond silence.

« Chez qui va donc ce petit drôle-là ? » demanda le comte en amenant Pierrotin dans la cour de l'auberge.

« Chez votre régisseur. C'est le fils d'une pauvre dame qui demeure rue de la Cerisaie, et chez qui je porte bien souvent du fruit, du gibier, de la volaille, une Mme Husson.

— Qui est ce monsieur ? » vint dire à Pierrotin le père Léger quand le comte eut quitté le voiturier.

« Ma foi, je n'en sais rien, répondit Pierrotin, je le conduis pour la première fois ; mais il pourrait être quelque chose comme le prince à qui appartient le château de Maffliers ; il vient de me dire que je le laisserai en route, il ne va pas à L'Isle-Adam.

— Pierrotin croit que c'est le bourgeois de Maffliers », dit à Georges le père Léger en rentrant dans la voiture.

En ce moment les trois jeunes gens, sots comme des voleurs pris en flagrant délit, n'osaient se regarder les uns les autres, et paraissaient préoccupés des suites de leurs mensonges.

« Voilà qui s'appelle faire *plus de fruit que de besogne*, dit Mistigris.

— Vous voyez que je connais le comte, leur dit Oscar.

— C'est possible ; mais vous ne serez jamais ambassadeur, répondit Georges ; quand on veut parler dans les voitures publiques, il faut avoir, comme moi, le soin de parler sans rien dire.

— *Chacun pêche pour son sein* », dit Mistigris en forme de conclusion.

Le comte reprit alors sa place, et Pierrotin marcha dans le plus profond silence.

« Eh bien, mes amis, dit le comte en atteignant le bois Carreau, nous voilà muets comme si nous allions à l'échafaud.

— Il faut savoir *se traire* à propos, répondit sentencieusement Mistigris.

— Il fait beau, dit Georges.

— Quel est ce pays-là ? » dit Oscar en montrant le château de Franconville qui produit un magnifique effet au revers de la grande forêt de Saint-Martin.

« Comment ! s'écria le comte, vous qui dites aller si souvent à Presles, vous ne connaissez pas Franconville ?

— Monsieur, dit Mistigris, connaît les hommes et non pas les châteaux.

— Les apprentis diplomates peuvent bien avoir des distractions ! s'écria Georges.

— Souvenez-vous de mon nom ! répondit Oscar furieux. Je m'appelle Oscar Husson, et dans dix ans je serai célèbre. »

Après ces paroles prononcées avec forfanterie, Oscar se tapit dans un coin.

« Husson de quoi ? fit Mistigris.

— Une grande famille, répondit le comte, les Husson de la Cerisaie ; monsieur est né sous les marches du trône impérial. »

Oscar rougit alors jusque dans la peau de ses cheveux et fut travaillé par une terrible inquiétude. On allait descendre la rapide côte de La Cave au bas de laquelle se trouve, dans un étroit vallon, à la fin de la grande forêt de Saint-Martin, le magnifique château de Presles[1].

« Messieurs, dit le comte, je vous souhaite bonnes chances dans vos belles carrières. Raccommodez-vous avec le roi de France, monsieur le colonel : les Czerni-Georges ne doivent pas bouder les Bourbons. Je n'ai rien à vous pronostiquer, mon cher monsieur Schinner, car pour vous la gloire est tout venue, et vous l'avez noblement conquise par d'admirables travaux ; mais vous êtes tellement à craindre, que moi, qui suis marié, je n'oserais pas vous en offrir à ma campagne. Quant à M. Husson, il n'a pas besoin de protection, il possède les secrets des hommes d'État, il peut les faire trembler. Quant à M. Léger, il va plumer le comte de Sérisy, je n'ai qu'à le prier d'y aller d'une main ferme. — Laissez-moi là, Pierrotin, vous m'y reprendrez demain ! » ajouta le comte qui descendit en abandonnant ses compagnons de route à leur confusion.

« *Quand on prend un talon, on n'en saurait trop*

prendre», dit Mistigris, en voyant la prestesse avec laquelle le voyageur se perdit dans un chemin creux.

«Oh! c'est ce comte qui a loué Franconville, il y va, dit le père Léger.

— Si jamais, dit le faux Schinner, il m'arrive de *blaguer* en voiture, je me bats en duel avec moi-même. C'est aussi ta faute à toi, Mistigris», ajouta-t-il en donnant à son rapin une tape sur la casquette.

«Oh! moi qui n'ai fait que vous suivre à Venise, répondit Mistigris. *Mais, qui veut noyer son chien l'accuse de la nage!*

— Savez-vous, dit Georges à son voisin Oscar, que si par hasard c'eût été le comte de Sérisy, je n'aurais pas voulu me trouver dans votre peau, quoiqu'elle soit sans maladies.»

Oscar, en pensant aux recommandations de sa mère, que ce mot lui rappela, devint blême et se dégrisa.

«Vous voilà rendus, messieurs», dit Pierrotin en arrêtant à une belle grille.

«Comment, nous y voilà! dirent à la fois le peintre, Georges et Oscar.

— En voilà une sévère, dit Pierrotin. Ah çà! messieurs, aucun de vous n'est donc venu par ici? Mais voilà le château de Presles.

— Eh! c'est bon, l'ami, dit Georges en reprenant son assurance. Je vais à la ferme des Moulineaux», ajouta-t-il en ne voulant pas laisser voir à ses compagnons de voyage qu'il allait au château.

«Hé bien! vous venez donc chez moi? dit le père Léger.

— Comment cela?

— Mais je suis le fermier des Moulineaux. Et, colonel, que nous voulez-vous?

— Goûter à votre beurre, répondit Georges en saisissant son portefeuille.

— Pierrotin, dit Oscar, remettez mes effets chez le régisseur, je vais droit au château. »

Là-dessus Oscar s'enfonça dans un petit chemin, sans savoir où il allait.

« Eh ! monsieur l'ambassadeur, cria le père Léger, vous gagnez la forêt. Si vous voulez entrer au château, prenez donc la petite porte. »

Obligé d'entrer, Oscar se perdit dans la grande cour du château, que meuble une immense corbeille entourée de bornes réunies par des chaînes. Pendant que le père Léger examinait Oscar, Georges, que la qualité de fermier des Moulineaux prise par le gros cultivateur avait foudroyé, s'évada si lestement, qu'au moment où le gros homme intrigué chercha son colonel, il ne le trouva plus. La grille s'ouvrit à la demande de Pierrotin, qui entra fièrement pour déposer chez le concierge les mille ustensiles du grand Schinner. Oscar fut abasourdi de voir Mistigris et l'artiste, les témoins de ses bravades, installés au château. En dix minutes Pierrotin eut fini de décharger les paquets du peintre, les affaires d'Oscar Husson et la jolie mallette de cuir qu'il confia mystérieusement à la femme du concierge ; puis il retourna sur ses pas en faisant claquer son fouet, et reprit le chemin de la forêt de L'Isle-Adam en gardant sur sa figure l'air narquois d'un paysan qui calcule des bénéfices. Rien ne manquait plus à son bonheur, il devait avoir le lendemain ses mille francs.

Oscar, assez penaud, tournait autour de la corbeille en examinant ce qu'allaient devenir ses deux compagnons de route, quand il vit tout à coup M. Moreau sortant de la grande salle dite des gardes, en haut du perron. Vêtu d'une grande redingote bleue qui lui tombait sur les talons, le régisseur, en culotte de peau jaunâtre, en bottes à l'écuyère, tenait une cravache à la main.

« Eh bien, mon garçon, te voilà donc ? comment va la chère maman ? dit-il en prenant la main d'Oscar. — Bonjour, messieurs, vous êtes sans doute les peintres que M. Grindot, l'architecte, nous annonçait ? » dit-il au peintre et à Mistigris.

Il siffla deux fois en se servant du bout de sa cravache. Le concierge vint.

« Menez ces messieurs aux chambres 14 et 15, Mme Moreau vous en donnera les clefs ; accompagnez-les pour leur montrer le chemin ; allumez du feu, s'il le faut, ce soir, et montez leurs effets chez eux. — J'ai l'ordre de M. le comte de vous offrir ma table, messieurs, reprit-il en s'adressant aux artistes, nous dînons à cinq heures comme à Paris. Si vous êtes chasseurs, vous pourrez vous bien divertir, j'ai une permission des Eaux et Forêts : ainsi, l'on chasse ici dans douze mille arpents de bois, sans compter nos domaines. »

Oscar, le peintre et Mistigris, aussi honteux les uns que les autres, échangèrent un regard ; mais, fidèle à son rôle, Mistigris s'écria : « *Bah ! il ne faut jamais jeter la manche après la poignée !* allons toujours. »

Le petit Husson suivit le régisseur, qui l'entraîna par une marche rapide dans le parc.

« Jacques, dit-il à l'un de ses enfants, va prévenir ta mère de l'arrivée du petit Husson, et dis-lui que je suis obligé d'aller aux Moulineaux pour un instant. »

Alors âgé d'environ cinquante ans, le régisseur, homme de moyenne taille et brun, paraissait très sévère. Sa figure bilieuse, à laquelle les habitudes de la campagne avaient imprimé des couleurs violentes, faisait supposer, à première vue, un caractère autre que le sien. Tout aidait à cette tromperie. Ses cheveux grisonnaient. Ses yeux bleus et un grand nez en bec à corbin lui donnaient un air d'autant plus sinistre que ses yeux étaient un peu trop rapprochés du nez ; mais ses larges lèvres, le contour de son visage, la bonhomie de son allure eussent offert à un observateur des indices de bonté. Plein de décision, d'un parler brusque, il imposait énormément à Oscar par les effets d'une pénétration inspirée par la tendresse qu'il lui portait. Habitué par sa mère à grandir encore le régisseur, Oscar se sentait toujours petit en présence de Moreau ; mais en se trouvant à Presles, il ressentit un mouvement d'inquiétude, comme s'il attendait du mal de ce paternel ami, son seul protecteur.

« Eh bien, mon Oscar, tu n'as pas l'air content d'être ici ? dit le régisseur. Tu vas cependant t'y amuser ; tu apprendras à monter à cheval, à faire le coup de fusil, à chasser.

— Je ne sais rien de tout cela, dit bêtement Oscar.

— Mais je t'ai fait venir pour l'apprendre.

— Maman m'a dit de ne rester que quinze jours, à cause de Mme Moreau...

— Oh ! nous verrons », répondit Moreau presque blessé de ce qu'Oscar mît en doute son pouvoir conjugal.

Le fils cadet de Moreau, jeune homme de quinze ans, découplé, leste, accourut.

« Tiens, lui dit son père, mène ce camarade à ta mère. »

Et le régisseur alla rapidement par le chemin le plus court à la maison du garde, située entre le parc et la forêt.

Le pavillon donné pour habitation par le comte à son régisseur avait été bâti, quelques années avant la Révolution, par l'entrepreneur de la célèbre terre de Cassan, où Bergeret, fermier général d'une fortune colossale et qui se rendit aussi célèbre par son luxe que les Bodard, les Pâris, les Bouret[1], fit des jardins, des rivières, construisit des chartreuses, des pavillons chinois, et autres magnificences ruineuses.

Ce pavillon, sis au milieu d'un grand jardin dont un des murs était mitoyen avec la cour des communs du château de Presles, avait jadis son entrée sur la grande rue du village. Après avoir acheté cette propriété, M. de Sérisy le père n'eut qu'à faire abattre cette muraille et à condamner la porte sur le village, pour opérer la réunion de ce pavillon à ses communs. En supprimant un autre mur, il agrandit son parc de tous les jardins que l'entrepreneur avait acquis pour s'arrondir. Ce pavillon, bâti en pierre de taille, dans le style du siècle de Louis XV (c'est assez dire que ses ornements consistent en serviettes au-dessous des fenêtres, comme aux colonnades de la place Louis XV, en cannelures raides et sèches), se compose au rez-de-chaussée d'un beau salon communiquant à une chambre à coucher, et d'une salle à manger accompagnée de sa salle de billard. Ces deux appartements parallèles sont séparés par un escalier devant lequel une espèce de péristyle, qui sert d'antichambre, a pour décoration la porte du salon et celle de la salle à manger, en face l'une l'autre, toutes deux très ornées. La cuisine se trouve sous la salle à manger, car on monte à ce pavillon par un perron de dix marches.

En reportant son habitation au premier étage, Mme Moreau avait pu transformer en boudoir l'ancienne chambre à coucher. Le salon et ce boudoir, richement meublés de belles choses triées dans le vieux mobilier du château, n'eussent certes pas déparé l'hôtel d'une femme à la mode. Tendu de damas bleu et blanc, jadis l'étoffe d'un grand lit d'honneur, ce salon, dont le meuble en vieux bois doré était garni de la même étoffe, offrait au regard des rideaux et des portières très amples, doublées de taffetas blanc. Des tableaux provenus de vieux trumeaux détruits, des jardinières, quelques jolis meubles modernes, et de belles lampes, outre un vieux lustre à cristaux taillés, donnaient à cette pièce un aspect grandiose. Le tapis était un ancien tapis de Perse. Le boudoir, entièrement moderne et du goût de Mme Moreau, affectait la forme d'une tente avec ses câblés de soie bleue sur un fond gris de lin. Le divan classique s'y trouvait avec ses oreillers et ses coussins de pied. Enfin, les jardinières, soignées par le jardinier en chef, réjouissaient les yeux par leurs pyramides de fleurs. La salle à manger et la salle de billard étaient meublées en acajou. Autour de son pavillon, la femme du régisseur avait fait régner un parterre soigneusement cultivé qui se rattachait au grand parc. Des massifs d'arbres exotiques cachaient la vue des communs. Pour faciliter l'entrée de sa demeure aux personnes qui la venaient voir, la régisseuse avait remplacé par une grille l'ancienne porte condamnée.

La dépendance dans laquelle leur place mettait les Moreau se trouvait donc adroitement dissimulée ; et ils avaient d'autant plus l'air de gens riches gérant pour leur plaisir la propriété d'un ami, que ni le comte ni la comtesse ne venaient rabattre leurs prétentions ; puis, les concessions octroyées par M. de Sérisy leur permettaient de vivre dans cette abondance, le luxe de la campagne. Ainsi, laitage, œufs, volaille, gibier, fruits, fourrage, fleurs, bois, légumes, le régisseur et sa femme récoltaient tout à profusion et n'achetaient exactement que la viande de boucherie, les vins et les denrées coloniales exigées par leur vie princière. La fille de basse-cour boulangeait. Enfin, depuis quelques années, Moreau payait son boucher avec des porcs de sa basse-cour, tout en gardant le nécessaire à sa consommation. Un jour, la comtesse, toujours excellente pour son ancienne femme de chambre, lui donna, comme souvenir peut-être, une petite calèche de voyage passée de mode que Moreau fit repeindre, et dans laquelle il promenait sa femme, en se servant de deux bons chevaux, d'ailleurs utiles aux travaux du parc. Outre ces chevaux, le régisseur avait son cheval de selle. Il labourait dans le parc et cultivait assez de terrain pour nourrir ses chevaux et ses gens ; il y bottelait trois cent milliers de foin excellent, et n'en comptait que cent, en s'autorisant d'une permission vaguement accordée par le comte. Au lieu de la consommer, il vendait sa moitié dans les redevances. Il entretenait largement sa basse-cour, son pigeonnier, ses vaches, aux dépens du parc ; mais le fumier de son écurie servait aux jardiniers du château. Chacune de ces petites voleries portait son excuse avec elle. Madame était servie par la fille d'un des jardiniers, tour à tour sa femme de chambre et sa cuisinière. Une fille de basse-cour, chargée de la laiterie, aidait également au ménage. Moreau avait pris un soldat réformé, nommé Brochon, pour panser ses chevaux et faire les gros ouvrages.

À Nerville, à Chauvry, à Beaumont, à Maffliers, à Préroles, à Nointel, partout la belle régisseuse était reçue chez des personnes qui ne connaissaient pas ou feignaient d'ignorer sa première condition. Moreau rendait d'ailleurs des services. Il disposa de son maître pour des choses qui sont des babioles à Paris, mais qui sont immenses au fond des campagnes. Après avoir fait nommer le juge de paix de Beaumont et celui de L'Isle-Adam, il avait, dans la même année, empêché la destitution d'un garde général des forêts, et obtenu la croix de la Légion d'honneur pour le maréchal des logis chef de Beaumont. Aussi ne festoyait-on jamais dans la bourgeoisie sans que M. et Mme Moreau fussent invités. Le curé de Presles, le maire de Presles venaient jouer tous les soirs chez Moreau. Il est difficile de ne pas être brave homme après s'être fait un lit si commode.

Jolie femme et minaudière comme toutes les femmes de chambre de grande dame qui, mariées, imitent leurs maîtresses, la régisseuse importait les nouvelles modes dans le pays ; elle portait des brodequins fort chers, et n'allait à pied que par les beaux jours. Quoique son mari n'allouât que cinq cents francs pour la toilette, cette somme est énorme à la campagne, surtout quand elle est bien employée ; aussi la régisseuse, blonde, éclatante et fraîche, d'environ trente-six ans, restée fluette, mignonne et gentille, malgré ses trois enfants, jouait-elle encore à la jeune fille et se donnait-elle des airs de princesse. Quand on la voyait passer dans sa calèche allant à Beaumont, si quelque étranger demandait : « Qui estce ? » Mme Moreau était furieuse, lorsqu'un homme du pays répondait : « C'est la femme du régisseur de Presles. » Elle aimait être prise pour la maîtresse du château. Dans les villages, elle se plaisait à protéger les gens, comme aurait fait une grande dame. L'influence de son mari sur le comte, démontrée par tant de preuves, empêchait la petite bourgeoisie de se moquer de Mme Moreau, qui, aux yeux des paysans, paraissait un personnage[1]. Estelle (elle se nommait Estelle) ne se mêlait pas plus d'ailleurs de la régie qu'une femme d'agent de change ne se mêle des affaires de Bourse ; elle se reposait même sur son mari des soins du ménage, de la fortune. Confiante *en ses moyens*, elle était à mille lieues de soupçonner que cette charmante existence, qui durait depuis dix-sept ans, pût jamais être menacée ; cependant, en apprenant la résolution du comte relativement à la restauration du magnifique château de Presles, elle s'était sentie attaquée dans toutes ses jouissances, et avait déterminé son mari à s'entendre avec Léger, afin de pouvoir se retirer à L'Isle-Adam. Elle eût trop souffert de se retrouver dans une dépendance quasi domestique en présence de son ancienne maîtresse qui se serait moquée d'elle en la voyant établie au pavillon de manière à singer l'existence d'une femme comme il faut.

Le sujet de la profonde inimitié qui régnait entre les Reybert et les Moreau provenait d'une blessure faite par Mme de Reybert à Mme Moreau, par suite d'une première pointillerie que s'était permise la femme du régisseur à l'arrivée des Reybert, afin de ne pas laisser entamer sa suprématie par une femme née de Corroy. Mme de Reybert avait rappelé, peut-être appris à toute la contrée la première condition de Mme Moreau. Le mot *femme de chambre !* vola de bouche en bouche. Les envieux que les Moreau devaient avoir à Beaumont, à L'Isle-Adam, à Maffliers, à Champagne, à Nerville, à Chauvry, à Baillet, à Moisselles glosèrent si bien que plus d'une flammèche de cet incendie tomba sur le ménage Moreau. Depuis quatre ans, les Reybert, excommuniés par la belle régisseuse, se voyaient en butte à tant d'animadversion de la part des adhérents de Moreau, que leur position dans le pays n'eût pas été tenable sans la pensée de vengeance qui les avait soutenus jusqu'à ce jour.

Les Moreau, très bien avec Grindot, l'architecte, avaient été prévenus par lui de la prochaine arrivée d'un peintre chargé de finir les peintures d'ornement du château, dont les toiles principales venaient d'être exécutées par Schinner. Le grand peintre avait recommandé, pour les encadrements, arabesques et autres accessoires, le voyageur accompagné de Mistigris. Aussi, depuis deux jours, Mme Moreau se mettait-elle sur le pied de guerre et faisait-elle le pied de grue[1]. Un artiste qui devait être son commensal pendant quelques semaines exigeait des frais. Schinner et sa femme avaient eu leur appartement au château, où, d'après les ordres du comte, ils furent traités comme Sa Seigneurie elle-même. Grindot, commensal des Moreau, témoignait tant de respect au grand artiste, que ni le régisseur ni sa femme n'avaient osé se familiariser avec ce grand artiste. Les plus nobles et les plus riches particuliers des environs avaient d'ailleurs, à l'envi, fêté Schinner et sa femme en se les disputant. Aussi, très satisfaite de prendre en quelque sorte sa revanche, Mme Moreau se promettait-elle de tambouriner dans le pays l'artiste qu'elle attendait, et de le présenter comme égal en talent à Schinner.

Quoique, la veille et l'avant-veille, elle eût fait deux toilettes pleines de coquetterie, la jolie régisseuse avait trop bien échelonné ses ressources pour ne pas avoir réservé la plus charmante, en ne doutant pas que l'artiste ne vînt dîner le samedi. Elle s'était donc chaussée en brodequins de peau bronzée et en bas de fil d'Écosse. Une robe rose à mille raies, une ceinture rose à boucle d'or richement ciselée, une jeannette[1] au cou et des bracelets de velours à ses bras nus (Mme de Sérisy avait de beaux bras et les montrait beaucoup), donnaient à Mme Moreau l'apparence d'une élégante Parisienne. Elle portait un magnifique chapeau de paille d'Italie, orné d'un bouquet de roses mousseuses pris chez Nattier[2], sous les ailes duquel ruisselaient en boucles brillantes ses beaux cheveux blonds. Après avoir commandé le plus délicat dîner et passé son appartement en revue, elle s'était promenée de manière à se trouver devant la corbeille à fleurs dans la grande cour du château, comme une châtelaine, au passage des voitures. Elle tenait au-dessus de sa tête une délicieuse ombrelle rose, doublée de soie blanche à franges. En voyant Pierrotin, qui remettait à la concierge du château les étranges paquets de Mistigris sans qu'aucun voyageur se montrât, Estelle revint désappointée avec le regret d'avoir encore fait une toilette inutile. Semblable à la plupart des personnes qui s'endimanchent, elle se sentit incapable d'une autre occupation que celle de niaiser dans son salon en attendant la voiture de Beaumont, qui passait une heure après Pierrotin, quoiqu'elle ne partît de Paris qu'à une heure après midi, et elle rentra chez elle pendant que les deux artistes procédaient à une toilette en règle. Le jeune peintre et Mistigris furent en effet si rebattus des louanges de la belle Mme Moreau par le jardinier, à qui ils demandèrent des renseignements, qu'ils sentirent l'un et l'autre la nécessité de *se ficeler* (en terme d'atelier), et ils se mirent dans leur tenue superlative pour se présenter au pavillon du régisseur où les conduisit Jacques Moreau, l'aîné des enfants, un hardi garçon vêtu à l'anglaise d'une jolie veste à col rabattu, vivant pendant les vacances comme un poisson dans l'eau, dans cette terre où sa mère régnait en souveraine absolue.

« Maman, dit-il, voici les deux artistes envoyés par M. Schinner. »

Mme Moreau, très agréablement surprise, se leva, fit avancer des sièges par son fils, et déploya ses grâces.

« Maman, le petit Husson est avec mon père, ajouta l'enfant dans l'oreille de sa mère, je vais te l'aller chercher...

— Ne te presse pas, amusez-vous ensemble », dit la mère.

Ce seul mot, *ne te presse pas*, fit comprendre aux deux artistes le peu d'importance de leur compagnon de voyage ; mais il y perçait aussi le sentiment d'une marâtre pour un beau-fils. En effet, Mme Moreau, qui ne pouvait pas, au bout de dix-sept ans de mariage, ignorer l'attachement du régisseur pour Mme Clapart et le petit Husson, haïssait la mère et l'enfant d'une manière si prononcée, que l'on comprendra pourquoi le régisseur ne s'était pas encore risqué à faire venir Oscar à Presles.

« Nous sommes chargés, mon mari et moi, dit-elle aux deux artistes, de vous faire les honneurs du château. Nous aimons beaucoup les arts, et surtout les artistes, ajouta-t-elle en minaudant, et je vous prie de vous regarder ici comme chez vous. À la campagne, vous savez, l'on ne se gêne pas ; il faut y avoir toute sa liberté, sans quoi tout y est insipide. Nous avons eu déjà M. Schinner... »

Mistigris regarda malicieusement son compagnon.

« Vous le connaissez, sans doute ? reprit Estelle après une pause.

— Qui ne le connaît pas, madame ? répondit le peintre.

— Il est connu *comme le houblon*, ajouta Mistigris.

— M. Grindot m'a dit votre nom, demanda Mme Moreau, mais je...

— Joseph Bridau », répondit le peintre excessivement occupé de savoir à quelle femme il avait à faire.

Mistigris commençait à se rebeller intérieurement contre le ton protecteur de la belle régisseuse ; mais il attendait, ainsi que Bridau, quelque geste, quelque mot qui l'éclairât, un de ces mots de singe à dauphin[1] que les peintres, ces cruels observateurs-nés des ridicules, la pâture de leurs crayons, saisissent avec tant de prestesse. Et d'abord, les grosses mains et les gros pieds d'Estelle, la fille de paysans des environs de Saint-Lô, frappèrent les deux artistes ; puis, une ou deux locutions de femme de chambre, des tournures de phrases qui démentaient l'élégance de la toilette, firent promptement reconnaître au peintre et à son élève leur proie ; et, par un seul coup d'œil échangé, tous deux convinrent de prendre Estelle au sérieux, afin de passer agréablement le temps de leur séjour.

« Vous aimez les arts, peut-être les cultivez-vous avec succès, madame ? dit Joseph Bridau.

— Non. Sans être négligée, mon éducation a été purement commerciale ; mais j'ai un si profond et si délicat sentiment des arts, que M. Schinner me priait toujours de venir, quand il avait fini un morceau, pour lui donner mon avis.

— Comme Molière consultait Laforêt », dit Mistigris.

Sans savoir que Laforêt fût une servante, Mme Moreau répondit par une attitude penchée qui montrait que, dans son ignorance, elle acceptait ce mot comme un compliment.

« Comment ne vous a-t-il pas offert de vous croquer ? dit Bridau. Les peintres sont assez friands de belles personnes.

— Qu'entendez-vous par ces paroles ? » fit Mme Moreau sur la figure de laquelle se peignit le courroux d'une reine offensée.

« On appelle, en termes d'atelier, croquer une tête, en prendre une esquisse, dit Mistigris d'un air insinuant, et nous ne demandons à croquer que les belles têtes. De là le mot : *Elle est jolie à croquer !*

— J'ignorais l'origine de ce terme », répondit-elle, en lançant à Mistigris une œillade pleine de douceur.

« Mon élève, dit Bridau, M. Léon de Lora montre beaucoup de disposition pour le portrait. Il serait trop heureux, *belle dame*[1], de vous laisser un souvenir de notre passage ici en peignant votre charmante tête. »

Joseph Bridau fit un signe à Mistigris, comme pour dire : « Allons, pousse ta pointe ! Elle n'est pas déjà si mal, cette femme. » À ce coup d'œil, Léon de Lora se glissa sur le canapé, près d'Estelle, et lui prit une main qu'elle se laissa prendre.

« Oh ! si pour faire une surprise à *votre époux*, madame, vous vouliez me donner quelques séances en secret, je tâcherais de me surpasser. Vous êtes si belle, si fraîche, si charmante!... Un homme sans talent deviendrait un génie en vous ayant pour modèle! On puiserait dans vos yeux tant de...

— Puis, nous peindrons vos chers enfants dans les arabesques, dit Joseph en interrompant Mistigris.

— J'aimerais mieux les avoir dans mon salon; mais ce serait indiscret, reprit-elle en regardant Bridau d'un air coquet.

— La beauté, madame, est une souveraine que les peintres adorent, et qui a sur eux bien des droits.»

«Ils sont charmants», pensa Mme Moreau. «Aimez-vous la promenade le soir, après dîner, en calèche, dans les bois?

— Oh! oh! oh! oh! oh! fit Mistigris à chaque circonstance et sur des tons extatiques; mais Presles sera le paradis terrestre?

— Avec une Ève, une blonde, une jeune et ravissante femme», ajouta Bridau.

Au moment où Mme Moreau se rengorgeait et planait dans le septième ciel, elle fut rappelée, comme un cerf-volant par un coup de corde.

«Madame! s'écria sa femme de chambre en entrant comme une balle.

— Eh bien, Rosalie[1], qui donc peut vous autoriser à venir ici sans être appelée?»

Rosalie ne tint aucun comte de l'apostrophe, et dit à l'oreille de sa maîtresse: «M. le comte est au château.

— Me demande-t-il? répliqua la régisseuse.

— Non, madame... Mais... il demande sa malle et la clef de son appartement.

— Qu'on les lui donne», fit-elle en faisant un geste d'humeur pour cacher son trouble.

«Maman, voilà Oscar Husson!» s'écria le plus jeune de ses fils en amenant Oscar qui, rouge comme un coquelicot, n'osa s'avancer en retrouvant les deux peintres en toilette.

« Te voilà donc enfin, mon petit Oscar, dit Estelle d'un air pincé. J'espère que tu vas aller t'habiller, reprit-elle après l'avoir toisé de la façon la plus méprisante. Ta mère ne t'a pas, je crois, habitué à dîner en compagnie, fagoté comme te voilà.

— Oh ! fit le cruel Mistigris, un futur diplomate doit être *en fonds... de culotte. Deux habits valent mieux qu'un*.

— Un futur diplomate ? » s'écria Mme Moreau.

Là, le pauvre Oscar eut des larmes aux yeux en regardant tour à tour Joseph et Léon.

« Une plaisanterie faite en voyage, répondit Joseph, qui par pitié voulut sauver Oscar de ce mauvais pas.

— Le petit a voulu rire comme nous, et il a *blagué*, dit le cruel Mistigris, maintenant le voilà *comme un âne en plaine*.

— Madame, dit Rosalie en revenant à la porte du salon, Son Excellence ordonne un dîner pour huit personnes, et veut être servie à six heures. Que faire ? »

Pendant la conférence d'Estelle et de sa première femme, les deux artistes et Oscar échangèrent des regards où se peignirent d'affreuses appréhensions.

« Son Excellence ! qui ? dit Joseph Bridau.

— Mais M. le comte de Sérisy, répondit le petit Moreau.

— Était-il, par hasard, dans le coucou ? dit Léon de Lora.

— Oh ! fit Oscar, le comte de Sérisy ne peut voyager que dans une voiture à quatre chevaux.

— Comment est-il arrivé, M. le comte de Sérisy ? dit le peintre à Mme Moreau, quand elle revint assez mortifiée à sa place.

— Je n'en sais rien, dit-elle, je ne m'explique point l'arrivée de Sa Seigneurie, ni ce qu'elle vient faire. Et Moreau qui n'est pas là !

— Son Excellence prie M. Schinner de passer au château, dit un jardinier en s'adressant à Joseph, et il le prie de lui faire le plaisir de dîner avec lui, ainsi que M. Mistigris.

— Nous sommes cuits ! fit le rapin en riant. Celui que nous avons pris pour un bourgeois dans la voiture à Pierrotin est le comte. On a bien raison de dire qu'*on ne trousse jamais ce qu'on cherche.* »

Oscar se changea presque en statue de sel ; car, à cette révélation, il sentit son gosier plus salé que la mer.

« Et vous qui lui avez parlé des adorateurs de sa femme et de sa maladie secrète, dit Mistigris à Oscar.

— Que voulez-vous dire ? » s'écria la femme du régisseur en regardant les deux artistes, qui s'en allèrent en riant de la figure d'Oscar.

Oscar resta muet, foudroyé, stupide, n'entendant rien, quoique Mme Moreau le questionnât et le remuât violemment par celui de ses bras qu'elle avait pris et qu'elle serrait avec force ; mais elle fut obligée de laisser Oscar dans son salon sans en avoir obtenu de réponse, car Rosalie l'appela de nouveau pour avoir du linge, de l'argenterie, et pour qu'elle veillât par elle-même à l'exécution des ordres multipliés que le comte donnait. Les gens, les jardiniers, le concierge et sa femme, tout le monde allait et venait dans une confusion facile à concevoir. Le maître était tombé chez lui comme une bombe. Du haut de La Cave, le comte avait en effet gagné, par un sentier à lui connu, la maison de son garde et y arriva bien avant Moreau. Le garde fut stupéfait en voyant le vrai maître.

« Moreau est-il là, que voici son cheval ? demanda M. de Sérisy.

— Non, monseigneur, mais comme il doit aller aux Moulineaux avant son dîner, il a laissé son cheval ici pendant le temps de donner quelques ordres au château. »

Le garde ignorait la portée de cette réponse, qui, dans les circonstances présentes, aux yeux d'un homme perspicace, équivalait à une certitude.

« Si tu tiens à ta place, dit le comte à son garde, tu vas aller à fond de train à Beaumont sur ce cheval, et tu remettras à M. Margueron le billet que je vais écrire. » Le comte entra dans le pavillon, écrivit un mot, le plia de manière qu'il fût impossible de le déplier sans qu'on s'en aperçût, et le remit à son garde, dès qu'il le vit en selle. « Pas un mot à âme qui vive ! dit-il. — Quant à vous, madame, ajouta-t-il en parlant à la femme du garde, si Moreau s'étonne de ne pas trouver son cheval, vous lui direz que je l'ai pris. »

Et le comte se jeta dans son parc, dont la grille lui fut aussitôt ouverte à un geste qu'il fit. Quelque rompu que l'on soit au fracas de la politique, à ses émotions, à ses mécomptes, l'âme d'un homme assez fort pour aimer encore à l'âge du comte est toujours jeune à la trahison. Il en coûtait tant à M. de Sérisy de se savoir trompé par Moreau, qu'à Saint-Brice il le crut moins le collaborateur de Léger et du notaire qu'entraîné par eux. Aussi, sur le seuil de l'auberge, pendant la conversation du père Léger et de l'hôte, pensait-il encore à pardonner à son régisseur après lui avoir fait une bonne semonce. Chose étrange ! la félonie de son homme de confiance ne l'occupait que comme un épisode, depuis le moment où Oscar avait révélé les glorieuses infirmités du travailleur intrépide, de l'administrateur napoléonien. Des secrets si bien gardés n'avaient pu être trahis que par Moreau, qui s'était sans doute moqué de son bienfaiteur avec l'ancienne femme de chambre de Mme de Sérisy ou avec l'ancienne Aspasie du Directoire. En se jetant dans le chemin de traverse, ce pair de France, ce ministre avait pleuré comme pleurent les jeunes gens. Il avait pleuré ses dernières larmes ! Tous les sentiments humains étaient si bien et si vivement attaqués à la fois, que cet homme si calme marchait dans son parc comme va le fauve blessé.

Quand Moreau demanda son cheval, et que la femme du garde lui eut répondu : « M. le comte vient de le prendre. — Qui, M. le comte ? s'écria-t-il.

— M. le comte de Sérisy, notre maître, dit-elle. Il est peut-être au château », ajouta-t-elle pour se débarrasser du régisseur qui, ne comprenant rien à cet événement, rabattit sur le château.

Moreau revint bientôt sur ses pas pour questionner la femme du garde, car il avait fini par trouver de la gravité dans l'arrivée secrète et dans l'action bizarre de son maître. La femme du garde, épouvantée en se voyant prise comme dans un étau entre le comte et le régisseur, avait fermé le pavillon et s'y était enfermée, bien résolue de n'ouvrir qu'à son mari. Moreau, de plus en plus inquiet, alla, malgré ses bottes, au pas de course à la conciergerie où il apprit enfin que le comte s'habillait. Rosalie, que le régisseur rencontra, lui dit : « Sept personnes à dîner chez sa Seigneurie... »

Moreau se dirigea vers son pavillon, et vit alors sa fille de basse-cour en altercation avec un beau jeune homme.

« Monsieur le comte a dit : "À l'aide de camp de Mina, un colonel", s'écria la pauvre fille.

— Je ne suis pas colonel, répondait Georges.

— Eh bien, vous nommez-vous Georges ?

— Qu'y a-t-il ? dit le régisseur en intervenant.

— Monsieur, je me nomme Georges Marest, je suis fils d'un riche quincaillier en gros de la rue Saint-Martin, et viens pour affaire chez M. le comte de Sérisy de la part de Me Crottat, notaire, de qui je suis le second clerc.

— Et moi, je répète à monsieur que monseigneur vient de me dire : “Il va se présenter un colonel nommé Czerni-Georges, aide de camp de Mina, venu par la voiture à Pierrotin ; s'il me demande, faites-le entrer dans la salle d'attente.”

— Il ne faut pas badiner avec Sa Seigneurie, dit le régisseur, allez, monsieur. Mais comment Sa Seigneurie est-elle venue ici sans m'avoir prévenu de son arrivée ? Comment M. le comte a-t-il pu savoir que vous avez voyagé par la voiture à Pierrotin ?

— Évidemment, dit le clerc, le comte est le voyageur qui, sans l'obligeance d'un jeune homme, allait se mettre en lapin dans la voiture à Pierrotin.

— En lapin, dans la voiture à Pierrotin ?... s'écrièrent le régisseur et la fille de basse-cour.

— J'en suis sûr, précisément à cause de ce que me dit cette fille, reprit Georges Marest.

— Et comment ? fit Moreau.

— Ah ! voilà, s'écria le clerc. Pour mystifier les voyageurs, je leur ai raconté un tas de gausses[1] sur l'Égypte, la Grèce et l'Espagne. J'avais des éperons, je me suis donné pour un colonel de cavalerie, histoire de rire.

— Voyons, dit Moreau. Comment est le voyageur qui, selon vous, serait M. le comte ?

— Mais, dit Georges, il a la figure comme une brique, les cheveux entièrement blancs et les sourcils noirs.

— C'est lui !

— Je suis perdu ! dit Georges Marest.

— Pourquoi ?

— Je l'ai blagué sur ses décorations.

— Bah ! il est bon enfant, vous l'aurez amusé. Venez promptement au château, dit Moreau, je monte chez Sa Seigneurie. Où M. le comte vous a-t-il donc quitté ?

— En haut de la montagne.

— Je m'y perds, s'écria Moreau.

« Après tout, je l'ai *blagué*, mais je ne lui ai pas fait d'affront », se dit le clerc.

« Et pourquoi venez-vous ? demanda le régisseur.

— Mais j'apporte l'acte de vente de la ferme des Moulineaux, tout prêt.

— Mon Dieu ! s'écria le régisseur, je n'y comprends rien. »

Moreau sentit son cœur battre à le gêner quand, après avoir frappé deux coups à la porte de son maître, il entendit : « Est-ce vous, *monsieur* Moreau ?

— Oui, monseigneur.

— Entrez ! »

Le comte avait mis un pantalon blanc et des bottes fines, un gilet blanc et un habit noir sur lequel brillait, à droite, le crachat des grand-croix de la Légion d'honneur ; à gauche, à une boutonnière, pendait la Toison-d'Or au bout d'une chaîne d'or. Le cordon bleu ressortait vivement sur le gilet. Il avait lui-même arrangé ses cheveux, et s'était sans doute harnaché ainsi pour faire à Margueron les honneurs de Presles, et peut-être pour faire agir sur ce bonhomme les prestiges de la grandeur.

« Eh bien, monsieur, dit le comte en restant assis et laissant Moreau debout, nous ne pouvons donc pas conclure avec Margueron ?

— En ce moment il vendrait sa ferme trop cher.

— Mais pourquoi ne viendrait-il pas ? dit le comte en affectant un air rêveur.

— Il est malade, monseigneur...

— Vous en êtes sûr ?

— J'y suis allé...

— Monsieur, dit le comte en prenant un air sévère qui fut terrible, que feriez-vous à un homme de confiance qui vous verrait panser un mal que vous voudriez tenir secret, s'il allait en rire chez une gourgandine ?

— Je le rouerais de coups.

— Et si vous aperceviez en outre qu'il trompe votre confiance et vous vole ?

— Je tâcherais de le surprendre et je l'enverrais aux galères.

— Écoutez, *monsieur* Moreau ! vous avez sans doute parlé de mes infirmités chez Mme Clapart, et vous avez ri chez elle, avec elle, de mon amour pour la comtesse de Sérisy ; car le petit Husson instruisait d'une foule de circonstances relatives à mes traitements les voyageurs d'une voiture publique, ce matin, en ma présence, et, Dieu sait en quel langage ! il osait calomnier ma femme. Enfin, j'ai appris de la bouche même du père Léger, qui revenait de Paris dans la voiture de Pierrotin, le plan formé par le notaire de Beaumont, par vous et par lui, relativement aux Moulineaux. Si vous êtes allé chez M. Margueron, ce fut pour lui dire de faire le malade ; il l'est si peu que je l'attends à dîner, et qu'il va venir. Eh bien, monsieur, je vous pardonnais d'avoir deux cent cinquante mille francs de fortune, gagnés en dix-sept ans... Je comprends cela. Vous m'eussiez chaque fois demandé ce que vous me preniez, ou ce qui vous était offert, je vous l'aurais donné : vous êtes père de famille. Vous avez été, dans votre indélicatesse, meilleur qu'un autre, je le crois... Mais vous qui savez mes travaux accomplis pour le pays, pour la France, vous qui m'avez vu passant des cent et quelques nuits pour l'Empereur, ou travaillant des dix-huit heures par jour pendant des trimestres entiers, vous qui connaissez combien j'aime Mme de Sérisy, avoir bavardé là-dessus devant un enfant, avoir livré mes secrets, mes affections à la risée d'une Mme Husson...

— Monseigneur...

— C'est impardonnable. Blesser un homme dans ses intérêts, ce n'est rien ; mais l'attaquer dans son cœur!... Oh! vous ne savez pas ce que vous avez fait!» Le comte se mit la tête dans les mains et resta silencieux pendant un moment. «Je vous laisse ce que vous avez, reprit-il, et je vous oublierai. Par dignité, pour moi, pour votre propre honneur, nous nous quitterons décemment, car je me souviens en ce moment de ce que votre père a fait pour le mien. Vous vous entendrez, et bien, avec M. de Reybert qui vous succède. Soyez comme moi, calme. Ne vous donnez pas en spectacle aux sots. Surtout, pas de galvaudages ni de chipoteries. Si vous n'avez plus ma confiance, tâchez de garder le décorum des gens riches. Quant à ce petit drôle qui a failli me tuer, qu'il ne couche pas à Presles! mettez-le à l'auberge, je ne répondrais point de ma colère en le voyant.

— Je ne méritais point tant de douceur, monseigneur, dit Moreau les larmes aux yeux. Oui, si j'avais été tout à fait improbe, j'aurais cinq cent mille francs à moi; d'ailleurs, j'offre de vous faire le compte de ma fortune, et de vous la détailler! Mais laissez-moi vous dire, monseigneur, qu'en causant de vous avec Mme Clapart, ce ne fut jamais en dérision, mais, au contraire, pour déplorer votre état, et pour lui demander si elle ne connaissait point quelques remèdes inconnus aux médecins et que pratiquent les gens du peuple... Je me suis entretenu de vos sentiments devant le petit quand il dormait (il paraît qu'il nous entendait!), mais ce fut toujours en des termes pleins d'affection et de respect. Le malheur veut que des indiscrétions soient punies comme des crimes. Mais en acceptant les effets de votre juste colère, sachez au moins comment les choses se sont passées. Oh! ce fut de cœur à cœur que j'ai parlé de vous avec Mme Clapart. Enfin vous pouvez interroger ma femme, nous n'avons jamais entre nous parlé de ces choses...

— Assez, dit le comte dont la conviction était

entière, nous ne sommes pas des enfants ; tout est irrévocable. Allez mettre ordre à vos affaires et aux miennes. Vous pouvez rester au pavillon jusqu'au mois d'octobre. M. et Mme de Reybert logeront au château ; surtout, tâchez de vivre avec eux en gens comme il faut, qui se haïssent, mais qui conservent les apparences. »

Le comte et Moreau descendirent, Moreau blanc comme les cheveux du comte, le comte calme et digne.

Pendant cette scène, la voiture de Beaumont qui part de Paris à une heure s'était arrêtée à la grille et descendait au château Me Crottat, qui, d'après l'ordre donné par le comte, attendait dans le salon, où il trouva son clerc excessivement penaud, en compagnie des deux peintres, tous trois embarrassés de leurs personnages. M. de Reybert, un homme de cinquante ans à figure rébarbative, était venu accompagné du vieux Margueron et du notaire de Beaumont qui tenait une liasse de pièces et de titres. Quand toutes ces personnes virent paraître le comte dans son costume d'homme d'État, Georges Marest eut un léger mouvement de colique, Joseph Bridau tressaillit ; mais Mistigris, qui se trouvait dans ses habits des dimanches et qui d'ailleurs n'avait rien à se reprocher, dit assez haut : « Eh bien, il est infiniment mieux comme ça.

— Petit drôle, dit le comte en l'amenant avec lui par une oreille, nous faisons tous deux la décoration.

« Avez-vous reconnu votre ouvrage, mon cher Schinner ? reprit le comte en montrant le plafond à l'artiste.

— Monseigneur, répondit l'artiste, j'ai eu le tort de m'arroger, par bravade, un nom célèbre ; mais cette journée m'oblige à vous faire de belles choses et à illustrer celui de Joseph Bridau[1].

— Vous avez pris ma défense, dit vivement le

comte, et j'espère que vous me ferez le plaisir de dîner avec moi, ainsi que notre spirituel Mistigris.

— Votre Seigneurie ne sait pas à quoi elle s'expose, dit l'effronté rapin. *Ventre affamé n'a pas d'orteils*.

— Bridau ! s'écria le ministre frappé par un souvenir, seriez-vous parent d'un des plus ardents travailleurs de l'Empire, un chef de division qui a succombé victime de son zèle ?

— Son fils, monseigneur, répondit Joseph en s'inclinant.

— Vous êtes le bienvenu ici, reprit le comte en prenant la main du peintre entre les siennes ; j'ai connu votre père, et vous pouvez compter sur moi comme sur un... oncle d'Amérique, ajouta M. de Sérisy en souriant. Mais vous êtes trop jeune pour avoir des élèves : à qui donc est Mistigris ?

— À mon ami Schinner, qui me l'a prêté, reprit Joseph. Mistigris se nomme Léon de Lora. Monseigneur, si vous vous souvenez de mon père, daignez penser à celui de ses fils qui se trouve accusé de complot contre l'État et traduit devant la Cour des pairs[1]...

— Ah ! c'est vrai, dit le comte, j'y songerai, croyez-le bien. Quant au prince Czerni-Georges, l'ami d'Ali-Pacha, l'aide de camp de Mina, dit le comte en s'avançant vers Georges.

— Lui ?... mon second clerc ! s'écria Crottat.

— Vous êtes dans l'erreur, maître Crottat, dit le comte d'un air sévère. Un clerc qui veut être notaire un jour ne laisse pas des pièces importantes dans les diligences à la merci des voyageurs ! Un clerc qui veut être notaire ne dépense pas vingt francs entre Paris et Moisselles ! Un clerc qui veut être notaire ne s'expose pas à être arrêté comme transfuge...

— Monseigneur, dit Georges Marest, j'ai pu m'amuser à mystifier des bourgeois en voyage ; mais...

— Laissez donc parler Son Excellence, lui dit son patron en lui donnant un grand coup de coude dans le flanc.

— Un notaire doit avoir de bonne heure de la discrétion, de la prudence, de la finesse, et ne pas prendre un ministre d'État pour un fabricant de chandelles...

— Je passe condamnation sur mes fautes, mais je n'ai pas laissé mes actes à la merci..., dit Georges.

— Vous commettez en ce moment la faute de donner un démenti à un ministre d'État, à un pair de France, à un gentilhomme, à un vieillard, à un client. Cherchez votre projet de vente ? »

Le clerc froissa tous les papiers de son portefeuille.

« Ne brouillez pas vos papiers, dit le ministre d'État en tirant l'acte de sa poche, voici ce que vous cherchez. »

Crottat tourna le papier trois fois, tant il était surpris de l'avoir reçu des mains de son noble client.

« Comment ! monsieur ?... dit enfin le notaire à Georges.

— Si je ne l'avais pas pris, reprit le comte, le père Léger, qui n'est pas si niais que vous le croyez d'après ses questions sur l'agriculture, car il vous prouvait qu'il faut toujours penser à son métier, le père Léger aurait pu s'en saisir et deviner mon projet... Vous me ferez aussi le plaisir de dîner avec moi, mais à la condition de nous raconter l'exécution du *moucelim*[1] de Smyrne, et vous nous finirez les Mémoires de quelque client que vous avez sans doute lus avant le public.

— Schlague pour blague, dit Léon de Lora tout bas à Joseph Bridau.

— Messieurs, dit le comte au notaire de Beaumont, à Crottat, à MM. Margueron et de Reybert, passons de l'autre côté, nous ne nous mettrons pas à table sans avoir conclu ; car, comme dit mon ami Mistigris, il faut savoir *se traire à propos*.

— Eh bien, il est bien bon enfant, dit Léon de Lora à Georges Marest.

— Oui, mais mon patron ne l'est pas, lui, bon enfant et il me priera d'aller blaguer ailleurs.

— Bah ! vous aimez à voyager, dit Bridau.

— Quel savon le petit va recevoir de M. et Mme Moreau !... s'écria Léon de Lora.

— Un petit imbécile, dit Georges. Sans lui, le comte se serait amusé. C'est égal, la leçon est bonne, et si jamais on mc reprend à parler en voiture !...

— Oh ! c'est bien bête, dit Joseph Bridau.

— Et commun, fit Mistigris. *Trop parler suit*, d'ailleurs. »

Pendant que les affaires se traitaient entre M. Margueron et le comte de Sérisy, assistés chacun de leurs notaires, et en présence de M. de Reybert, l'ex-régisseur était allé d'un pas lent à son pavillon. Il y entra sans rien voir et s'assit sur le canapé du salon, où le petit Husson se mit dans un coin hors de sa vue, car la figure blême du protecteur de sa mère l'épouvanta.

« Eh bien, mon ami, dit Estelle en entrant assez fatiguée par tout ce qu'elle venait de faire, qu'as-tu donc ?

— Ma chère, nous sommes perdus, et perdus sans ressources. Je ne suis plus régisseur de Presles, je n'ai plus la confiance du comte.

— Et d'où vient ?

— Le père Léger, qui était dans la voiture de Pierrotin, l'a mis au fait de l'affaire des Moulineaux ; mais ce n'est pas là ce qui m'a pour jamais aliéné sa protection...

— Hé ! quoi ?

— Oscar a mal parlé de la comtesse, et il a révélé les maladies de monsieur...

— Oscar!... s'écria Mme Moreau. Tu es puni, mon cher, par où tu as péché. C'était bien la peine de nourrir ce serpent-là dans ton sein[1]?... Combien de vois je t'ai dit...

— Assez!» fit Moreau d'une voix altérée.

En ce moment, Estelle et son mari découvrirent Oscar tapi dans un coin. Moreau fondit sur le malheureux enfant comme un milan sur sa proie, l'empoigna par le collet de sa petite redingote olive et l'amena au jour d'une croisée.

«Parle! qu'as-tu donc dit à monseigneur dans la voiture? quel démon a délié ta langue, toi qui restes hébété toutes les fois que je t'interroge? Quelle était ton idée?» lui dit le régisseur avec une épouvantable violence.

Trop hébété pour pleurer, Oscar garda le silence en restant immobile comme une statue.

«Viens demander pardon à Son Excellence! dit Moreau.

— Est-ce que Son Excellence s'inquiète d'une pareille vermine? s'écria la furieuse Estelle.

— Allons, viens au château!» reprit Moreau.

Oscar s'affaissa comme une masse inerte et tomba par terre.

«Veux-tu venir? dit Moreau dont la colère s'aluma davantage de moment en moment.

— Non! non! Grâce!» s'écria Oscar qui ne voulut pas se soumettre à un supplice pour lui pire que la mort.

Moreau prit alors Oscar par son habit, le traîna comme un cadavre par les cours que l'enfant remplit de ses cris, de ses sanglots; il le traîna par le perron; et, d'un bras animé par la rage, il le jeta beuglant et roide comme un pieu dans le salon aux pieds du comte qui venait de terminer l'acquisition des Moulineaux et qui se rendait alors dans la salle à manger avec toute la compagnie.

« À genoux ! à genoux, malheureux ! demande pardon à celui qui t'a donné le pain de l'âme en t'obtenant une bourse au collège ! » criait Moreau.

Oscar, la face contre terre, écumait de rage, sans dire un mot. Tous les spectateurs tremblaient. Moreau, qui ne se posséda plus, offrait une face sanglante à force d'être injectée.

« Ce jeune homme n'est que vanité, dit le comte après avoir vainement attendu les excuses d'Oscar. Un orgueilleux s'humilie, car il y a de la grandeur dans certains abaissements. J'ai grand peur que vous ne fassiez jamais rien de ce garçon. »

Et le ministre d'État passa. Moreau reprit Oscar et l'emmena chez lui. Pendant qu'on attelait les chevaux à la calèche, il écrivit à Mme Clapart la lettre suivante :

« Ma chère, Oscar vient de me ruiner. Pendant son voyage dans la voiture à Pierrotin, ce matin, il a parlé des légèretés de Mme la comtesse à Son Excellence elle-même qui voyageait *incognito*, et lui a dit à lui-même ses secrets sur la terrible maladie qu'il a gagnée à passer tant de nuits en travaux dans ses diverses fonctions. Après m'avoir destitué, le comte m'a recommandé de ne pas laisser coucher Oscar à Presles, et de le renvoyer. Aussi, pour lui obéir, fais-je en ce moment atteler mes chevaux à la calèche de ma femme, et Brochon, mon valet d'écurie, va vous ramener ce petit misérable. Nous sommes, ma femme et moi, dans une désolation que vous pouvez concevoir, mais que je renonce à vous peindre. Sous peu de jours j'irai vous voir, car il faut que je prenne un parti. J'ai trois enfants, je dois songer à l'avenir, et je ne sais encore que résoudre, car mon intention est de montrer au comte ce que valent dix-sept ans de la vie d'un homme tel que moi. Riche de deux cent soixante mille francs, je veux arriver à une fortune qui me permette d'être quelque jour presque l'égal de S. Exc. En ce moment je me sens capable de soulever des montagnes, de vaincre d'insurmontables difficultés. Quel levier qu'une scène d'humiliations pareilles !... Quel sang Oscar a-t-il donc dans les veines ? je ne puis vous faire de compliments sur lui, sa conduite est celle d'une buse : au moment où je vous écris, il n'a pas encore pu prononcer un mot, ni répondre à toutes les demandes de ma femme ou de moi... Va-t-il devenir imbécile ou l'est-il déjà ? Chère amie, vous ne lui aviez donc pas fait sa leçon avant de l'embarquer ? Combien de malheurs vous m'eussiez épargnés en l'accompagnant comme je vous en avais priée ! Si Estelle vous effrayait, vous auriez pu rester à Moisselles. Enfin tout est dit. Adieu, à bientôt.

« Votre dévoué serviteur et ami,

Moreau. »

À huit heures du soir, Mme Clapart, revenue d'une petite promenade avec son mari, tricotait des bas d'hiver pour Oscar, à la lueur d'une seule chandelle ; M. Clapart attendait un de ses amis, nommé Poiret[1], qui venait parfois faire avec lui sa partie de dominos, car jamais il ne se hasardait à passer la soirée dans un café. Malgré la prudence que lui imposait la médiocrité de sa fortune, Clapart n'aurait pu répondre de sa tempérance au milieu des objets de consommation et en présence des habitués, dont les railleries l'eussent piqué.

« J'ai peur que Poiret ne soit venu, disait Clapart à sa femme.

— Mais, mon ami, la portière nous l'aurait dit, lui répondit Mme Clapart.

— Elle peut bien l'avoir oublié !

— Pourquoi veux-tu qu'elle l'oublie ?

— Ce ne serait pas la première fois qu'elle aurait oublié quelque chose pour nous, car Dieu sait comme on traite les gens qui n'ont pas d'équipage.

— Enfin», dit la pauvre femme pour changer de conversation et tâcher d'échapper aux pointilleries de Clapart, «Oscar est maintenant à Presles; il sera bien heureux dans cette belle terre, dans ce beau parc…

— Oui, attendez-en de belles choses, répondit Clapart, il y causera du grabuge.

— Ne cesserez-vous donc pas d'en vouloir à ce pauvre enfant? que vous a-t-il fait? Hé! mon Dieu, si quelque jour nous sommes à l'aise, peut-être le lui devrons-nous, car il a bon cœur…

— Quand ce garçon-là réussira dans le monde, il y aura longtemps que nos os seront en gélatine, s'écria Clapart. Il aura donc bien changé! Mais vous ne le connaissez pas, votre enfant, il est vantard, il est menteur, il est paresseux, il est incapable…

— Si vous alliez au-devant de M. Poiret», dit la pauvre mère atteinte au cœur par cette diatribe qu'elle s'était attirée.

«Un enfant qui n'a jamais eu de prix dans ses classes!» s'écria Clapart.

Aux yeux des bourgeois, remporter des prix dans ses classes est la certitude d'un bel avenir pour un enfant.

«En avez-vous eu? lui dit sa femme. Et Oscar a obtenu le quatrième accessit de philosophie.»

Cette apostrophe imposa silence pour un moment à Clapart.

«Avec cela que Mme Moreau doit l'aimer comme un clou vous savez où?… elle tâchera de le faire prendre en grippe à son mari… Oscar devenir régisseur de Presles?… mais il faut savoir l'arpentage, se connaître à la culture…

— Il apprendra.

— Lui ? la chatte[1] ! Gageons que s'il était en place, il ne serait pas une semaine sans commettre quelques balourdises qui le feraient renvoyer par le comte de Sérisy ?

— Mon Dieu, comment pouvez-vous vous acharner, dans l'avenir, contre un pauvre enfant plein de bonnes qualités, d'une douceur d'ange, et incapable de faire du mal à qui que ce soit ? »

En ce moment, les claquements de fouet d'un postillon, le bruit d'une calèche au grand trot, le piaffement de deux chevaux qui s'arrêtent à la porte cochère de la maison, avaient mis la rue de la Cerisaie en révolution. Clapart, qui entendit ouvrir toutes les fenêtres, sortit sur le carré.

« On vous ramène Oscar en poste ! s'écria-t-il d'un air où sa satisfaction se cachait sous une inquiétude réelle.

— Oh ! mon Dieu, que lui est-il arrivé ? » dit la pauvre mère saisie d'un tremblement qui la secoua comme une feuille est secouée par le vent d'automne.

Brochon montait suivi d'Oscar et de Poiret.

« Mon Dieu ! qu'est-il arrivé ? répéta la mère en s'adressant au valet d'écurie.

— Je ne sais pas, mais M. Moreau n'est plus régisseur de Presles, on dit que c'est monsieur votre fils qui en est cause, et Sa Seigneurie a ordonné de vous l'expédier. D'ailleurs, voilà la lettre de ce pauvre M. Moreau, qu'est changé, madame, à faire trembler...

— Clapart, deux verres de vin pour le postillon et pour monsieur », dit la mère qui s'alla jeter sur un fauteuil où elle lut la fatale lettre. — Oscar, dit-elle en se traînant vers son lit ; tu veux donc tuer ta mère... Après tout ce que je t'avais dit ce matin. »

Mme Clapart n'acheva pas sa phrase, elle s'évanouit de douleur.

Oscar resta stupide, debout. Mme Clapart revint à elle, en entendant son mari qui disait à Oscar en le remuant par le bras :

« Répondras-tu ?

— Allez vous mettre au lit, monsieur, dit-elle à son fils, et laissez-le tranquille, monsieur Clapart, ne le rendez pas fou, car il est changé à faire peur. »

Oscar n'entendit pas la phrase de sa mère, il était allé se coucher dès qu'il en avait reçu l'ordre.

Tous ceux qui se rappellent leur adolescence ne s'étonneront pas d'apprendre qu'après une journée si remplie d'émotions et d'événements, Oscar ait dormi du sommeil des justes, malgré l'énormité de ses fautes. Le lendemain, il ne trouva pas la nature aussi changée qu'il le croyait, et il fut étonné d'avoir faim, lui qui se regardait la veille comme indigne de vivre. Il n'avait souffert que moralement. À cet âge, les impressions morales se succèdent avec trop de rapidité pour que l'une n'affaiblisse pas l'autre, quelque profondément gravée que soit la première. Aussi, le système des punitions corporelles, quoique des philanthropes l'aient fortement attaqué dans ces derniers temps, est-il nécessaire en certains cas pour les enfants ; et d'ailleurs, il est le plus naturel, car la nature ne procède pas autrement, elle se sert de la douleur pour imprimer un durable souvenir de ses enseignements. Si, à la honte malheureusement passagère qui avait saisi Oscar la veille, le régisseur eût joint une peine afflictive, peut-être la leçon aurait-elle été complète. Le discernement avec lequel les corrections doivent être employées est le plus grand argument contre elles ; car la nature ne se trompe jamais, tandis que le précepteur doit errer souvent.

Mme Clapart avait eu le soin d'envoyer son mari dehors afin de se trouver seule pendant la matinée avec son fils. Elle était dans un état à faire pitié. Ses yeux attendris par les larmes, sa figure fatiguée par une nuit sans sommeil, sa voix affaiblie, tout en elle demandait grâce en montrant une excessive douleur qu'elle n'aurait pu supporter une seconde fois. En voyant entrer Oscar, elle lui fit signe de s'asseoir à côté d'elle et lui rappela d'un ton doux, mais pénétré, les bienfaits du régisseur de Presles. Elle dit à Oscar que, depuis six ans surtout, elle vivait des ingénieuses charités de Moreau. La place de M. Clapart, due au comte de Sérisy aussi bien que la demi-bourse à l'aide de laquelle Oscar avait achevé son éducation, cesserait tôt ou tard. Clapart ne pouvait pas prétendre à une retraite, ne comptant point assez d'années de services au Trésor ni à la Ville pour en obtenir une. Le jour où M. Clapart n'aurait plus sa place, que deviendraient-ils tous ? « Moi, dit-elle, dussé-je me mettre à garder les malades ou devenir femme de charge dans une grande maison, je saurai gagner mon pain et nourrir M. Clapart. Mais toi, dit-elle à Oscar, que feras-tu ? Tu n'as pas de fortune et tu dois t'en faire une, car il faut pouvoir vivre. Il n'existe que quatre grandes carrières, pour vous autres jeunes gens : le commerce, l'administration, les professions privilégiées et le service militaire. Toute espèce de commerce exige des capitaux, nous n'en avons pas à te donner. À défaut de capitaux, un jeune homme apporte son dévouement, sa capacité ; mais le commerce veut une grande discrétion, et ta conduite d'hier ne permet pas d'espérer que tu y réussisses. Pour entrer dans une administration publique, on doit y faire un long surnumérariat, y avoir des protections, et tu t'es aliéné le seul protecteur que nous eussions et le plus puissant de tous. D'ailleurs, à supposer que tu fusses doué des moyens extraordinaires à l'aide desquels un jeune homme arrive promptement, soit dans le commerce, soit dans l'administration, où prendre de l'argent pour vivre et s'habiller pendant le temps qu'on emploie à apprendre son état ? » Ici la mère se livra, comme toutes les femmes, à des lamentations verbeuses : comment allait-elle faire, privée des secours en nature que la régie de Presles permettait à Moreau de lui envoyer ? Oscar avait renversé la fortune de son protecteur. Après le commerce et l'administration, carrières auxquelles son fils ne devait pas songer, faute par elle de pouvoir l'entretenir, venaient les professions privilégiées du Notariat, du Barreau, des avoués et des huissiers. Mais il fallait faire son droit, étudier pendant trois ans, et payer des sommes considérables pour les inscriptions, pour les examens, pour les thèses et les diplômes ; le grand nombre des aspirants forçait à se distinguer par un talent supérieur ; enfin la question de l'entretien d'Oscar se représentait toujours. « Oscar, dit-elle en terminant, j'avais mis en toi tout mon orgueil et toute ma vie. En acceptant une vieillesse malheureuse, je reposais ma vue sur toi, je te voyais embrassant une belle carrière et y réussissant. Cet espoir m'a donné le courage de dévorer les privations que j'ai subies depuis six ans pour te soutenir au collège, où tu nous coûtais encore sept à huit cents francs par an, malgré la demi-bourse. Maintenant que mon espérance s'évanouit, ton sort m'effraie ! Je ne puis pas disposer d'un sou sur les appointements de M. Clapart pour mon fils, à moi. Que vas-tu faire ? Tu n'es pas assez fort en mathématiques pour entrer aux Écoles spéciales, et d'ailleurs où prendrais-je les trois mille francs de pension qu'on exige ? Voilà la vie comme elle est, mon enfant ! Tu as dix-huit ans, tu es fort, engage-toi comme soldat, ce sera la seule manière de gagner ton pain... »

Oscar ne savait rien encore de la vie. Comme tous les enfants de qui l'on a pris soin en leur cachant la misère au logis, il ignorait la nécessité de faire fortune ; le mot *Commerce* ne lui apportait aucune idée, et le mot *Administration* ne lui disait pas grand-chose, car il n'en apercevait pas les résultats : il écoutait donc d'un air soumis, qu'il essayait de rendre penaud, les remontrances de sa mère, mais elles se perdaient dans le vide. Néanmoins, l'idée d'être soldat, et les larmes qui roulaient dans les yeux de sa mère, firent pleurer cet enfant. Aussitôt que Mme Clapart vit les joues d'Oscar sillonnées de pleurs, elle se trouva sans force ; et, comme toutes les mères en pareil cas, elle chercha la péroraison qui termine ces espèces de crises où elles souffrent à la fois leurs douleurs et celles de leurs enfants.

« Allons, Oscar, *promets-moi* d'être discret à l'avenir, de ne plus parler à tort et à travers, de réprimer ton sot amour-propre, de », etc., etc.

Oscar promit tout ce que sa mère lui demanda de promettre, et après l'avoir attiré doucement à elle, Mme Clapart finit par l'embrasser pour le consoler d'avoir été grondé.

« Maintenant, dit-elle, tu écouteras ta mère, tu suivras ses avis, car une mère ne peut donner que de bons conseils à son fils. Nous irons chez ton oncle Cardot. Là est notre dernière espérance. Cardot a dû beaucoup à ton père, qui en lui accordant sa sœur, Mlle Husson, avec une énorme dot pour ce temps-là, lui a permis de faire une grande fortune dans la soierie. Je pense qu'il te placera chez M. Camusot, son successeur et son gendre, rue des Bourdonnais... Mais, vois-tu, ton oncle Cardot a quatre enfants. Il a donné son établissement du Cocon-d'Or à sa fille aînée, Mme Camusot. Si Camusot a des millions, il a aussi quatre enfants de deux lits différents, et il sait à peine que nous existons. Cardot a marié Marianne, sa seconde fille, à M. Protez, de la maison Protez et Chiffreville. L'étude de son fils aîné, le notaire, a coûté quatre cent mille francs, et il vient d'associer Joseph Cardot, son second fils, à la maison de droguerie Matifat. Ton oncle Cardot aura donc bien des raisons pour ne pas s'occuper de toi, qu'il voit quatre fois par an. Il n'est jamais venu me rendre visite ici ; tandis qu'il savait bien, lui, venir me voir chez Madame Mère pour obtenir les fournitures des Altesses impériales, de l'Empereur, et des grands de sa cour. Maintenant les Camusot font les ultra[1] ! Camusot a marié le fils de sa première femme à la fille d'un huissier, du cabinet du roi[2] ! Le monde est bien bossu quand il se baisse ! Enfin, c'est habile, le Cocon-d'Or a la pratique de la Cour sous les Bourbons comme sous l'Empereur. Demain nous irons donc chez ton oncle Cardot, j'espère que tu sauras t'y tenir comme il faut ; car là, je te le répète, est notre dernier espoir. »

M. Jean-Jérôme-Séverin Cardot était depuis six ans veuf de sa femme, Mlle Husson, à qui le fournisseur, au temps de sa splendeur, avait donné cent mille francs de dot en argent. Cardot, le premier commis du Cocon-d'Or, une des plus vieilles maisons de Paris, avait acheté cet établissement en 1793, au moment où ses patrons étaient ruinés par le Maximum[3] ; et l'argent de la dot de Mlle Husson lui avait permis de faire une fortune presque colossale en dix ans. Pour établir richement ses enfants, il avait eu l'idée ingénieuse de placer en viager une somme de trois cent mille francs sur la tête de sa femme et sur la sienne, ce qui lui produisait trente mille livres de rente. Quant à ses capitaux, il les avait partagés en trois dots de chacune quatre cent mille francs pour ses enfants. Le Cocon-d'Or, la dot de sa fille aînée, fut accepté pour cette somme par Camusot. Le bonhomme, presque septuagénaire, pouvait donc dépenser et dépensait ses trente mille francs par an, sans nuire aux intérêts de ses enfants, tous supérieurement établis, et dont les témoignages d'affection n'étaient alors entachés d'aucune pensée cupide. L'oncle Cardot habitait à Belleville une des premières maisons situées au-dessus de La Courtille[1]. Il y occupait, à un premier étage d'où l'on planait sur la vallée de la Seine, un appartement de mille francs, à l'exposition du midi, et avec la jouissance exclusive d'un grand jardin ; aussi ne s'embarrassait-il guère des trois ou quatre autres locataires logés dans cette vaste maison de campagne. Assuré par un long bail de finir là ses jours, il vivait assez mesquinement, servi par sa vieille cuisinière et par l'ancienne femme de chambre de feu Mme Cardot qui s'attendaient à recueillir chacune quelque six cents francs de rente à sa mort, et qui, par conséquent, ne le volaient point. Ces deux femmes prenaient de leur maître des soins inouïs et s'y intéressaient d'autant plus que personne n'était moins tracassier ni moins vétilleux que lui. L'appartement, meublé par feu Mme Cardot, restait dans le même état depuis six ans, le vieillard s'en contentait ; il ne dépensait pas en tout mille écus par an, car il dînait à Paris cinq fois par semaine, et rentrait tous les soirs à minuit dans un fiacre attitré dont l'établissement se trouvait à la barrière de La Courtille. La cuisinière n'avait guère à s'occuper que du déjeuner. Le bonhomme déjeunait à onze heures, puis il s'habillait, se parfumait et allait à Paris. Ordinairement les bourgeois préviennent quand ils dînent en ville ; le père Cardot, lui, prévenait quand il dînait chez lui.

Ce petit vieillard, gras, frais, trapu, fort, était, comme dit le peuple, toujours tiré à quatre épingles ; c'est-à-dire toujours en bas de soie noire, en culotte de pou-de-soie, gilet de piqué blanc, linge éblouissant, habit bleu-barbeau, gants de soie violette, des boucles d'or à ses souliers et à sa culotte, enfin un œil de poudre et une petite queue ficelée avec un ruban noir[2]. Sa figure se faisait remarquer par des sourcils épais comme des buissons sous lesquels pétillaient des yeux gris, et par un nez carré, gros et long, qui lui donnait l'air d'un ancien prébendier. Cette physionomie tenait parole. Le père Cardot appartenait en effet à cette race de Gérontes égrillards qui disparaît de jour en jour et qui défrayait de Turcarets les romans et les comédies du dix-huitième siècle. L'oncle Cardot disait : *Belle dame !* il reconduisait en voiture les femmes qui se trouvaient sans protecteur ; il se mettait à leur disposition, selon son expression, avec des façons chevaleresques. Sous un air calme, sous son front neigeux, il cachait une vieillesse uniquement occupée de plaisir. Entre hommes, il professait hardiment l'épicuréisme et se permettait des gaudrioles un peu fortes. Il n'avait pas trouvé mauvais que son gendre Camusot fît la cour à la charmante actrice Coralie[1], car lui-même était secrètement le Mécène de Mlle Florentine, première danseuse du théâtre de la Gaîté. Mais de cette vie et de ces opinions, il ne paraissait rien chez lui, ni dans sa conduite extérieure. L'oncle Cardot, grave et poli, passait pour être presque froid, tant il affichait de decorum, et une dévote l'eût appelé hypocrite. Ce digne monsieur haïssait particulièrement les prêtres, il faisait partie de ce grand troupeau de niais abonnés au *Constitutionnel*, et se préoccupait beaucoup des *refus de sépulture*[2]. Il adorait Voltaire, quoique ses préférences fussent pour Piron, Vadé, Collé. Naturellement il admirait Béranger, qu'il appelait ingénieusement *le grand-prêtre de la religion de Lisette*[3]. Ses filles, Mme Camusot et Mme Protez, ses deux fils, seraient, suivant une expression populaire, tombés de leur haut, si quelqu'un leur eût expliqué ce que leur père entendait par : *chanter la Mère Godichon*[4] ! Ce sage vieillard n'avait point parlé de ses rentes viagères à ses enfants, qui, le voyant vivre si mesquinement, songeaient tous qu'il s'était dépouillé de sa fortune pour eux, et redoublaient de soins et de tendresse. Aussi, parfois disait-il à ses fils : « Ne perdez pas votre fortune, car je n'en ai point à vous laisser. » Camusot, à qui il trouvait beaucoup de son caractère et qu'il aimait assez pour le mettre de ses parties fines, était le seul dans le secret de trente mille livres de rentes viagères. Camusot approuvait fort la philosophie du bonhomme[1], qui, selon lui, après avoir fait le bonheur de ses enfants et si noblement rempli ses devoirs, pouvait bien finir joyeusement la vie. « Vois-tu, mon ami, lui disait l'ancien chef du Cocon-d'Or, je pouvais me remarier, n'est-ce pas ? Une jeune femme m'aurait donné des enfants... Oui, j'en aurais eu, j'étais dans l'âge où l'on en a toujours... Eh bien, Florentine ne me coûte pas si cher qu'une femme, elle ne m'ennuie pas, elle ne me donnera point d'enfants, et ne mangera jamais votre fortune. » Camusot proclamait, dans le père Cardot, le sens le plus exquis de la famille ; il le regardait comme un beau-père accompli. « Il sait, disait-il, concilier l'intérêt de ses enfants avec les plaisirs qu'il est bien naturel de goûter dans la vieillesse, après avoir subi tous les tracas du commerce. »

Ni les Cardot, ni les Camusot, ni les Protez ne soupçonnaient l'existence de leur ancienne tante Mme Clapart. Les relations de famille étaient restreintes à l'envoi des billets de faire part en cas de mort ou de mariage, et des cartes au jour de l'an. La fière Mme Clapart ne faisait céder ses sentiments qu'à l'intérêt de son Oscar, et devant son amitié pour Moreau, la seule personne qui lui fût demeurée fidèle dans le malheur. Elle n'avait pas fatigué le vieux Cardot de sa présence ni de ses importunités ; mais elle s'était attachée à lui comme à une espérance, elle allait le voir une fois tous les trimestres, elle lui parlait d'Oscar Husson, le neveu de feu la respectable Mme Cardot, et le lui amenait trois fois pendant les vacances. À chaque visite, le bonhomme avait fait dîner Oscar au *Cadran-Bleu*[1], l'avait mené le soir à la Gaîté[2], et l'avait ramené rue de la Cerisaie. Une fois, après l'avoir habillé tout à neuf, il lui avait donné la timbale et le couvert d'argent exigés dans le trousseau du collège. La mère d'Oscar tâchait de prouver au bonhomme qu'il était chéri de son neveu, elle lui parlait toujours de cette timbale, de ce couvert, et de ce charmant habillement dont il ne restait plus que le gilet. Mais ces petites finesses nuisaient plus à Oscar qu'elles ne le servaient auprès d'un vieux renard aussi madré que l'oncle Cardot. Le père Cardot n'avait jamais aimé beaucoup sa défunte, grande femme, sèche et rousse ; il connaissait d'ailleurs les circonstances du mariage de feu Husson avec la mère d'Oscar ; et, sans la mésestimer le moins du monde, il n'ignorait pas que le jeune Oscar était posthume : ainsi, son pauvre neveu lui semblait parfaitement étranger aux Cardot. En ne prévoyant pas le malheur, la mère d'Oscar n'avait pas remédié à ces défauts d'attache entre Oscar et son oncle, en inspirant au marchand de l'amitié pour son neveu dès le jeune âge. Semblable à toutes les femmes qui se concentrent dans le sentiment de la maternité, Mme Clapart ne se mettait guère à la place de l'oncle Cardot, elle croyait qu'il devait s'intéresser énormément à un si délicieux enfant, et qui portait enfin le nom de feu Mme Cardot.

« Monsieur, c'est la mère d'Oscar, votre neveu », dit la femme de chambre à M. Cardot qui se promenait dans son jardin en attendant son déjeuner, après avoir été rasé, poudré par son coiffeur.

« Bonjour, belle dame », dit l'ancien marchand de soieries en saluant Mme Clapart et s'enveloppant dans sa robe de chambre de piqué blanc. « Eh ! eh ! votre petit gaillard grandit, ajouta-t-il en prenant Oscar par une oreille.

— Il a fini ses classes, et il a bien regretté que son cher oncle n'assistât pas à la distribution des prix de Henri-IV, car il a été nommé. Le nom de Husson, qu'il portera dignement, espérons-le, a été proclamé...

— Diable! diable! » fit le petit vieillard en s'arrêtant. Mme Clapart, Oscar et lui se promenaient sur une terrasse devant des orangers, des myrtes et grenadiers. « Et qu'a-t-il eu ?

— Le quatrième accessit de philosophie, répondit glorieusement sa mère.

— Oh! le gaillard a du chemin à faire pour rattraper le temps perdu, s'écria l'oncle Cardot, car finir par un accessit... *ce n'est pas le Pérou!* Vous déjeunez avec moi ? reprit-il.

— Nous sommes à vos ordres, répondit Mme Clapart. Ah! mon bon monsieur Cardot, quelle satisfaction pour des pères et mères quand leurs enfants débutent bien dans la vie! Sous ce rapport, comme sous tous les autres d'ailleurs, dit-elle en se reprenant, vous êtes un des plus heureux pères que je connaisse... Sous votre vertueux gendre et votre aimable fille, le Cocon-d'Or est resté le premier établissement de Paris. Voilà votre aîné depuis dix ans à la tête de la plus belle étude de notaire de la capitale et richement marié. Votre dernier vient de s'associer à la plus riche maison de droguerie. Enfin vous avez de charmantes petites-filles. Vous vous voyez le chef de quatre grandes familles... Laisse-nous, Oscar, va voir le jardin sans toucher aux fleurs.

— Mais il a dix-huit ans, dit l'oncle Cardot en souriant de cette recommandation qui rapetissait Oscar.

— Hélas! oui, mon bon monsieur Cardot, et après avoir pu l'amener jusque-là, ni tortu ni bancal, sain d'esprit et de corps, après avoir tout sacrifié pour lui donner de l'éducation, il serait bien dur de ne pas le voir sur le chemin de la fortune.

— Mais ce M. Moreau, par qui vous avez eu sa demi-bourse au collège Henri-IV, le lancera dans une bonne voie, dit l'oncle Cardot avec une hypocrisie cachée sous un air bonhomme.

— M. Moreau peut mourir, dit-elle, et d'ailleurs il est brouillé sans raccommodement possible avec M. le comte de Sérisy, son patron.

— Diable ! diable !... Écoutez, madame, je vous vois venir...

— Non, monsieur », dit la mère d'Oscar en interrompant net le vieillard, qui par égard pour une *belle dame* retint le mouvement d'humeur qu'on éprouve à se voir interrompu. « Hélas ! vous ne savez rien des angoisses d'une mère qui, depuis sept ans, est forcée de prendre pour son fils une somme de six cents francs par an sur les dix-huit cents francs d'appointements de son mari... Oui, monsieur, voilà toute notre fortune. Ainsi, que puis-je pour mon Oscar ? M. Clapart exècre tellement ce pauvre enfant, qu'il m'est impossible de le garder à la maison. Une pauvre femme, seule au monde, ne devait-elle pas dans cette circonstance venir consulter le seul parent que son fils ait sous le ciel ?

— Vous avez eu raison, répondit le bonhomme Cardot. Vous ne m'aviez jamais rien dit de tout cela...

— Ah ! monsieur, reprit fièrement Mme Clapart, vous êtes le dernier à qui je confierais jusqu'où va ma misère. Tout est ma faute, j'ai pris un mari dont l'incapacité dépasse toute croyance. Oh ! je suis bien malheureuse...

— Écoutez, madame, reprit gravement le petit vieillard, ne pleurez pas. J'éprouve un mal affreux à voir pleurer une belle dame... Après tout, votre fils se nomme Husson, et si ma chère défunte vivait, elle ferait quelque chose pour le nom de son père et de son frère...

— Elle aimait bien son frère, s'écria la mère d'Oscar.

— Mais toute ma fortune est donnée à mes enfants qui n'ont plus rien à attendre de moi, dit le vieillard en continuant, je leur ai partagé les deux millions que j'avais, car j'ai voulu les voir heureux et avec toute leur fortune de mon vivant. Je ne me suis réservé que des rentes viagères ; et, à mon âge, on tient à ses habitudes... Savez-vous sur quelle route il faut pousser ce gaillard-là ? dit-il en rappelant Oscar et lui prenant le bras, faites-lui faire son droit, je paierai les inscriptions et les frais de thèse ; mettez-le chez un procureur, qu'il y apprenne le métier de la chicane ; s'il va bien, s'il se distingue, s'il aime l'état, si je vis encore, chacun de mes enfants lui prêtera le quart d'une charge en temps et lieu ; moi, je lui prêterai son cautionnement. Vous n'avez donc, d'ici là, qu'à le nourrir et l'habiller ; il mangera bien un peu de vache enragée, mais il apprendra la vie. Eh ! eh ! moi, je suis parti de Lyon avec deux doubles louis que m'avait donnés ma grand-mère, je suis venu à pied à Paris, et me voilà. Le jeûne entretient la santé. Jeune homme, de la discrétion, de la probité, du travail, et l'on arrive ! On a bien du plaisir à gagner sa fortune ; et quand on a conservé des dents, on la mange à sa fantaisie dans sa vieillesse, en chantant, comme moi, de temps à autre, la *Mère Godichon !* Souviens-toi de mes paroles : probité, travail et discrétion[1].

— Entends-tu, Oscar ? dit la mère. Ton oncle te met en trois mots le résumé de toutes mes paroles, et tu devrais te graver le dernier en lettres de feu dans ta mémoire...

— Oh ! il y est, répondit Oscar.

— Eh bien, remercie donc ton oncle, n'entends-tu pas qu'il se charge de ton avenir ? Tu peux devenir avoué à Paris.

— Il ignore la grandeur de ses destinées, répondit le petit vieillard en voyant l'air hébété d'Oscar, il sort du collège. Écoute, je ne suis pas bavard, reprit l'oncle. Souviens-toi qu'à ton âge la probité ne s'établit qu'en sachant résister aux tentations, et dans une grande ville comme Paris, il s'en trouve à chaque pas. Demeure chez ta mère, dans une mansarde ; va tout droit à ton École, de là reviens à ton étude, pioches-y soir et matin, étudie chez ta mère ; deviens à vingt-deux ans second clerc, à vingt-quatre ans premier ; sois savant, et ton affaire est dans le sac. Eh bien, si l'état te déplaisait, tu pourrais entrer chez mon fils le notaire, et devenir son successeur… Ainsi, travail, patience, discrétion, probité, voilà tes jalons.

— Et Dieu veuille que vous viviez encore trente ans, pour voir votre cinquième enfant réalisant tout ce que nous attendons de lui », s'écria Mme Clapart en prenant la main de l'oncle Cardot et la lui serrant par un geste digne de sa jeunesse.

« Allons déjeuner », répondit le bon petit vieillard en emmenant Oscar par une oreille.

Pendant le déjeuner, l'oncle Cardot observa son neveu sans en avoir l'air, et remarqua qu'il ne savait rien de la vie.

« Envoyez-le-moi de temps en temps », dit-il à Mme Clapart en la congédiant et lui montrant Oscar, « je vous le formerai. »

Cette visite calma les chagrins de la pauvre femme, qui n'espérait pas un si beau succès. Pendant quinze jours, elle sortit avec Oscar pour le promener, le surveilla presque tyranniquement, et atteignit ainsi à la fin du mois d'octobre. Un matin, Oscar vit entrer le redoutable régisseur qui surprit le pauvre ménage de la rue de la Cerisaie déjeunant d'une salade de hareng et de laitue, avec une tasse de lait pour dessert.

« Nous sommes établis à Paris, et nous n'y vivons pas comme à Presles, dit Moreau qui voulait ainsi annoncer à Mme Clapart le changement apporté dans leurs relations par la faute d'Oscar, mais j'y serai peu. Je mes suis associé avec le père Léger et le père Margueron de Beaumont. Nous sommes marchands de biens, et nous avons commencé par racheter la terre de Persan. Je suis le chef de cette société qui a réuni un million, car j'ai emprunté sur mes biens. Quand je trouve une affaire, le père Léger et moi nous l'examinons, mes associés ont chacun un quart et moi moitié dans les bénéfices, car je me donne toute la peine ; aussi serai-je toujours sur les routes. Ma femme vit à Paris, dans le faubourg du Roule, bien modestement. Quand nous aurons réalisé quelques affaires, quand nous ne risquerons plus que des bénéfices, si nous sommes contents d'Oscar, peut-être l'emploierons-nous.

— Allons, mon ami, la catastrophe due à la légèreté de mon malheureux enfant sera sans doute la cause d'une brillante fortune pour vous ; car, vraiment, vous enterriez vos moyens et votre énergie à Presles... »

Puis Mme Clapart raconta sa visite à l'oncle Cardot afin de montrer à Moreau qu'elle et son fils pouvaient ne plus lui être à charge.

« Il a raison, ce vieux bonhomme, reprit l'ex-régisseur, il faut maintenir Oscar dans cette voie avec un bras de fer, et il sera certainement notaire ou avoué. Mais qu'il ne s'écarte pas du sentier tracé. Ah ! j'ai votre affaire. La pratique d'un marchand de biens est importante, et l'on m'a parlé d'un avoué qui vient d'acheter un titre nu, c'est-à-dire une étude sans clientèle. C'est un jeune homme dur comme une barre de fer, âpre à l'ouvrage, un cheval d'une activité féroce ; il se nomme Desroches, je vais lui offrir toutes nos affaires à la condition de me morigéner

Oscar; je lui proposerai de le prendre chez lui moyennant neuf cents francs, j'en donnerai trois cents, ainsi votre fils ne vous coûtera que six cents francs, et je vais bien le recommander à M. le prieur[1]. Si l'enfant veut devenir un homme, ce sera sous cette férule; car il sortira de là notaire, avocat ou avoué.

— Allons, Oscar, remercie donc ce bon M. Moreau, tu es là comme un terme! Tous les jeunes gens qui font des sottises n'ont pas le bonheur de rencontrer des amis qui s'intéressent encore à eux après en avoir reçu du chagrin...

— La meilleure manière de faire ta paix avec moi, dit Moreau en serrant la main d'Oscar, c'est de travailler avec une application soutenue et de te bien conduire... »

Dix jours après, Oscar fut présenté par l'ex-régisseur à Me Desroches, avoué, récemment établi rue de Béthisy[2], dans un vaste appartement au fond d'une cour étroite, et d'un prix relativement modique. Desroches, jeune homme de vingt-six ans[3], élevé durement par un père d'une excessive sévérité, né de parents pauvres, s'était vu dans les conditions où se trouvait Oscar; il s'y intéressa donc, mais comme il pouvait s'intéresser à quelqu'un, avec les apparences de dureté qui le caractérisent. L'aspect de ce jeune homme sec et maigre, à teint brouillé, à cheveux taillés en brosse, bref dans ses discours, à l'œil pénétrant et d'une vivacité sombre, terrifia le pauvre Oscar.

« Ici l'on travaille jour et nuit », dit l'avoué du fond de son fauteuil et derrière une longue table où les papiers étaient amoncelés en forme d'Alpes. « M. Moreau, nous ne vous le tuerons pas, mais il faudra qu'il marche à notre pas. — Monsieur Godeschal! » cria-t-il.

Quoique ce fût un dimanche, le premier clerc se montra, la plume à la main.

« Monsieur Godeschal, voici l'apprenti basochien de qui je vous ai parlé, et à qui M. Moreau prend le plus vif intérêt ; il dînera avec nous et prendra la petite mansarde à côté de votre chambre[1] ; vous lui mesurerez le temps nécessaire pour aller d'ici à l'École de droit et revenir, de manière à ce qu'il n'ait pas cinq minutes à perdre[2] ; vous veillerez à ce qu'il apprenne le Code et devienne fort à ses cours, c'est-à-dire que, quand il aura fini ses travaux d'étude, vous lui donnerez des auteurs à lire ; enfin, il doit être sous votre direction immédiate, et j'y aurai l'œil. On veut faire de lui ce que vous vous êtes fait vous-même, un premier clerc habile, pour le jour où il prêtera son serment d'avocat. — Allez avec Godeschal, mon petit ami, il va vous montrer votre gîte et vous vous y emménagerez... Vous voyez Godeschal ?... reprit Desroches en s'adressant à Moreau, c'est un garçon qui, comme moi, n'a rien ; il est le frère de Mariette[3], la fameuse danseuse qui lui amasse de quoi traiter[4] dans dix ans. Tous mes clercs sont des gaillards qui ne doivent compter que sur leurs dix doigts pour gagner leur fortune. Aussi, mes cinq clercs et moi, travaillons-nous autant que douze autres ! Dans dix ans, j'aurai la plus belle clientèle de Paris. Ici l'on se passionne pour les affaires et pour les clients ! et cela commence à se savoir. J'ai pris Godeschal à mon confrère Derville, il n'était que second clerc et depuis quinze jours ; mais nous nous sommes connus dans cette grande étude. Chez moi, Godeschal a mille francs, la table et le logement. C'est un garçon qui me vaut, il est infatigable ! Je l'aime, ce garçon ! il a su vivre avec six cents francs, comme moi, quand j'étais clerc[5]. Ce que je veux surtout, c'est une probité sans tache ; et quand on la pratique ainsi dans l'indigence, on est un homme. À la moindre faute, dans ce genre, un clerc sortira de mon étude.

— Allons, l'enfant est à la bonne école», dit Moreau.

Pendant deux ans entiers, Oscar vécut rue de Béthisy, dans l'antre de la Chicane, car si jamais cette expression surannée a pu s'appliquer à une étude, ce fut à celle de Desroches. Sous cette surveillance à la fois méticuleuse et habile, il fut maintenu dans ses heures et dans ses travaux avec une telle rigidité que sa vie au milieu de Paris ressemblait à celle d'un moine[1].

À cinq heures du matin, en tout temps, Godeschal s'éveillait. Il descendait avec Oscar à l'étude afin d'économiser le feu en hiver, et ils trouvaient toujours le patron levé, travaillant. Oscar faisait des expéditions[2] pour l'étude et préparait ses leçons pour l'École; mais il les préparait sur des proportions énormes. Godeschal et souvent le patron indiquaient à leur élève les auteurs à compulser et les difficultés à vaincre. Oscar ne quittait un Titre du Code qu'après l'avoir approfondi et satisfait tour à tour son patron et Godeschal, qui lui faisaient subir des examens préparatoires plus sérieux et plus longs que ceux de l'École de droit. Revenu du cours où il restait peu de temps, il reprenait sa place à l'étude, il y retravaillait, il allait au Palais parfois, il était enfin à la dévotion du terrible Godeschal, jusqu'au dîner. Le dîner, celui du patron d'ailleurs, consistait en un gros plat de viande, un plat de légumes et une salade. Le dessert se composait d'un morceau de fromage de Gruyère. Après le dîner, Godeschal et Oscar rentraient à l'étude et y travaillaient jusqu'au soir. Une fois par mois, Oscar allait déjeuner chez son oncle Cardot, et il passait les dimanches chez sa mère. De temps en temps, Moreau, quand il venait à l'étude pour ses affaires, emmenait Oscar dîner au Palais-Royal[3] et le régalait en lui faisant voir quelque spectacle. Oscar avait été si bien rembarré par Godeschal et par Desroches à propos de ses velléités d'élégance, qu'il ne pensait plus à la toilette.

« Un bon clerc, lui disait Godeschal, doit avoir deux habits noirs (un neuf et un vieux), un pantalon noir, des bas noirs et des souliers. Les bottes coûtent trop cher. On a des bottes quand on est avoué. Un clerc ne doit pas dépenser en tout plus de sept cents francs. On porte de bonnes grosses chemises de forte toile. Ah ! quand on part de zéro pour arriver à la fortune, il faut savoir se réduire au nécessaire. Voyez M. Desroches ! il a fait ce que nous faisons, et le voilà arrivé. »

Godeschal prêchait d'exemple. S'il professait les principes les plus stricts sur l'honneur, sur la discrétion, sur la probité, il les pratiquait sans emphase, comme il respirait, comme il marchait. C'était le jeu naturel de son âme, comme la marche et la respiration sont le jeu des organes. Dix-huit mois après l'installation d'Oscar, le second clerc eut pour la deuxième fois une légère erreur dans le compte de sa petite caisse. Godeschal lui dit devant toute l'étude : « Mon cher Gaudet, allez-vous-en d'ici de votre propre mouvement, pour qu'on ne dise pas que le patron vous a renvoyé. Vous êtes ou distrait ou peu exact, et le plus léger de ces défauts ne vaut rien ici. Le patron n'en saura rien, voilà tout ce que je puis pour un camarade. »

À vingt ans, Oscar se vit troisième clerc de l'étude de Me Desroches. S'il ne gagnait rien encore, il fut nourri, logé, car il faisait la besogne d'un second clerc[1]. Desroches occupait deux maîtres clercs, et le second clerc pliait sous le poids de ses travaux. En attteignant à la fin de sa seconde année de droit, Oscar, déjà plus fort que beaucoup de licenciés, faisait le Palais avec intelligence, et plaidait quelques référés. Enfin Godeschal et Desroches étaient contents de lui. Seulement, quoique devenu presque raisonnable, il laissait voir une propension au plaisir et une envie de briller que comprimaient la discipline sévère et le labeur continu de cette vie. Le marchand de biens, satisfait des progrès du clerc, se relâcha de sa rigueur. Quand, au mois de juillet 1825, Oscar passa ses derniers examens à boules blanches[1], Moreau lui donna de quoi s'habiller élégamment. Mme Clapart, heureuse et fière de son fils, préparait un superbe trousseau au futur licencié, au futur second clerc. Dans les familles pauvres, les présents ont toujours l'opportunité d'une chose utile. À la rentrée, au mois de novembre, Oscar Husson eut la chambre du second clerc qu'il remplaçait enfin, il eut huit cents francs d'appointements, la table et le logement. Aussi l'oncle Cardot, qui vint secrètement chercher des informations sur son neveu auprès de Desroches, promit-il à Mme Clapart de mettre Oscar en état de traiter d'une étude, s'il continuait ainsi.

Malgré de si sages apparences, Oscar Husson se livrait de rudes combats dans son for intérieur. Il voulait par moments quitter une vie si directement contraire à ses goûts et à son caractère[2]. Il trouvait les forçats plus heureux que lui. Meurtri par le collier de ce régime de fer, il lui prenait des envies de fuir en se comparant dans les rues à quelques jeunes gens bien mis. Souvent emporté par des mouvements de folie vers les femmes, il se résignait, mais en tombant dans un dégoût profond de la vie. Soutenu par l'exemple de Godeschal, il était entraîné plutôt que porté de lui-même à rester dans un si rude sentier. Godeschal, qui observait Oscar, avait pour principe de ne pas exposer son pupille aux séductions. Le plus souvent le clerc restait sans argent, ou en possédait si peu qu'il ne pouvait se livrer à aucun excès. Dans cette dernière année, le brave Godeschal avait fait cinq ou six parties de plaisir avec Oscar en le défrayant, car il comprit qu'il fallait lâcher de la corde à ce jeune chevreau attaché. Ces frasques, comme les appelait le sévère premier clerc, aidèrent Oscar à supporter l'existence; car il s'amusait peu chez son oncle Cardot et encore moins chez sa mère, qui vivait encore plus chichement que Desroches. Moreau ne pouvait pas, comme Godeschal, se familiariser avec Oscar, et peut-être ce sincère protecteur du jeune Husson se servit-il de Godeschal pour initier le pauvre enfant aux mystères de la vie. Oscar, devenu discret, avait fini par mesurer, au contact des affaires, l'étendue de la faute commise durant son fatal voyage en coucou; mais, la masse de ses fantaisies réprimées, la folie de la jeunesse pouvait encore l'entraîner. Néanmoins, à mesure qu'il prenait connaissance du monde et de ses lois, sa raison se formait, et pourvu que Godeschal ne le perdît pas de vue, Moreau se flattait d'amener à bien le fils de Mme Clapart.

« Comment va-t-il ? » demanda le marchand de biens au retour d'un voyage qui l'avait tenu pendant quelques mois éloigné de Paris.

« Toujours trop de vanité, répondit Godeschal. Vous lui donnez de beaux habits et du beau linge, il a des jabots d'agent de change, et mon mirliflor[1] va le dimanche aux Tuileries, chercher des aventures. Que voulez-vous ? c'est jeune. Il me tourmente pour que je le présente à ma sœur, chez laquelle il verrait une fameuse société : des actrices, des danseuses, des élégants, des gens qui mangent leur fortune... Il n'a pas l'esprit tourné à être avoué, j'en ai peur. Il parle assez bien cependant, il pourrait être avocat, il plaiderait des affaires bien préparées... »

Au mois de novembre 1825, au moment où Oscar Husson prit possession de son poste et où il se disposait à soutenir sa thèse pour la licence, il entra chez Desroches un nouveau quatrième clerc pour combler le vide produit par la promotion d'Oscar.

Ce quatrième clerc, nommé Frédéric Marest, se destinait à la magistrature, et achevait sa troisième année de droit. C'était, d'après les renseignements obtenus par la police de l'étude, un beau fils de vingt-trois ans, enrichi d'une douzaine de mille livres de rente par la mort d'un oncle célibataire, et fils d'une Mme Marest, veuve d'un riche marchand de bois. Le futur substitut, animé du louable désir de savoir son métier dans ses plus petits détails, se mettait chez Desroches avec l'intention d'étudier la Procédure et d'être capable de remplir la place de principal clerc en deux ans. Il comptait faire son stage d'avocat à Paris, afin d'être apte à exercer les fonctions du poste qu'on ne refuserait pas à un jeune homme riche. Se voir, à trente ans, procureur du Roi dans un tribunal quelconque, était toute son ambition. Quoique ce Frédéric fût le cousin germain de Georges Marest, comme le mystificateur du voyage à Presles n'avait dit son nom qu'à Moreau, le jeune Husson ne le connaissait que sous le prénom de Georges, et ce nom de Frédéric Marest ne pouvait lui rien rappeler.

« Messieurs, dit Godeschal au déjeuner en s'adressant à tous les clercs, je vous annonce l'arrivée d'un nouveau basochien ; et, comme il est richissime, nous lui ferons payer, je l'espère, une fameuse bienvenue…

— En avant, le livre ! dit Oscar en regardant le petit clerc, et soyons sérieux. »

Le petit clerc grimpa comme un écureuil le long des casiers pour saisir un registre mis sur la dernière planche pour y recevoir des couches de poussière.

« Il s'est culotté », dit le petit clerc en montrant un livre.

Expliquons quelle plaisanterie perpétuelle engendrait ce Livre alors en pratique dans la plupart des études. *Il n'est que déjeuners de clercs, dîners de traitants et soupers de seigneurs*, ce vieux dicton du dix-huitième siècle est resté vrai, quant à ce qui regarde la Basoche, pour quiconque a passé deux ou trois ans de sa vie à étudier la Procédure chez un avoué, le Notariat chez un maître quelconque. Dans la vie cléricale, où l'on travaille tant, on aime le plaisir avec d'autant plus d'ardeur qu'il est rare ; mais surtout on y savoure une mystification avec délices. C'est ce qui, jusqu'à un certain point, explique la conduite de Georges Marest dans la voiture à Pierrotin. Le clerc le plus sombre est toujours travaillé par un besoin de farce et de gausserie. L'instinct avec lequel on saisit, on développe une mystification et une plaisanterie, entre clercs, est merveilleux à voir, et n'a son analogue que chez les peintres. L'Atelier et l'Étude sont, en ce genre, supérieurs aux comédiens. En achetant un titre nu, Desroches recommençait en quelque sorte une nouvelle dynastie. Cette fondation interrompit la suite des usages relatifs à la bienvenue. Aussi, venu dans un appartement où jamais il ne s'était griffonné de papiers timbrés, Desroches y avait-il mis des tables neuves, des cartons blancs et bordés de bleu, tout neufs. Son étude fut composée de clercs pris à différentes études, sans liens entre eux et pour ainsi dire étonnés de leur réunion. Godeschal, qui avait fait ses premières armes chez Me Derville, n'était pas clerc à laisser se perdre la précieuse tradition de la bienvenue. La bienvenue est un déjeuner que doit tout néophyte aux anciens de l'étude où il entre. Or, au moment où le jeune Oscar vint à l'étude, dans les six mois de l'installation de Desroches, par une soirée d'hiver où la besogne fut expédiée de bonne heure, au moment où les clercs se chauffaient avant de partir,

Godeschal inventa de confectionner un soi-disant registre architriclino-basochien, de la dernière antiquité, sauvé des orages de la Révolution, venu du procureur au Châtelet Bordin, prédécesseur médiat de Sauvagnest, l'avoué de qui Desroches tenait sa charge. On commença par chercher chez un marchand de vieux papiers quelque registre de papier marqué du dix-huitième siècle, bien et dûment relié en parchemin sur lequel se lirait un arrêt du Grand-Conseil. Après avoir trouvé ce livre, on le traîna dans la poussière, dans le poêle, dans la cheminée, dans la cuisine ; on le laissa même dans ce que les clercs appellent la *Chambre des délibérés*[1], et l'on obtint une moisissure à ravir des antiquaires, des lézardes d'une vétusté sauvage, des coins rongés à faire croire que les rats s'en étaient régalés. La tranche fut roussie avec une perfection étonnante. Une fois le livre mis en état, voici quelques citations qui diront aux plus obtus l'usage auquel l'étude de Desroches consacrait ce recueil, dont les soixante premières pages abondaient en faux procès-verbaux. Sur le premier feuillet, on lisait :

« Au nom du Père et du Fils et du Sainct-Esprit. Ainsi soit-il. Ce jovrd'hui, feste de nostre dame Saincte-Geneviève, patronne de Paris, sous l'inuocation de laquelle se sont miz, depuis l'an 1525, les clercqs de ceste Estude, nous soubssignés, clercqs et petits clercqs de l'Estude de maistre Jérosme-Sébastien Bordin, successeur de feu Guerbet, en son viuant procurevr au Chastelet, avons recogneu la nécessité où nous estions de remplacer le registre et les archiues d'installations des clercqs de ceste glorieuse Estude, membre distingué du royaume de Basoche, lequel registre s'est veu plein par suite des actes de nos chers et bien amés prédécessevrs, et avons requis le Garde des Archives du Palays de le ioindre à iceux des autres Estudes, et sommes allés tous à la messe à la paroisse de Saint-Severin, pour solenniser l'inauguration de nostre nouveau registre.

» En foi de quoi nous avons tous signé : Malin, principal clercq ; Grevin, second clercq ; Athanase Feret, clercq ; Jacques Huet, clercq ; Regnauld de Saint-Jean-d'Angély, clercq ; Bedeau, petit clercq saute-ruisseau. An 1787 de nostre Seigneur.

» Après la messe ouïe, nous nous sommes transportés en La Courtille, et, à frais communs, avons fait un large déjeuner qui n'a fini qu'à sept heures du matin. »

C'était miraculeusement écrit. Un expert eût juré que cette écriture appartenait au dix-huitième siècle[1]. Vingt-sept procès verbaux de réceptions suivaient, et la dernière se rapportait à la fatale année 1792. Après une lacune de quatorze ans, le registre commençait, en 1806, à la nomination de Bordin comme avoué près le tribunal de première instance de la Seine. Et voici la glose qui signalait la reconstitution du royaume de Basoche et autres lieux :

« Dieu, dans sa clémence, a voulu que malgré les orages affreux qui ont sévi sur la terre de France, devenue un grand empire, les précieuses archives de la très célèbre Étude de Me Bordin aient été conservées ; et nous, soussignés clercs du très digne, très vertueux Me Bordin, n'hésitons pas à attribuer cette inouïe conservation, quand tant de titres, chartes, privilèges ont été perdus, à la protection de sainte Geneviève, patronne de cette Étude, et aussi au culte que le dernier des procureurs de la bonne roche a eu pour tout ce qui tenait aux anciens us et coutumes. Dans l'incertitude de savoir quelle est la part de sainte Geneviève et de Me Bordin dans ce miracle, nous avons résolu de nous rendre à Saint-

Étienne du Mont, pour y entendre une messe qui sera dite à l'autel de cette sainte Bergère, qui nous envoie tant de moutons à tondre, et d'offrir à déjeuner à notre patron, espérant qu'il en fera les frais.

» Ont signé : Oignard, premier clerc ; Poidevin, deuxième clerc ; Proust, clerc ; Brignolet, clerc ; Derville, clerc ; Augustin Coret, petit clerc.

» En l'Étude, 10 novembre 1806. »

« À trois heures de relevée, le lendemain, les clercs soussignés consignent ici leur gratitude pour leur excellent patron, qui les a régalés chez le sieur Rolland, restaurateur, rue du Hasard, de vins exquis de trois pays, de Bordeaux, de Champagne et Bourgogne, de mets particulièrement soignés, depuis quatre heures de relevée jusqu'à sept heures et demie. Il y a eu café, glaces, liqueurs en abondance. Mais la présence du patron n'a pas permis de chanter laudes en chansons cléricales. Aucun clerc n'a dépassé les bornes d'une aimable gaieté, car le digne, respectable et généreux patron avait promis de mener ses clercs voir Talma dans *Britannicus*, au Théâtre-Français[1]. Longue vie à maître Bordin !... Que Dieu répande ses faveurs sur son chef vénérable ! Puisse-t-il vendre cher une si glorieuse Étude ! Que le client riche lui vienne à souhait ! Que ses mémoires de frais lui soient payés rubis sur l'ongle ! Puissent nos patrons à venir lui ressembler ! Qu'il soit toujours aimé des clercs, même quand il ne sera plus ! »

Suivaient trente-trois procès-verbaux de réceptions de clercs, lesquels se distinguaient par des écritures et des encres diverses, par des phrases, par des signatures et par des éloges de la bonne chère et des vins qui semblaient prouver que le procès-verbal se rédigeait et se signait séance tenante, *inter pocula*.

Enfin, à la date du mois de juin 1822, époque de la prestation de serment de Desroches, se trouvait cette prose constitutionnelle :

« Moi, soussigné, François-Claude-Marie Godeschal, appelé par Me Desroches pour remplir les difficiles fonctions de premier clerc dans une Étude où la clientèle était à créer, ayant appris par Me Derville, de chez qui je sors, l'existence des fameuses archives architriclino-basochiennes qui sont célèbres au Palais, ai prié notre gracieux patron de les demander à son prédécesseur, car il importait de retrouver ce document portant la date de l'an 1786, qui se rattache à d'autres archives déposées au Palais, dont l'existence nous a été certifiée par MM. Terrasse et Duclos[1], archivistes, et à l'aide desquelles on remonte jusqu'à l'an 1525, en trouvant sur les mœurs et la cuisine cléricales des indications historiques du plus haut prix.

» Ayant été fait droit à cette requête, l'Étude a été mise en possession cejourd'hui de ces témoignages du culte que nos prédécesseurs ont constamment rendu à la *dive* bouteille et à la bonne chère.

» En conséquence, pour l'édification de nos successeurs et pour renouer la chaîne des temps et des gobelets, j'ai invité MM. Doublet, deuxième clerc ; Vassal, troisième clerc ; Hérisson et Grandemain, clercs, et Dumets, petit clerc, à déjeuner dimanche prochain, au *Cheval-Rouge*[2], sur le quai Saint-Bernard, où nous célébrerons la conquête de ce livre qui contient la charte de nos gueuletons.

» Ce dimanche, 27 juin, ont été bues 12 bouteilles de différents vins trouvés exquis. On a remarqué les deux melons, les pâtés au *jus romanum*[3], un filet de bœuf, une croûte aux champignonibus. Mlle Mariette, illustre sœur du premier clerc et Premier Sujet de l'Académie royale de musique et de danse, ayant mis à la disposition de l'Étude des places d'orchestre pour la représentation de ce soir, il est donné acte de cette générosité. De plus, il est arrêté que les clercs se rendront en corps chez cette demoiselle pour la remercier, et lui déclarer qu'à son premier procès, si le diable lui en envoie, elle ne paierait que les déboursés, dont acte.

»Godeschal a été proclamé la fleur de la Basoche et surtout un bon enfant. Puisse un homme qui traite si bien traiter promptement d'une Étude. »

Il y avait des taches de vin, des pâtés et des paraphes qui ressemblaient à des feux d'artifice. Pour faire bien comprendre le cachet de vérité qu'on avait su imprimer à ce registre, il suffira de rapporter le procès-verbal de la réception d'Oscar.

« Aujourd'hui lundi, 25 novembre 1822[1], après une séance tenue hier rue de la Cerisaie, quartier de l'Arsenal, chez Mme Clapart, mère de l'aspirant basochien Oscar Husson, nous, soussignés, déclarons que le repas de réception a surpassé notre attente. Il se composait de radis noirs et roses, de cornichons, anchois, beurre et olives pour hors-d'œuvre ; d'un succulent potage au riz qui témoigne d'une sollicitude maternelle, car nous y avons reconnu un délicieux goût de volaille, et, par l'aveu du récipiendaire, nous avons appris qu'en effet l'abatis d'une belle daube préparée par les soins de Mme Clapart avait été judicieusement inséré dans le pot-au-feu fait à domicile avec des soins qui ne se prennent que dans les ménages.

» *Item*, la daube entourée d'une mer de gelée, due à la mère dudit.

» *Item*, une langue de bœuf aux tomates qui ne nous a pas trouvés automates.

» *Item*, une compote de pigeons d'un goût à faire croire que les anges l'avaient surveillée.

» *Item*, une timbale de macaroni devant des pots de crème au chocolat.

» *Item*, un dessert composé de onze plats délicats, parmi lesquels, malgré l'état d'ivresse où seize bouteilles de vins d'un choix exquis nous avaient mis, nous avons remarqué une compote de pêches d'une délicatesse auguste et mirobolante.

» Les vins de Roussillon et ceux de la côte du Rhône ont enfoncé complètement ceux de Champagne et de Bourgogne. Une bouteille de marasquin et une de kirsch ont, malgré du café exquis, achevé de nous plonger dans une extase œnologique telle, qu'un de nous, le sieur Hérisson, s'est trouvé dans le bois de Boulogne en se croyant encore au boulevard du Temple ; et que Jacquinaut, le petit clerc, âgé de quatorze ans, s'est adressé à des bourgeoises de cinquante-sept ans, en les prenant pour des femmes faciles, dont acte.

» Il est dans les statuts de notre ordre une loi sévèrement gardée, c'est de laisser les aspirants aux privilèges de la Basoche mesurer les magnificences de leur bienvenue à leur fortune, car il est de notoriété publique que personne ne se livre à Thémis avec des rentes, et que tout clerc est assez sévèrement tenu par ses père et mère. Aussi constatons-nous avec les plus grands éloges la conduite de Mme Clapart, veuve en premières noces de M. Husson, père de l'impétrant, et disons qu'il est digne des hourras qui ont été poussés au dessert, et avons tous signé. »

Trois clercs avaient été déjà pris à cette mystification, et trois réceptions réelles étaient constatées dans ce registre imposant.

Le jour de l'arrivée de chaque néophyte à l'étude, le petit clerc avait mis à leur place sur leur pancarte les archives architriclino-basochiennes, et les clercs jouissaient du spectacle que présentait la physionomie du nouveau venu pendant qu'il étudiait ces pages bouffonnes. *Inter pocula*, chaque récipiendaire avait appris le secret de cette farce basochienne, et cette révélation leur inspira, comme on l'espérait, le désir de mystifier les clercs à venir.

Chacun maintenant peut imaginer la figure que firent les quatre clercs à ce mot d'Oscar, devenu mystificateur à son tour : « En avant le livre ! »

Dix minutes après cette exclamation, un beau jeune homme, d'une belle taille et d'une figure agréable, se présenta, demanda M. Desroches, et se nomma sans hésiter à Godeschal.

« Je suis Frédéric Marest, dit-il, et viens pour occuper ici la place de troisième clerc.

— Monsieur Husson, dit Godeschal à Oscar, indiquez à monsieur sa place, et mettez-le au fait des habitudes de notre travail. »

Le lendemain, le clerc trouva le livre en travers sur sa pancarte ; mais, après en avoir parcouru les premières pages, il se mit à rire, n'invita point l'étude, et le replaça devant lui.

« Messieurs, dit-il au moment de s'en aller vers cinq heures, j'ai un cousin premier clerc de notaire chez Me Léopold Hannequin, je le consulterai sur ce que je dois faire pour ma bienvenue.

— Cela va mal, s'écria Godeschal, il n'a pas l'air d'un novice, le futur magistrat !

— Nous le taonnerons », dit Oscar.

Le lendemain à deux heures, Oscar vit entrer et reconnut, dans la personne du maître clerc d'Hannequin, Georges Marest.

« Hé ! voilà l'ami d'Ali-Pacha, s'écria-t-il d'un air dégagé.

— Tiens ! vous voilà ici, monsieur l'ambassadeur, répondit Georges en se rappelant Oscar.

— Eh ! vous vous connaissez donc ? demanda Godeschal à Georges.

— Je le crois bien, nous avons fait des sottises ensemble, dit Georges, il y a de cela plus de deux ans... Oui, je suis sorti de chez Crottat pour entrer chez Hannequin, précisément à cause de cette affaire...

— Quelle affaire ? demanda Godeschal.

— Oh ! rien, répondit Georges à un signe d'Oscar. Nous avons voulu mystifier un pair de France, et c'est lui qui nous a roulés... Ah çà ! vous voulez donc tirer une carotte à mon cousin...

— Nous ne tirons pas de carottes, dit Oscar avec dignité, voici notre charte. »

Et il présenta le fameux registre à la place où se trouvait une sentence d'exclusion portée contre un réfractaire qui, pour fait de ladrerie, avait été forcé de quitter l'étude en 1788.

« Je crois bien que c'est une carotte, car en voici les racines, répliqua Georges en désignant ces bouffonnes archives. Mais mon cousin et moi, nous sommes riches, nous vous flanquerons une fête comme vous n'en aurez jamais eu, et qui stimulera votre imagination au procès-verbal. À demain, dimanche, au Rocher-de-Cancale[1], à deux heures. Après, je vous mènerai passer la soirée chez Mme la marquise de Las Florentinas y Cabirolos, où nous jouerons et où vous trouverez l'élite des femmes de la fashion. Ainsi, messieurs de la Première Instance, reprit-il avec une morgue notariale, de la tenue, et sachez porter le vin comme les seigneurs de la Régence...

— *Hurrah!* cria l'Étude comme un seul homme. *Bravo!... Very well!... Vivat!* Vivent les Marest !...

— Pontins[2] ! s'écria le petit clerc.

— Hé bien, qu'y a-t-il ? demanda le patron en sortant de son cabinet. Ah ! te voilà, Georges, dit-il au premier clerc, je te devine, tu viens débaucher mes clercs. » Et il rentra dans son cabinet en y appelant Oscar. « Tiens, voilà cinq cents francs, lui dit-il en ouvrant sa caisse, va au Palais, et retire du greffe des Expéditions le jugement de Vandenesse contre Vandenesse, il faut le signifier ce soir, s'il est possible. J'ai promis une *prompte*[1] de vingt francs à Simon ; attends le jugement s'il n'est pas prêt, ne te laisse pas entortiller ; car Derville est capable, dans l'intérêt de son client, de nous mettre des bâtons dans les roues. Le comte Félix de Vandenesse est plus puissant que son frère l'ambassadeur, notre client[2]. Ainsi aie les yeux ouverts, et à la moindre difficulté, reviens me trouver. »

Oscar partit avec l'intention de se distinguer dans cette petite escarmouche, la première affaire qui se présentait depuis son installation.

Après le départ de Georges et d'Oscar, Godeschal entama son nouveau clerc sur la plaisanterie que cachait, à son sens, cette marquise de Las Florentinas y Cabirolos ; mais Frédéric, avec un sang-froid et un sérieux de procureur général, continua la mystification de son cousin ; il persuada par sa façon de répondre et par ses manières à toute l'étude que la marquise de Las Florentinas était la veuve d'un Grand d'Espagne, à qui son cousin faisait la cour. Née au Mexique et fille d'un créole, cette jeune et riche veuve se distinguait par le laisser-aller des femmes nées dans ces climats.

« Elle aime à rire, elle aime à boire, elle aime à chanter comme nous ! dit-il à voix basse en citant la fameuse chanson de Béranger[3]. Georges, ajouta-t-il, est très riche, il a hérité de son père qui était veuf, qui lui a laissé dix-huit mille livres de rente, et avec les douze mille francs que notre oncle vient de nous laisser à chacun, il a trente mille francs par an. Aussi a-t-il payé ses dettes, et quitte-t-il le Notariat. Il espère être marquis de Las Florentinas, car la jeune veuve est marquise de son chef, et a le droit de donner ses titres à son mari. »

Si les clercs restèrent extrêmement indécis à l'endroit de la comtesse, la double perspective d'un déjeuner au Rocher-de-Cancale et de cette soirée fashionable les mit dans une joie excessive. Ils *firent toutes réserves* relativement à l'Espagnole, pour la juger *en dernier ressort* quand ils comparaîtraient par-devant elle.

Cette comtesse de Las Florentinas y Cabirolos était tout bonnement Mlle Agathe-Florentine Cabirolle[1], première danseuse du théâtre de la Gaîté, chez qui l'oncle Cardot *chantait la Mère Godichon*. Un an après la perte très réparable de feu Mme Cardot, l'heureux négociant rencontra Florentine au sortir de la classe de Coulon[2]. Éclairé par la beauté de cette fleur chorégraphique, Florentine avait alors treize ans, le marchand retiré la suivit jusque dans la rue Pastourelle, où il eut le plaisir d'apprendre que le futur ornement du Ballet devait le jour à une simple portière. En quinze jours, la mère et la fille établies rue de Crussol y connurent une modeste aisance. Ce fut donc à ce protecteur des arts, selon la phrase consacrée, que le Théâtre dut ce jeune talent. Ce généreux Mécène rendit alors ces deux créatures presque folles de joie en leur offrant un mobilier d'acajou, des tentures, des tapis et une cuisine montée ; il leur permit de prendre une femme de ménage, et leur apporta deux cent cinquante francs par mois. Le père Cardot, orné de ses ailes de pigeon[3], parut alors être un ange, et fut traité comme devait l'être un bienfaiteur. Pour la passion du bonhomme, ce fut l'*âge d'or*.

Pendant trois ans, le chantre de la mère Godichon eut la haute politique de maintenir Mlle Cabirolle et sa mère dans ce petit appartement, à deux pas du théâtre ; puis il donna, par amour pour la chorégraphie, Vestris[4] pour maître à sa protégée. Aussi eut-il, vers 1820, le bonheur de voir danser à Florentine son premier pas dans le ballet d'un mélodrame à spectacle, intitulé *Les Ruines de Babylone*[1]. Florentine comptait alors seize printemps. Quelque temps après ce début, le père Cardot était devenu *un vieux grigou* pour sa protégée ; mais comme il eut la délicatesse de comprendre qu'une danseuse du Théâtre de la *Gaîté* avait un certain rang à garder, et qu'il porta son secours mensuel à cinq cents francs par mois, s'il ne redevint pas un ange, il fut du moins un *ami pour la vie*, un second père. Ce fut l'*âge d'argent*.

De 1820 à 1823, Florentine acquit l'expérience dont doivent jouir toutes les danseuses de dix-neuf à vingt ans. Ses amies furent les illustres Mariette et Tullia, deux Premiers Sujets de l'Opéra ; Florine, puis la pauvre Coralie, si tôt ravie aux arts, à l'amour et à Camusot[2]. Comme le petit père Cardot avait acquis de son côté cinq ans de plus, il était tombé dans l'indulgence de cette demi-paternité que conçoivent les vieillards pour les jeunes talents qu'ils ont élevés et dont les succès sont devenus les leurs. D'ailleurs où et comment un homme de soixante-huit ans eût-il refait un attachement semblable, retrouvé de Florentine qui connût si bien ses habitudes et chez laquelle il pût chanter avec ses amis *La Mère Godichon*. Le petit père Cardot se trouva donc sous un joug à demi conjugal et d'une force irrésistible. Ce fut l'*âge d'airain*.

Pendant les cinq ans de l'âge d'or et de l'âge d'argent, Cardot économisa quatre-vingt-dix mille francs. Ce vieillard, plein d'expérience, avait prévu que, lorsqu'il arriverait à soixante-dix ans, Florentine serait majeure ; elle débuterait peut-être à l'Opéra, sans doute elle voudrait étaler le luxe d'un Premier Sujet. Quelques jours avant la soirée dont il s'agit, le père Cardot avait dépensé quarante-cinq mille francs afin de mettre sur un certain pied sa Florentine pour laquelle il avait repris l'ancien appartement où feu

Coralie faisait le bonheur de Camusot. À Paris, il en est des appartements et des maisons comme des rues, ils ont des prédestinations. Enrichie d'une magnifique argenterie, le Premier Sujet du Théâtre de la Gaîté donnait de beaux dîners, dépensait trois cents francs par mois pour sa toilette, ne sortait plus qu'en remise, avec femme de chambre, cuisinière et petit laquais. Enfin, on ambitionnait un ordre de début à l'Opéra. Le Cocon-d'Or fit alors hommage à son ancien chef de ses produits les plus splendides pour plaire à Mlle Cabirolle, dite Florentine, comme il avait, trois ans auparavant, comblé les vœux de Coralie, mais toujours à l'insu de la fille du père Cardot, car le père et le gendre s'entendaient à merveille pour garder le décorum au sein de la famille. Mme Camusot ne savait rien des dissipations de son mari ni des mœurs de son père. Donc, la magnificence qui éclatait rue de Vendôme chez Mlle Florentine eût satisfait les comparses les plus ambitieuses. Après avoir été le maître pendant sept ans, Cardot se sentait entraîné par un remorqueur d'une puissance de caprice illimitée. Mais le malheureux vieillard aimait!... Florentine devait lui fermer les yeux, il comptait lui léguer une centaine de mille francs. L'*âge de fer* avait commencé!

Georges Marest, riche de trente mille livres de rente, beau garçon, courtisait Florentine. Toutes les danseuses ont la prétention d'aimer comme les aiment leurs protecteurs, d'avoir un jeune homme qui les mène à la promenade et leur arrange de folles parties de campagne. Quoique désintéressée, la fantaisie d'un Premier Sujet est toujours une passion qui coûte quelques bagatelles à l'*heureux mortel* choisi. C'est les dîners chez les restaurateurs, les loges au spectacle, les voitures pour aller aux environs de Paris et pour en revenir, des vins exquis consommés à profusion, car les danseuses vivent comme vivaient autrefois les athlètes[1]. Georges s'amusait comme s'amusent les jeunes gens qui passent de la discipline paternelle à l'indépendance, et la mort de son oncle, en doublant presque sa fortune, changeait ses idées. Tant qu'il n'eut que les dix-huit mille livres de rente laissées par son père et sa mère, son intention fut d'être notaire ; mais, selon le mot de son cousin aux clercs de Desroches, il fallait être stupide pour commencer un état avec la fortune que l'on a quand on le quitte. Donc, le premier clerc célébrait son premier jour de liberté par ce déjeuner qui servait en même temps à payer la bienvenue de son cousin. Plus sage que Georges, Frédéric persistait à suivre la carrière du Ministère public. Comme un beau jeune homme aussi bien fait et aussi déluré que Georges pouvait très bien épouser une riche créole, que le marquis de Las Florentinas y Cabirolos avait bien pu, dans ses vieux jours, au dire de Frédéric à ses futurs camarades, prendre pour femme plutôt une belle fille qu'une fille noble, les clercs de l'étude de Desroches, tous issus de familles pauvres, n'ayant jamais hanté le grand monde, se mirent dans leurs plus beaux habits, assez impatients tous de voir la marquise mexicaine de Las Florentinas y Cabirolos.

« Quel bonheur, dit Oscar à Godeschal, en se levant le matin, que je me sois commandé un habit, un pantalon, un gilet neufs, une paire de bottes, et que ma chère mère m'ait fait un nouveau trousseau pour ma promotion au grade de second clerc ! J'ai six chemises à jabot et en belle toile sur les douze qu'elle m'a données... Nous allons nous montrer ! Ah ! si l'un de nous pouvait enlever la marquise à ce Georges Marest...

— Belle occupation pour un clerc de l'étude de Me Desroches !... s'écria Godeschal. Tu ne dompteras donc jamais ta vanité, moutard ?

— Ah ! monsieur », dit Mme Clapart qui apportait à son fils des cravates et qui entendit le propos du maître clerc, « Dieu veuille que mon Oscar suive vos bons avis. C'est ce que je lui dis sans cesse : “Imite M. Godeschal, écoute ses conseils !”

— Il va, madame, répondit le maître clerc ; mais il ne faudrait pas faire beaucoup de maladresses comme celle d'hier pour se perdre dans l'esprit du patron. Le patron ne conçoit point qu'on ne sache pas réussir. Pour première affaire, il donne à votre fils à enlever l'expédition d'un jugement dans une affaire de succession où deux grands seigneurs, deux frères, plaident l'un contre l'autre, et Oscar s'est laissé dindonner... Le patron était furieux. C'est tout au plus si j'ai pu réparer cette sottise en allant ce matin, dès six heures, trouver le commis-greffier, de qui j'ai obtenu d'avoir le jugement demain à sept heures et demie.

— Ah ! Godeschal, s'écria Oscar en allant à son premier clerc et en lui serrant la main, vous êtes un véritable ami.

— Ah ! monsieur, dit Mme Clapart, une mère est bien heureuse de savoir à son fils un ami tel que vous, et vous pouvez compter sur une reconnaissance qui ne finira qu'avec ma vie. Oscar, défie-toi de ce Georges Marest, il a été déjà la cause de ton premier malheur dans la vie.

— En quoi donc ? » demanda Godeschal.

La trop confiante mère expliqua succinctement au premier clerc l'aventure arrivée à son pauvre Oscar dans la voiture de Pierrotin.

« Je suis sûr, dit Godeschal, que ce *blagueur-là* nous a préparé quelque tour de sa façon pour ce soir... Moi, je n'irai pas chez la comtesse de Las Florentinas, ma sœur a besoin de moi pour les stipulations d'un nouvel engagement, je vous quitterai donc au dessert ; mais, Oscar, tiens-toi sur tes gardes. On vous fera peut-être jouer, il ne faut pas que l'étude de Desroches recule. Tiens, tu joueras pour nous deux, voilà cent francs », dit ce brave garçon en donnant cette somme à Oscar dont la bourse allait être mise à sec par le bottier et le tailleur. « Sois prudent, songe à ne pas jouer au-delà de nos cent francs ; ne te laisse griser ni par le jeu ni par les libations. Saperlotte ! un second clerc a déjà du poids, il ne doit pas jouer sur parole, ni dépasser une certaine limite en toute chose. Dès qu'on est second clerc, il faut songer à devenir avoué. Ainsi, ni trop boire, ni trop jouer, garder un maintien convenable, voilà la règle de ta conduite. Surtout n'oublie pas de rentrer à minuit, car demain tu dois être au Palais à sept heures pour y prendre ton jugement. Il n'est pas défendu de s'amuser, mais les affaires avant tout.

— Entends-tu bien, Oscar ? dit Mme Clapart. Vois combien M. Godeschal est indulgent, et comme il sait concilier les plaisirs de la jeunesse et les obligations de son état. »

Mme Clapart, en voyant venir le tailleur et le bottier qui demandaient Oscar, resta seule un moment avec le premier clerc pour lui rendre les cent francs qu'il venait de donner.

« Ah ! monsieur ! lui dit-elle, les bénédictions d'une mère vous suivront partout et dans toutes vos entreprises. »

La mère eut alors le suprême bonheur de voir son fils bien mis, elle lui apportait une montre d'or achetée de ses économies, pour le récompenser de sa conduite.

« Tu tires à la conscription dans huit jours, lui dit-elle, et comme il fallait prévoir le cas où tu aurais un mauvais numéro, je suis allée voir ton oncle Cardot, il est fort content de toi. Ravi de te savoir second clerc à vingt ans, et de tes succès à l'examen de l'École de droit, il a promis l'argent nécessaire pour t'acheter un remplaçant. N'éprouves-tu pas un certain contentement en voyant combien une bonne conduite est récompensée? Si tu endures des privations, songe au bonheur de pouvoir, dans cinq ans d'ici, traiter d'une étude. Enfin pense, mon bon chat, combien tu rends ta mère heureuse... »

La figure d'Oscar, un peu maigrie par l'étude, avait pris une physionomie à laquelle l'habitude des affaires imprimait une expression sérieuse. Sa croissance était finie, et sa barbe avait poussé. L'adolescence enfin faisait place à la virilité. La mère ne put s'empêcher d'admirer son fils, et l'embrassa tendrement en lui disant: « Amuse-toi, mais souviens-toi des avis de ce bon M. Godeschal. Ah! tiens, j'oubliais! voici le cadeau de notre ami Moreau, un joli portefeuille.

— J'en ai d'autant plus besoin, que le patron m'a remis cinq cents francs pour retirer ce damné jugement Vandenesse contre Vandenesse, et que je ne veux pas les laisser dans ma chambre.

— Tu vas les garder sur toi, dit la mère effrayée. Et si tu perdais une pareille somme! Ne devrais-tu pas plutôt la confier à M. Godeschal?

— Godeschal? » cria Oscar qui trouva l'idée de sa mère excellente.

Godeschal, comme tous les clercs le dimanche, avait l'emploi de son temps entre dix heures et deux heures, il était déjà parti.

Quand sa mère l'eut quitté, Oscar alla flâner sur les boulevards en attendant l'heure du déjeuner. Comment ne pas promener cette belle toilette qu'il portait avec un orgueil et un plaisir que se rappelleront tous les jeunes gens qui se sont trouvés dans la gêne au début de la vie? Un joli gilet de cachemire à fond bleu et à châle, un pantalon de casimir noir à plis, un habit noir bien fait, et une canne à pomme de vermeil achetée de ses économies causaient une joie assez naturelle à ce pauvre garçon qui pensait à la manière dont il était vêtu le jour du voyage à Presles, en se souvenant de l'effet que Georges avait alors produit sur lui. Oscar avait en perspective une journée de délices, il devait voir le soir le beau monde pour la première fois ! Avouons-le ! chez un clerc sevré de plaisirs, et qui, depuis si longtemps, aspirait à quelque débauche, les sens déchaînés pouvaient lui faire oublier les sages recommandations de Godeschal et de sa mère. À la honte de la jeunesse, jamais les conseils et les avis ne manquent. Outre les recommandations du matin, Oscar éprouvait en lui-même un mouvement d'aversion contre Georges, il se sentait humilié devant ce témoin de la scène du salon de Presles, quand Moreau l'avait jeté aux pieds du comte de Sérisy. L'Ordre moral[1] a ses lois, elles sont implacables, et l'on est toujours puni de les avoir méconnues. Il en est une surtout à laquelle l'animal lui-même obéit sans discussion, et toujours. C'est celle qui nous ordonne de fuir quiconque nous a nui une première fois avec ou sans intention, volontairement ou involontairement. La créature de qui nous avons reçu dommage ou déplaisir nous sera toujours funeste. Quel que soit son rang, à quelque degré d'affection qu'elle nous appartienne, il faut rompre avec elle, elle nous est envoyée par notre mauvais génie. Quoique le sentiment chrétien s'oppose à cette conduite, l'obéissance à cette loi terrible est essentiellement sociale et conservatrice. La fille de Jacques II[2], qui s'assit sur le trône de son père, avait dû lui faire plus d'une blessure avant l'usurpation. Judas avait certainement donné quelque coup meurtrier à Jésus avant de le trahir. Il est en nous une vue intérieure, l'œil de l'âme, qui pressent les catastrophes, et la répugnance que nous éprouvons pour cet être fatal est le résultat de cette prévision ; si la religion nous ordonne de la vaincre, il nous reste la défiance, dont la voix doit être incessamment écoutée. Oscar pouvait-il, à vingt ans, avoir tant de sagesse? Hélas! quand, à deux heures et demie, Oscar entra dans le salon du Rocher-de-Cancale, où se trouvaient trois invités, outre les clercs, à savoir: un vieux capitaine de dragons, nommé Giroudeau; Finot, journaliste qui pouvait faire débuter Florentine à l'Opéra; du Bruel, un auteur ami de Tullia, l'une des rivales de Mariette à l'Opéra, le second clerc sentit son hostilité secrète s'évanouir aux premières poignées de main, dans les premiers élans d'une causerie entre jeunes gens, devant une table de douze couverts splendidement servie. Georges fut d'ailleurs charmant pour Oscar.

«Vous suivez, lui dit-il, la diplomatie privée, car quelle différence y a-t-il entre un ambassadeur et un avoué? uniquement celle qui sépare une nation d'un individu. Les ambassadeurs sont les avoués des peuples! Si je puis vous être utile, venez me trouver.

— Ma foi, dit Oscar, je puis vous l'avouer aujourd'hui, vous avez été la cause d'un grand malheur pour moi...

— Bah! fit Georges après avoir écouté le récit des tribulations du clerc; mais c'est M. de Sérisy qui s'est mal conduit. Sa femme?... je n'en voudrais pas. Et le comte a beau être ministre d'État, pair de France, je ne voudrais pas être dans sa peau rouge. C'est un petit esprit, je me moque bien de lui maintenant.»

Oscar entendit avec un vrai plaisir les plaisanteries de Georges sur le comte de Sérisy, car elles diminuaient, en quelque sorte, la gravité de sa faute; et il abonda dans le sens haineux de l'ex-clerc de notaire qui s'amusait à prédire à la Noblesse les malheurs que la Bourgeoisie rêvait alors, et que 1830 devait réaliser[1]. À trois heures et demie, on se mit à officier. Le dessert n'apparut qu'à huit heures. Chaque service exigea deux heures. Il n'y a que les clercs pour manger ainsi ! Les estomacs de dix-huit à vingt ans sont, pour la Médecine, des faits inexplicables. Les vins furent dignes de Borrel, qui remplaçait à cette époque l'illustre Balaine[1], le créateur du premier des restaurants parisiens pour la délicatesse et la perfection de la cuisine, c'est-à-dire du monde entier.

On rédigea le procès-verbal de ce festin de Balthazar au dessert, en commençant par : *Inter pocula aurea restauranti, qui vulgo dicitur Rupes Cancali*[2]. D'après ce début, chacun peut imaginer la belle page qui fut ajoutée sur le Livre d'Or des déjeuners basochiens.

Godeschal disparut après avoir signé, laissant les onze convives, stimulés par l'ancien capitaine de la Garde impériale, se livrer aux vins, aux toasts et aux liqueurs d'un dessert dont les pyramides de fruits et de primeurs ressemblaient aux obélisques de Thèbes. À dix heures et demie, le petit clerc de l'étude fut dans un état qui ne lui permit plus de rester, Georges l'emballa dans un fiacre en donnant l'adresse de la mère et payant la course. Les dix convives, tous gris comme Pitt et Dundas[3], parlèrent alors d'aller à pied par les boulevards, vu la beauté du temps, chez la marquise de Las Florentinas y Cabirolos, où, vers minuit, ils devaient trouver la plus brillante société. Tous avaient soif de respirer l'air à pleins poumons ; mais, excepté Georges, Giroudeau, du Bruel et Finot[4], habitués aux orgies parisiennes, personne ne put marcher. Georges envoya chercher trois calèches chez un loueur de voitures, et promena son monde pendant une heure sur les boulevards extérieurs, depuis Montmartre jusqu'à la barrière du Trône. On revint par Bercy, les quais et les boulevards, jusqu'à la rue de Vendôme.

Les clercs voletaient encore dans le ciel meublé de fantaisies où l'Ivresse enlève les jeunes gens, quand leur amphitryon les introduisit au milieu des salons de Florentine. Là, scintillaient des princesses de théâtre qui, sans doute instruites de la plaisanterie de Frédéric, s'amusaient à singer les femmes comme il faut. On prenait alors des glaces. Les bougies allumées faisaient flamber les candélabres. Les laquais de Tullia, de Mme du Val-Noble et de Florine, tous en grande livrée, servaient des friandises sur des plateaux d'argent. Les tentures, chefs-d'œuvre de l'industrie lyonnaise, rattachées par des cordelières d'or, étourdissaient les regards. Les fleurs des tapis ressemblaient à un parterre. Les plus riches babioles, des curiosités papillotaient aux yeux. Dans le premier moment et dans l'état où Georges les avait mis, les clercs et surtout Oscar crurent à la marquise de Las Florentinas y Cabirolos. L'or reluisait sur quatre tables de jeu dressées dans la chambre à coucher. Dans le salon, les femmes s'adonnaient à un vingt-et-un[1] tenu par Nathan, le célèbre auteur. Après avoir erré, gris et presque endormis, sur les sombres boulevards extérieurs, les clercs se réveillaient donc dans un vrai palais d'Armide. Oscar, présenté par Georges à la prétendue marquise, resta tout hébété, ne reconnaissant pas la danseuse de la Gaîté dans cette femme aristocratiquement décolletée, enrichie de dentelles, presque semblable à une vignette de keepsake[2], et qui le reçut avec des grâces et des façons sans analogie dans le souvenir ou dans l'imagination d'un clerc tenu si sévèrement. Après avoir admiré toutes les richesses de cet appartement, les belles femmes qui s'y gaudissaient, et qui toutes avaient fait assaut de toilette entre elles pour l'inauguration de cette splendeur, Oscar fut pris par la main et conduit par Florentine à la table du vingt-et-un.

« Venez, que je vous présente à la belle marquise d'Anglade, une de mes amies... »

Et elle mena le pauvre Oscar à la jolie Fanny Beaupré qui remplaçait depuis deux ans feu Coralie dans les affections de Camusot. Cette jeune actrice venait de se faire une réputation dans un rôle de marquise d'un mélodrame de la Porte-Saint-Martin, intitulé *La Famille d'Anglade*[1], un succès du temps.

« Tiens, ma chère, dit Florentine, je te présente un charmant enfant que tu peux associer à ton jeu.

— Ah ! voilà qui sera gentil, répondit avec un charmant sourire l'actrice en toisant Oscar, je perds, nous allons être de moitié, n'est-ce pas ?

— Madame la marquise, je suis à vos ordres, dit Oscar en s'asseyant auprès de la jolie actrice.

— Mettez l'argent, dit-elle, je le jouerai, vous me porterez bonheur ! Tenez, voilà mes derniers cent francs... »

Et la fausse marquise sortit d'une bourse, dont les coulants étaient ornés de diamants, cinq pièces d'or. Oscar tira ses cent francs en pièces de cent sous, honteux déjà de mêler d'ignobles écus à des pièces d'or. En dix tours l'actrice perdit les deux cents francs[2].

« Allons, c'est bête ! s'écria-t-elle, je vais faire la banque, moi. Nous restons ensemble, n'est-ce pas ? » dit-elle à Oscar.

Fanny Beaupré s'était levée, et le jeune clerc, qui se vit comme elle l'objet de l'attention de toute la table, n'osa pas se retirer en disant que sa bourse logeait le diable. Oscar se trouva sans voix, sa langue devenue lourde resta collée à son palais.

« Prête-moi cinq cents francs ? » dit l'actrice à la danseuse.

Florentine apporta cinq cents francs qu'elle alla prendre à Georges qui venait de passer huit fois à l'écarté.

« Nathan a gagné douze cents francs, dit l'actrice au clerc, les banquiers[1] gagnent toujours, ne nous laissons pas *embêter* », lui souffla-t-elle dans l'oreille.

Les gens qui ont du cœur, de l'imagination et de l'entraînement comprendront comment le pauvre Oscar ouvrit son portefeuille, et en sortit le billet de cinq cents francs[2]. Il regardait Nathan, le célèbre auteur, qui se remit avec Florine à jouer gros jeu contre la banque.

« Allons, mon petit, empoignez », lui cria Fanny Beaupré en faisant signe à Oscar de ramasser deux cents francs que Florine et Nathan avaient pontés.

L'actrice ne ménageait pas les plaisanteries et les railleries à ceux qui perdaient. Elle animait le jeu par des lazzis qu'Oscar trouvait bien singuliers ; mais la joie étouffa ces réflexions, car les deux premiers tours produisirent un gain de deux mille francs. Oscar avait envie de feindre une indisposition et de s'enfuir en laissant là sa partenaire, mais *l'honneur* le clouait là. Trois autres tours enlevèrent les bénéfices. Oscar se sentit une sueur froide dans le dos, il se dégrisa complètement. Les deux derniers tours enlevèrent les mille francs de la mise en commun ; Oscar eut soif et avala coup sur coup trois verres de punch glacé. L'actrice emmena le pauvre clerc dans la chambre à coucher en lui débitant des fariboles. Mais là le sentiment de sa faute accabla tellement Oscar, à qui la figure de Desroches apparut comme en songe, qu'il alla s'asseoir sur une magnifique ottomane, dans un coin sombre ; il se mit un mouchoir sur les yeux ; il pleurait ! Florentine aperçut cette pose de la douleur qui possède un caractère sincère et qui devait frapper une mime ; elle courut à Oscar, lui ôta son bandeau, vit les larmes, et l'emmena dans un boudoir.

« Qu'as-tu, mon petit ? » lui demanda-t-elle.

À cette voix, à ce mot, à l'accent, Oscar, qui

reconnut une bonté maternelle dans la bonté des filles, répondit :

« J'ai perdu cinq cents francs que mon patron m'a remis pour retirer demain un jugement, je n'ai plus qu'à me jeter à l'eau, je suis déshonoré...

— Êtes-vous bête ? dit Florentine. Restez là, je vais vous apporter mille francs, vous tâcherez de tout regagner ; mais ne risquez que cinq cents francs, afin de conserver l'argent de votre patron. Georges joue crânement bien l'écarté, pariez pour lui[1]... »

Dans la cruelle position où se trouvait Oscar, il accepta la proposition de la maîtresse de la maison.

« Ah ! se dit-il, il n'y a que les marquises capables de ces traits-là... Belle, noble et richissime, est-il heureux, ce Georges ! »

Il reçut de Florentine les mille francs en or, et vint parier pour son mystificateur. Georges avait déjà passé quatre fois, quand Oscar vint se mettre de son côté. Les joueurs virent arriver ce nouveau parieur avec plaisir, car tous, avec l'instinct des joueurs, se rangèrent du côté de Giroudeau, le vieil officier de l'Empire.

« Messieurs, dit Georges, vous serez punis de votre défection, je me sens en veine, allons, Oscar, nous les enfoncerons ! »

Georges et son partenaire perdirent cinq parties de suite. Après avoir dissipé ses mille francs, Oscar, que la rage du jeu saisit, voulut prendre les cartes. Par l'effet d'un hasard assez commun à ceux qui jouent pour la première fois, il gagna ; mais Georges lui fit tourner la tête par des conseils : il lui disait de jeter des cartes et les lui arrachait souvent des mains, en sorte que la lutte de ces deux volontés, de ces deux inspirations, nuisit au jet de la veine. Aussi, vers les trois heures du matin, après des retours de fortune et des gains inespérés, en buvant toujours du punch, Oscar arriva-t-il à ne plus avoir que cent francs. Il se leva la tête lourde et perdue, fit quelques pas et tomba dans le boudoir sur un sopha, les yeux fermés par un sommeil de plomb.

« Mariette », disait Fanny Beaupré à la sœur de Godeschal qui était arrivée à deux heures après minuit, « veux-tu dîner ici demain, mon Camusot y sera avec le père Cardot, nous les ferons enrager ?...

— Comment ! s'écria Florentine, mais mon vieux chinois ne m'a pas prévenue.

— Il doit venir ce matin te prévenir qu'il chante *La Mère Godichon*, reprit Fanny Beaupré, c'est bien le moins qu'il étrenne son appartement, ce pauvre homme.

— Que le diable l'emporte avec ses orgies ! s'écria Florentine. Lui et son gendre, ils sont pires que des magistrats ou que des directeurs de théâtre. Après tout, on dîne très bien ici, Mariette, dit-elle au Premier Sujet de l'Opéra. Cardot commande toujours le menu chez Chevet ; viens avec ton duc de Maufrigneuse, nous rirons, nous les ferons danser en Tritons ! »

En entendant les noms de Cardot et de Camusot, Oscar fit un effort pour vaincre le sommeil ; mais il ne put que balbutier un mot qui ne fut pas entendu, et retomba sur le coussin de soie.

« Tiens, tu as des provisions pour ta nuit, dit en riant à Florentine Fanny Beaupré.

— Oh ! le pauvre garçon ! il est ivre de punch et de désespoir. C'est le second clerc de l'étude où est ton frère, dit Florentine à Mariette ; il a perdu l'argent que son patron lui a remis pour les affaires de l'étude. Il voulait se tuer, et je lui ai prêté mille francs que ces brigands de Finot et de Giroudeau lui ont gagnés. Pauvre innocent !

— Mais il faut le réveiller, dit Mariette, mon frère ne badine pas, ni son patron non plus.

— Oh ! réveille-le si tu peux, et emmène-le », dit

Florentine en retournant dans ses salons pour recevoir les adieux de ceux qui s'en allaient.

On se mit à danser des danses dites de caractère, et quand vint le jour, Florentine se coucha, fatiguée, en oubliant Oscar à qui personne ne songea, mais qui dormait du plus profond sommeil.

Vers onze heures du matin, une voix terrible éveilla le clerc qui, reconnaissant son oncle Cardot, crut se tirer d'embarras en feignant de dormir et se tenant la face dans les beaux coussins de velours jaune sur lesquels il avait passé la nuit.

« Vraiment, ma petite Florentine, disait le respectable vieillard, ce n'est ni sage ni gentil, tu as dansé hier dans *Les Ruines*, et tu as passé la nuit à une orgie ? Mais c'est vouloir perdre ta fraîcheur, sans compter qu'il y a vraiment de l'ingratitude à inaugurer ces magnifiques appartements sans moi, avec des étrangers, à mon insu !... Qui sait ce qui est arrivé ?

— Vieux monstre ! s'écria Florentine, n'avez-vous pas une clef pour entrer à toute heure et à tout moment chez moi ? Le bal a fini à cinq heures et demie, et vous avez la cruauté de me réveiller à onze heures !...

— Onze heures et demie, Titine, fit humblement observer Cardot ; je me suis levé de bonne heure pour commander à Chevet un dîner d'archevêque... Ils ont abîmé tes tapis, quel monde as-tu donc reçu ?...

— Vous ne devriez pas vous en plaindre, car Fanny Beaupré m'a dit que vous veniez avec Camusot, et pour vous faire plaisir j'ai invité Tullia, du Bruel, Mariette, le duc de Maufrigneuse, Florine et Nathan. Ainsi, vous aurez les cinq plus belles créatures qui jamais aient été vues à la lumière d'une rampe ! et l'on vous dansera des pas de Zéphyr.

— C'est se tuer que de mener une pareille vie !

s'écria le père Cardot. Et combien de verres cassés ! Quel pillage ! l'antichambre fait frémir... »

En ce moment l'agréable vieillard resta stupide et comme charmé, semblable à un oiseau qu'un reptile attire. Il apercevait le profil d'un jeune corps habillé de drap noir.

« Ah ! mademoiselle Cabirolle !... dit-il enfin.

— Eh bien, quoi ? » demanda-t-elle.

Le regard de la danseuse prit la direction de celui du petit père Cardot ; et, quand elle eut reconnu le second clerc, elle fut prise d'un fou rire qui non seulement interloqua le vieillard, mais qui contraignit Oscar à se montrer, car Florentine le prit par le bras et pouffa de rire en voyant les deux mines contrites de l'oncle et du neveu.

« Vous ici, mon neveu ?...

— Ah ! c'est votre neveu ? s'écria Florentine dont le fou rire recommença. Vous ne m'aviez jamais parlé de ce neveu-là. Mariette ne vous a donc pas emmené ? dit-elle à Oscar qui resta pétrifié. Que va-t-il devenir, ce pauvre garçon ?

— Ce qu'il voudra », répliqua sèchement le bonhomme Cardot, qui marcha vers la porte pour s'en aller.

« Un instant, papa Cardot, vous allez tirer votre neveu du mauvais pas où il est par ma faute, car il a joué l'argent de son patron, cinq cents francs, qu'il a perdus, outre mille francs à moi que je lui ai donnés pour se rattraper.

— Malheureux, tu as perdu quinze cents francs au jeu ? à ton âge !

— Oh ! mon oncle, mon oncle », s'écria le pauvre Oscar que ces paroles plongèrent à fond dans l'horreur de sa position et qui se jeta devant son oncle à genoux, les mains jointes. « Il est midi, je suis perdu, déshonoré... M. Desroches sera sans pitié ! Il s'agit d'une affaire importante à laquelle il met son amour-propre. Je devais aller chercher ce matin au Greffe le jugement Vandenesse contre Vandenesse ! Qu'est-il arrivé ?... Que vais-je devenir ?... Sauvez-moi, par le souvenir de mon père et de ma tante !... Venez avec moi chez M. Desroches, expliquez-lui cela, trouvez des prétextes !... »

Ces phrases étaient jetées à travers des pleurs et des sanglots qui eussent attendri les sphinx du désert de Louqsor.

« Eh bien, vieux grigou, s'écria la danseuse qui pleurait, laisserez-vous déshonorer votre propre neveu, le fils de l'homme à qui vous devez votre fortune, car il se nomme Oscar Husson ! Sauvez-le, ou Titine te renie pour son milord !

— Mais comment se trouve-t-il ici ? demanda le vieillard.

— Hé ! pour avoir oublié l'heure d'aller chercher le jugement dont il parle, ne voyez-vous pas qu'il s'est grisé, qu'il est tombé là de sommeil et de fatigue ? Georges et son cousin Frédéric ont régalé les clercs de Desroches au Rocher-de-Cancale, hier. »

Le père Cardot regardait la danseuse en hésitant.

« Allons donc, vieux singe, est-ce que je ne l'aurais pas mieux caché s'il en était autrement ? s'écria-t-elle.

— Tiens, voilà cinq cents francs, drôle ! dit Cardot à son neveu, c'est tout ce que tu auras de moi jamais ! Va t'arranger avec ton patron si tu peux. Je rendrai les mille francs que mademoiselle t'a prêtés ; mais je ne veux plus entendre parler de toi. »

Oscar se sauva sans vouloir en entendre davantage ; mais, une fois dans la rue, il ne sut plus où aller.

Le hasard qui perd les gens et le hasard qui les sauve firent des efforts égaux pour et contre Oscar dans cette terrible matinée ; mais il devait succomber avec un patron qui ne démordait pas d'une affaire une fois entamée. En rentrant chez elle, Mariette, épouvantée de ce qui pouvait arriver au pupille de son frère, avait écrit à Godeschal un mot dans lequel elle mit un billet de cinq cents francs, en prévenant son frère de la griserie et des malheurs advenus à Oscar. Cette bonne fille s'endormit en recommandant à sa femme de chambre d'aller porter ce petit paquet chez Desroches avant sept heures. De son côté, Godeschal, en se levant à six heures, ne trouva point Oscar. Il devina tout. Il prit cinq cents francs sur ses économies, et courut chez le greffier chercher le jugement, afin de présenter la signification à la signature de Desroches à huit heures. Desroches, toujours levé dès quatre heures, entra dans son étude à sept heures. La femme de chambre de Mariette, ne trouvant point le frère de sa maîtresse à sa mansarde, descendit à l'étude, et y fut reçue par Desroches à qui naturellement elle présenta le paquet, « Est-ce pour affaire d'étude ? demanda le patron, je suis M. Desroches. — Voyez, monsieur ? » dit la femme de chambre. Desroches ouvrit la lettre et la lut. En y voyant un billet de cinq cents francs, il rentra dans son cabinet, furieux contre son second clerc. Il entendit, à sept heures et demie, Godeschal qui dictait la signification du jugement au deuxième premier clerc, et quelques instants après le bon Godeschal entra triomphant chez son patron.

« Est-ce Oscar Husson qui est allé ce matin chez Simon ? demanda Desroches.

— Oui, monsieur, répondit Godeschal.

— Qui donc lui a donné l'argent ? fit l'avoué.

— Vous, dit Godeschal, samedi.

— Il pleut donc des billets de cinq cents francs ? s'écria Desroches. Tenez, Godeschal, vous êtes un brave garçon ; mais le petit Husson ne mérite pas tant de générosité. Je hais les imbéciles, mais je hais davantage les gens qui font des fautes malgré les soins paternels dont on les entoure.» Il remit à Godeschal la lettre de Mariette et le billet de cinq cents francs qu'elle envoyait. «Vous m'excuserez de l'avoir ouverte, reprit-il, la soubrette de votre sœur m'a dit que c'était pour affaire d'étude. Vous congédierez Oscar.

— Le pauvre petit malheureux m'a-t-il donné du mal! dit Godeschal. Ce grand vaurien de Georges Marest est son mauvais génie, il faut qu'il le fuie comme la peste; car je ne sais pas ce dont il serait cause à une troisième rencontre.

— Comment cela?» dit Desroches.

Godeschal raconta sommairement la mystification du voyage à Presles.

«Ah! dit l'avoué, dans le temps Joseph Bridau m'a parlé de cette farce, c'est à cette rencontre que nous avons dû la faveur du comte de Sérisy pour monsieur son frère.»

En ce moment Moreau se montra, car il se trouvait une affaire importante pour lui dans cette succession Vandenesse. Le marquis voulait prendre en détail la terre de Vandenesse, et le comte son frère s'y opposait. Le marchand de biens essuya donc le premier feu des justes plaintes, des sinistres prophéties que Desroches fulmina contre son ex-second clerc, et il en résulta chez le plus ardent protecteur de ce malheureux enfant cette opinion que la vanité d'Oscar était incorrigible.

«Faites-en un avocat, dit Desroches, il n'a plus que sa thèse à passer; dans ce métier-là, ses défauts deviendront peut-être des qualités, car l'amour-propre donne de la langue à la moitié des avocats.»

En ce moment Clapart, tombé malade, était gardé par sa femme, tâche pénible, devoir sans aucune récompense. L'employé tourmentait cette pauvre créature, qui jusqu'alors ignorait les atroces ennuis et les taquineries venimeuses que se permet, dans le tête-à-tête de toute une journée, un homme imbécile à demi et que la misère rendait sournoisement furieux. Enchanté de fourrer une pointe acérée dans le coin sensible de ce cœur de mère, il avait en quelque sorte deviné les appréhensions que l'avenir, la conduite et les défauts d'Oscar inspiraient à la pauvre femme. En effet, quand une mère a reçu de son enfant un assaut semblable à celui de l'affaire de Presles, elle est en des transes continuelles ; et, à la manière dont sa femme vantait Oscar toutes les fois qu'il obtenait un succès, Clapart reconnaissait l'étendue des inquiétudes secrètes de la mère, et il les réveillait à tout propos.

« Enfin, Oscar va mieux que je ne l'espérais ; je me le disais bien, son voyage à Presles n'était qu'une inconséquence de jeunesse. Quels sont les jeunes gens qui ne commettent pas de fautes ? Ce pauvre enfant ! il supporte héroïquement des privations qu'il n'eût pas connues si son pauvre père avait vécu. Dieu veuille qu'il sache contenir ses passions ! » etc., etc.

Or, pendant que tant de catastrophes se passaient rue de Vendôme et rue de Béthisy, Clapart, assis au coin du feu, enveloppé dans une méchante robe de chambre, regardait sa femme, occupée à faire à la cheminée de la chambre à coucher tout ensemble le bouillon, la tisane de Clapart et son déjeuner à elle.

« Mon Dieu, je voudrais bien savoir comment a fini la journée d'hier ? Oscar devait déjeuner au Rocher-de-Cancale et aller le soir chez une marquise…

— Oh ! soyez tranquille, tôt ou tard, le *pot aux roses* se découvrira, lui dit son mari. Est-ce que vous croyez à cette marquise ? Allez ! un jeune homme qui a des sens, après tout, et des goûts de dépense, comme Oscar, trouve des marquises en Espagne, à prix d'or ! Il vous tombera quelque matin sur les bras avec des dettes…

— Vous ne savez qu'inventer pour me désespérer ! s'écria Mme Clapart. Vous vous êtes plaint que mon fils mangeait vos appointements, et jamais il ne vous a rien coûté. Voici deux ans que vous n'avez aucun prétexte pour dire du mal d'Oscar, le voilà maintenant second clerc, son oncle et M. Moreau pourvoient à tout, et il a d'ailleurs huit cents francs d'appointements. Si nous avons du pain durant nos vieux jours, nous le devrons à ce cher enfant. En vérité, vous êtes d'une injustice...

— Vous appelez mes prévisions de l'injustice », répondit aigrement le malade.

En ce moment on sonna vivement. Mme Clapart courut ouvrir la porte et resta dans la première pièce avec Moreau, qui venait adoucir le coup que la nouvelle légèreté d'Oscar devait porter à sa pauvre mère.

« Comment, il a perdu l'argent de l'étude ! s'écria Mme Clapart en pleurant.

— Hein ! quand je vous le disais ! » s'écria Clapart, qui se montra comme un spectre à la porte du salon où la curiosité l'avait attiré.

« Mais qu'allons-nous faire de lui ? » demanda Mme Clapart, que la douleur rendit insensible à cette piqûre de Clapart.

« S'il portait mon nom, répondit Moreau, je le verrais tranquillement tirer à la conscription ; et, s'il amenait un mauvais numéro, je ne lui paierais pas un homme pour le remplacer. Voici la seconde fois que votre fils commet des sottises par vanité. Eh bien, la vanité lui inspirera peut-être des actions d'éclat, qui le recommanderont dans cette carrière. D'ailleurs, six ans de service militaire lui mettront du plomb dans la tête ; et, comme il n'a que sa thèse à passer, il ne sera pas si malheureux de se trouver avocat à vingt-six ans, s'il veut continuer le métier du barreau après avoir payé, comme on dit, l'impôt du sang. Cette fois, du moins, il aura été puni sévèrement, il aura pris de l'expérience, et contracté l'habitude de la subordination. Avant de faire son stage au Palais, il aura fait son stage dans la vie.

— Si c'est là votre arrêt pour un fils, dit Mme Clapart, je vois que le cœur d'un père ne ressemble en rien à celui d'une mère. Mon pauvre Oscar, soldat ?...

— Aimez-vous mieux le voir se jeter la tête la première dans la Seine après avoir commis une action déshonorante ? Il ne peut plus être avoué, le trouvez-vous assez sage pour le mettre avocat ?... En attendant l'âge de raison, que deviendra-t-il ? un mauvais sujet ; au moins la discipline vous le conservera...

— Ne peut-il aller dans une autre étude ? son oncle Cardot lui paiera certainement son remplaçant, il lui dédiera sa thèse. »

En ce moment, le bruit d'un fiacre, dans lequel tenait tout le mobilier d'Oscar, annonça le malheureux jeune homme, qui ne tarda pas à se montrer.

« Ah ! te voilà, monsieur Joli-Cœur ? » s'écria Clapart.

Oscar embrassa sa mère et tendit à M. Moreau une main que celui-ci refusa de serrer. Oscar répondit à ce mépris par un regard auquel le reproche donna une hardiesse qu'on ne lui connaissait pas.

« Écoutez, monsieur Clapart, dit l'enfant devenu homme, vous ennuyez diablement ma pauvre mère, et c'est votre droit ; elle est, pour son malheur, votre femme. Mais moi, c'est autre chose ! Me voilà majeur dans quelques mois ; or, vous n'avez aucun droit sur moi, quand même je serais mineur. On ne vous a jamais rien demandé. Grâce à monsieur que voici, je ne vous ai pas coûté deux liards, je ne vous dois aucune espèce de reconnaissance ; ainsi, laissez-moi tranquille. »

Clapart, en entendant cette apostrophe, regagna sa bergère au coin du feu. Le raisonnement du second clerc et la fureur intérieure du jeune homme de vingt ans, qui venait de recevoir une leçon de son ami Godeschal, imposèrent pour toujours silence à l'imbécillité du malade.

« Un entraînement auquel vous eussiez succombé tout comme moi quand vous aviez mon âge, dit Oscar à Moreau, m'a fait commettre une faute que Desroches trouve grave et qui n'est qu'une peccadille. Je m'en veux bien plus d'avoir pris Florentine de la Gaîté pour une marquise, et des actrices pour des femmes comme il faut, que d'avoir perdu quinze cents francs au milieu d'une petite débauche où tout le monde, même Godeschal, était dans les vignes du Seigneur. Cette fois, du moins, je n'ai nui qu'à moi. Me voici corrigé. Si vous voulez m'aider, monsieur Moreau, je vous jure que les six ans pendant lesquels je dois rester clerc avant de pouvoir traiter se passeront sans...

— Halte-là, dit Moreau, j'ai trois enfants, et je ne peux m'engager à rien...

— Bien, bien, dit à son fils Mme Clapart en jetant un regard de reproche à Moreau, ton oncle Cardot...

— Il n'y a plus d'oncle Cardot », répondit Oscar, qui raconta la scène de la rue de Vendôme.

Mme Clapart, qui sentit ses jambes se dérober sous le poids de son corps, alla tomber sur une chaise de la salle à manger comme foudroyée.

« Tous les malheurs ensemble !... » dit-elle en s'évanouissant.

Moreau prit la pauvre mère dans ses bras et la porta sur le lit dans la chambre à coucher. Oscar demeurait immobile et comme foudroyé.

« Tu n'as plus qu'à te faire soldat, dit le marchand de biens en revenant à Oscar. Ce niais de Clapart ne me paraît pas avoir trois mois à vivre, ta mère restera sans un sou de rente, ne dois-je pas réserver pour elle le peu d'argent dont je puis disposer ? Voilà ce qu'il m'était impossible de te dire devant ta mère. Soldat, tu mangeras du pain, et tu réfléchiras à la vie comme elle est pour les enfants sans fortune.

— Je puis tirer un bon numéro, dit Oscar.

— Après ? Ta mère a bien rempli ses devoirs de mère envers toi : elle t'a donné de l'éducation, elle t'avait mis dans le bon chemin, tu viens d'en sortir, que tenterais-tu ? Sans argent, on ne peut rien, tu le sais aujourd'hui ; et tu n'es pas homme à commencer une carrière en mettant habit bas et prenant la veste du manœuvre ou de l'ouvrier. D'ailleurs, ta mère t'aime, veux-tu la tuer ? Elle mourrait en te voyant tombé si bas. »

Oscar s'assit et ne retint plus ses larmes, qui coulèrent en abondance. Il comprenait aujourd'hui ce langage, si complètement inintelligible pour lui lors de sa première faute.

« Les gens sans fortune doivent être parfaits ! dit Moreau sans soupçonner la profondeur de cette cruelle sentence.

— Mon sort ne sera pas longtemps indécis, je tire après-demain, répondit Oscar. D'ici là je résoudrai mon avenir. »

Moreau, désolé malgré son maintien sévère, laissa le ménage de la rue de la Cerisaie dans le désespoir. Trois jours après, Oscar amena le numéro vingt-sept[1]. Dans l'intérêt de ce pauvre garçon, l'ancien régisseur de Presles eut le courage d'aller demander à M. le comte de Sérisy sa protection pour faire appeler Oscar dans la cavalerie. Or, le fils du ministre d'État, ayant été classé dans les derniers en sortant de l'École polytechnique, était entré par faveur sous-lieutenant dans le régiment de cavalerie du duc de Maufrigneuse. Oscar eut donc, dans son malheur, le petit bonheur d'être, sur la recommandation du comte de Sérisy, incorporé dans ce beau régiment avec la promesse d'être promu fourrier au bout d'un an. Ainsi le hasard mit l'ex-clerc sous les ordres du fils de M. de Sérisy.

Après avoir langui pendant quelques jours, tant elle fut vivement atteinte par ces catastrophes, Mme Clapart se laissa dévorer par certains remords qui saisissent les mères dont la conduite a été jadis légère et qui dans leur vieillesse inclinent au repentir. Elle se considéra comme une créature maudite. Elle attribua les misères de son second mariage et les malheurs de son fils à une vengeance de Dieu qui lui faisait expier les fautes et les plaisirs de la jeunesse. Cette opinion fut bientôt une certitude pour elle. La pauvre mère alla se confesser, pour la première fois depuis quarante ans, au vicaire de Saint-Paul, l'abbé Gaudron, qui la jeta dans les pratiques de la dévotion. Mais une âme aussi maltraitée et aussi aimante que celle de Mme Clapart devait devenir simplement pieuse. L'ancienne Aspasie du Directoire voulut racheter ses péchés pour attirer les bénédictions de Dieu sur la tête de son pauvre Oscar, elle se voua donc bientôt aux exercices et aux œuvres de la piété la plus vive. Elle crut avoir attiré l'attention du ciel après avoir réussi à sauver M. Clapart, qui, grâce à ses soins, vécut pour la tourmenter ; mais elle voulut voir, dans les tyrannies de cet esprit faible, des épreuves infligées par la Main qui caresse en châtiant. Oscar, d'ailleurs, se conduisit si parfaitement, qu'en 1830 il était maréchal des logis chef dans la compagnie du vicomte de Sérisy, ce qui lui donnait le grade de sous-lieutenant dans la Ligne, le régiment du duc de Maufrigneuse appartenant à la Garde royale. Oscar Husson avait alors vingt-cinq ans. Comme la Garde royale tenait toujours garnison à Paris ou dans un rayon de trente lieues autour de la capitale, il venait voir sa mère de temps en temps, et lui confiait ses douleurs, car il avait assez d'esprit pour comprendre qu'il ne serait jamais officier. À cette époque, les grades dans la cavalerie étaient à peu près dévolus aux fils cadets des familles nobles, et les gens sans particule à leur nom avançaient difficilement. Toute l'ambition d'Oscar était de quitter la Garde et d'être nommé sous-lieutenant dans un régiment de cavalerie de la Ligne. Au mois de février 1830, Mme Clapart obtint par l'abbé Gaudron, devenu curé de Saint-Paul, la protection de madame la Dauphine, et Oscar fut promu sous-lieutenant[1].

Quoique au dehors l'ambitieux Oscar parût être excessivement dévoué aux Bourbons, au fond du cœur l'ancien clerc était libéral. Aussi, dans la bataille de 1830, passa-t-il au peuple. Cette défection, qui eut une importance due au point sur lequel elle s'opéra, valut à Oscar l'attention publique. Dans l'exaltation du triomphe, au mois d'août, Oscar, nommé lieutenant, eut la croix de la Légion d'honneur et obtint d'être attaché comme aide de camp à La Fayette, qui lui fit avoir le grade de capitaine en 1832. Quand on destitua l'amateur de la meilleure des républiques[2] de son commandement en chef des gardes nationales du royaume, Oscar Husson, dont le dévouement à la nouvelle dynastie tenait du fanatisme, fut placé comme chef d'escadron dans un régiment envoyé en Afrique, lors de la première expédition entreprise par le prince royal[3]. Le vicomte de Sérisy se trouvait être lieutenant-colonel de ce régiment. À l'affaire de la Macta[4], où il fallut laisser le champ aux Arabes, M. de Sérisy resta blessé sous son cheval mort. Oscar dit alors à son escadron : « Messieurs, c'est aller à la mort, mais nous ne devons pas abandonner notre colonel... » Il fondit le premier sur les Arabes, et ses gens électrisés le suivirent. Les Arabes, dans le premier étonnement que leur causa ce retour offensif et furieux, permirent à Oscar de s'emparer du vicomte, qu'il prit sur son cheval en s'enfuyant au grand galop, quoique dans cette opération, tentée au milieu d'une horrible mêlée, il eût reçu deux coups de yatagan sur le bras gauche. La belle conduite d'Oscar fut récompensée par la croix d'officier de la Légion d'honneur et par sa promotion au grade de lieutenant-colonel. Il prodigua ses soins les plus affectueux au vicomte de Sérisy, que sa mère vint chercher, et qui mourut, comme on sait, à Toulon, des suites de ses blessures. La comtesse de Sérisy n'avait point séparé son fils de celui qui, après l'avoir arraché aux Arabes, le soignait encore avec tant de dévouement. Oscar était si grièvement blessé que l'amputation du bras gauche fut jugée nécessaire par le chirurgien que la comtesse amenait à son fils. Le comte de Sérisy pardonna donc à Oscar ses sottises du voyage à Presles, et se regarda même comme son débiteur quand il eut enterré ce fils, devenu fils unique, dans la chapelle du château de Sérisy.

Longtemps après l'affaire de la Macta, une vieille dame vêtue de noir, donnant le bras à un homme de trente-quatre ans, et dans lequel les passants pouvaient d'autant mieux reconnaître un officier retraité qu'il avait un bras de moins et la rosette de la Légion d'honneur à sa boutonnière, stationnait, à huit heures du matin, au mois de mai, sous la porte cochère de l'*Hôtel du Lion d'Argent*, rue du faubourg Saint-Denis, en attendant sans doute le départ d'une diligence. Certes, Pierrotin, l'entrepreneur des Services de la vallée de l'Oise, et qui la desservait en passant par Saint-Leu-Taverny et L'Isle-Adam jusqu'à Beaumont, devait difficilement retrouver dans cet officier au teint bronzé le petit Oscar Husson qu'il avait mené jadis à Presles. Mme Clapart, enfin veuve, était tout aussi méconnaissable que son fils. Clapart, l'une des victimes de l'attentat de Fieschi[1], avait plus servi sa femme par sa mort que par toute sa vie. Naturellement, l'inoccupé, le flâneur Clapart s'était campé sur *son* boulevard du Temple à regarder *sa* légion passée en revue. La pauvre dévote avait donc été portée pour quinze cents francs de pension viagère dans la loi rendue à propos de cette machine infernale en faveur des victimes.

La voiture, à laquelle on attelait quatre chevaux gris pommelé qui eussent fait honneur aux Messageries royales, était divisée en coupé, intérieur, rotonde et impériale. Elle ressemblait parfaitement aux diligences appelées Gondoles qui soutiennent aujourd'hui sur la route de Versailles la concurrence avec les deux chemins de fer. À la fois solide et légère, bien peinte et bien tenue, doublée de fin drap bleu, garnie de stores à dessins mauresques et de coussins de maroquin rouge, *L'Hirondelle de l'Oise*[1] contenait dix-neuf voyageurs. Pierrotin, quoique âgé de cinquante-six ans, avait peu changé. Toujours vêtu de sa blouse, sous laquelle il portait un habit noir, il fumait son brûle-gueule en surveillant deux facteurs en livrée qui chargeaient de nombreux paquets sur la vaste impériale de sa voiture.

« Vos places sont-elles retenues ? » dit-il à Mme Clapart et à Oscar en les examinant comme un homme qui demande des ressemblances à son souvenir.

« Oui, deux places d'intérieur au nom de Belle-Jambe, mon domestique[2], répondit Oscar ; il a dû les prendre en partant hier au soir.

— Ah ! monsieur est le nouveau percepteur de Beaumont, dit Pierrotin, vous remplacez le neveu de M. Margueron...

— Oui », dit Oscar en serrant le bras de sa mère qui allait parler.

À son tour, l'officier voulait rester inconnu pendant quelque temps.

En ce moment, Oscar tressaillit en entendant la voix de Georges Marest qui cria de la rue : « Pierrotin, avez-vous encore une place ?

— Il me semble que vous pourriez bien me dire monsieur sans vous déchirer la gueule », répondit vivement l'entrepreneur des Services de la vallée de l'Oise.

Sans le son de voix, Oscar n'aurait pu reconnaître le mystificateur qui déjà deux fois lui avait été si fatal. Georges, presque chauve, ne conservait plus que trois ou quatre mèches de cheveux au-dessus des oreilles, et soigneusement ébouriffées pour déguiser le plus possible la nudité du crâne. Un embonpoint mal placé, un ventre piriforme, altéraient les proportions autrefois si élégantes de l'ex-beau jeune homme. Devenu presque ignoble de tournure et de maintien, Georges annonçait bien des désastres en amour[1] et une vie de débauches continuelles par un teint couperosé, par des traits grossis et comme vineux. Les yeux avaient perdu ce brillant, cette vivacité de la jeunesse que les habitudes sages ou studieuses ont le pouvoir de maintenir. Georges, vêtu comme un homme insouciant de sa mise, portait un pantalon à sous-pieds, mais flétri, dont la façon voulait des bottes vernies. Ses bottes à semelles épaisses, mal cirées, étaient âgées de plus de trois trimestres ; ce qui, à Paris, équivaut à trois ans ailleurs. Un gilet fané, une cravate nouée avec prétention, quoique ce fût un vieux foulard, accusaient l'espèce de détresse cachée à laquelle un ancien élégant peut se trouver en proie. Enfin Georges se montrait à cette heure matinale en habit au lieu d'être en redingote, diagnostic d'une réelle misère ! Cet habit, qui devait avoir vu plus d'un bal, avait passé, comme son maître, de l'opulence qu'il représentait jadis à un travail journalier. Les coutures du drap noir offraient des lignes blanchâtres, le col était graisseux, l'usure avait découpé les bouts de manche en dents de loup. Et Georges osait attirer l'attention par des gants jaunes, un peu salis à la vérité[1], sur l'un desquels une bague à la chevalière se dessinait en noir. Autour de la cravate, passée dans un anneau d'or prétentieux, se tortillait une chaîne de soie figurant des cheveux et à laquelle tenait sans doute une montre. Son chapeau, quoique mis assez crânement, révélait plus que tous ces symptômes la misère de l'homme hors d'état de donner seize francs à un chapelier, quand il est forcé de vivre au jour le jour. L'ancien amant de cœur de Florentine agitait une canne à pomme de vermeil ciselée, mais horriblement bossuée. Le pantalon bleu, le gilet en étoffe dite écossaise, la cravate en soie bleu de ciel, et la chemise en calicot rayé de bandes roses, exprimaient au milieu de tant de ruines un tel désir de *paraître*, que ce contraste formait non seulement un spectacle, mais encore un enseignement.

« Et c'est là Georges ?... se dit intérieurement Oscar. Un homme que j'ai laissé riche de trente mille livres de rente.

— Monsieur *de* Pierrotin a-t-il encore une place dans le coupé ? répondit ironiquement Georges.

— Non, mon coupé est pris par un pair de France, le gendre de M. Moreau[2], M. le baron de Canalis[3], sa femme et sa belle-mère. Il ne me reste plus qu'une place d'intérieur.

— Diable ! il paraît que sous tous les gouvernements les pairs de France voyagent par les voitures à Pierrotin. Je prends la place d'intérieur », répondit Georges qui se rappelait l'aventure de M. de Sérisy.

Il jeta sur Oscar et sur la veuve un regard d'examen et ne reconnut ni le fils ni la mère. Oscar avait le teint bronzé par le soleil d'Afrique ; ses moustaches étaient excessivement fournies et ses favoris très amples ; sa figure creusée et ses traits prononcés s'accordaient avec son attitude militaire. La rosette d'officier, le bras de moins, la sévérité du costume, tout aurait égaré les souvenirs de Georges, s'il avait eu quelque souvenir de son ancienne victime. Quant à Mme Clapart, que Georges avait à peine jadis vue, dix ans consacrés aux exercices de la piété la plus sévère l'avaient transformée. Personne n'eût imaginé que cette espèce de Sœur Grise cachait une des Aspasies de 1797.

Un énorme vieillard, vêtu simplement, mais d'une façon cossue, et dans lequel Oscar reconnut le père Léger, arriva lentement et lourdement ; il salua familièrement Pierrotin qui parut lui porter le respect dû, par tous pays, aux millionnaires.

« Hé ! c'est le père Léger ! toujours de plus en plus prépondérant, s'écria Georges.

— À qui ai-je l'honneur de parler ? demanda le père Léger d'un ton sec.

— Comment ? vous ne reconnaissez pas le colonel Georges, l'ami d'Ali Pacha ? Nous avons fait route ensemble un jour, avec le comte de Sérisy qui gardait l'incognito. »

Une des sottises les plus habituelles aux gens tombés est de vouloir reconnaître les gens et de vouloir s'en faire reconnaître.

« Vous êtes bien changé, répondit le vieux marchand de biens, devenu deux fois millionnaire.

— Tout change, dit Georges. Voyez si l'auberge du Lion-d'Argent et si la voiture de Pierrotin ressemblent à ce qu'elles étaient il y a quatorze ans[1].

— Pierrotin a maintenant à lui seul les Messageries de la vallée de l'Oise, et il fait rouler de belles voitures, répondit M. Léger. C'est un bourgeois de Beaumont, il y tient un hôtel où descendent les diligences, il a une femme et une fille qui ne sont pas maladroites... »

Un vieillard d'environ soixante-dix ans descendit de l'hôtel et se joignit aux voyageurs qui attendaient le moment de monter en voiture.

« Allons donc, papa Reybert, dit Léger, nous n'attendons plus que votre grand homme.

— Le voici », dit l'intendant du comte de Sérisy en montrant Joseph Bridau.

Ni Georges ni Oscar ne purent reconnaître le peintre illustre, car il offrait cette figure ravagée si célèbre[1], et son maintien accusait l'assurance que donne le succès. Sa redingote noire était ornée d'un ruban de la Légion d'honneur. Sa mise, excessivement recherchée, indiquait une invitation à quelque fête campagnarde.

En ce moment, un commis, tenant une feuille à la main, sortit d'un bureau construit dans l'ancienne cuisine du Lion-d'Argent, et se plaça devant le coupé vide.

« M. et Mme de Canalis, trois places ! », cria-t-il. Il passa à l'intérieur et nomma successivement :

« M. Belle-Jambe, deux places. — M. de Reybert, trois places. — M… votre nom ? dit-il à Georges.

— Georges Marest », répondit tout bas l'homme déchu.

Le commis alla vers la rotonde devant laquelle s'attroupaient des nourrices, des gens de la campagne et de petits boutiquiers qui se disaient adieu ; après avoir empilé les six voyageurs, le commis appela par leurs noms quatre jeunes gens qui montèrent sur la banquette de l'impériale, et dit : « Roulez !… » pour tout ordre de départ. Pierrotin se mit à côté de son conducteur, un jeune homme en blouse qui, de son côté, cria : « Tirez ! » à ses chevaux.

La voiture, enlevée par les quatre chevaux achetés à Roye, gravit au petit trot la montée du faubourg Saint-Denis ; mais une fois arrivée au-dessus de Saint-Laurent, elle fila comme une malle-poste jusqu'à Saint-Denis, en quarante minutes. On ne s'arrêta point à l'auberge aux talmouses, et l'on prit à gauche de Saint-Denis la route de la vallée de Montmorency.

Ce fut en tournant là que Georges rompit le silence que les voyageurs avaient gardé jusqu'alors, en s'observant les uns les autres.

« On marche un peu mieux qu'il y a quinze ans, dit-il en tirant une montre d'argent, hein ! père Léger.

— On a la condescendance de me nommer M. Léger, répondit le millionnaire.

— Mais c'est notre *blagueur* de mon premier voyage à Presles, s'écria Joseph Bridau. Eh bien, avez-vous fait de nouvelles campagnes en Asie, en Afrique, en Amérique ? dit le grand peintre.

— Sacrebleu ! j'ai fait la révolution de Juillet, et c'est bien assez, car elle m'a ruiné...

— Ah ! vous avez fait la révolution de Juillet, dit le peintre. Ça ne m'étonne pas, car je n'ai jamais voulu croire, comme on me le disait, qu'elle s'était faite toute seule.

— Comme on se retrouve, dit M. Léger en regardant M. de Reybert. Tenez, papa Reybert, voilà le clerc de notaire à qui vous avez dû sans doute l'intendance des biens de la maison de Sérisy...

— Il nous manque Mistigris, maintenant illustre sous le nom de Léon de Lora, et ce petit jeune homme assez bête pour avoir parlé au comte des maladies de peau qu'il a fini par guérir, et de sa femme qu'il a fini par quitter pour mourir en paix, dit Joseph Bridau.

— Il manque aussi M. le comte, dit Reybert.

— Oh ! je crois, dit avec mélancolie Joseph Bridau, que le dernier voyage qu'il fera sera celui de Presles à L'Isle-Adam pour assister à la cérémonie de mon mariage.

— Il se promène encore en voiture dans son parc, répondit le vieux Reybert.

— Sa femme vient-elle souvent le voir ? demanda Léger.

— Une fois par mois, dit Reybert. Elle affectionne toujours Paris ; elle a marié, le mois de septembre dernier, sa nièce, Mlle du Rouvre, sur laquelle elle a reporté toutes ses affections, à un jeune Polonais fort riche, le comte Laginski[1]...

— Et à qui, demande Mme Clapart, iront les biens de M. de Sérisy ?

— À sa femme qui l'enterrera, répondit Georges. La comtesse est encore très bien pour une femme de cinquante-quatre ans, elle est toujours élégante ; et, à distance, elle fait encore illusion...

— Elle vous fera longtemps illusion, dit alors Léger qui paraissait vouloir se venger de son mystificateur.

— Je la respecte, répondit Georges au père Léger. Mais, à propos, qu'est devenu ce régisseur qui, dans le temps, a été renvoyé ?

— Moreau ? reprit Léger ; mais il est député de l'Oise.

— Ah ! c'est le fameux *centrier !* Moreau de l'Oise, dit Georges.

— Oui, reprit Léger, *monsieur* Moreau de l'Oise. Il a un peu plus travaillé que vous à la révolution de Juillet et il a fini par acheter la magnifique terre de Pointel, entre Presles et Beaumont.

— Oh ! à côté de celle qu'il régissait auprès de son ancien maître, c'est de bien mauvais goût, dit Georges.

— Ne parlez pas si haut, dit M. de Reybert, car Mme Moreau et sa fille, la baronne de Canalis, sont, ainsi que son gendre, l'ancien ministre, dans le coupé.

— Quelle dot a-t-il donc donnée pour faire épouser sa fille à notre grand orateur ?

— Mais quelque chose comme deux millions, dit le père Léger.

— Il avait du goût pour les millions », dit Georges en souriant et à voix basse, « il commençait sa pelote à Presles.

— Ne dites rien de plus sur M. Moreau, s'écria vivement Oscar. Il me semble que vous devriez avoir appris à vous taire dans les voitures publiques. »

Joseph Bridau regarda l'officier manchot pendant quelques secondes, et s'écria : « Monsieur n'est pas ambassadeur, mais sa rosette nous dit assez qu'il a fait du chemin, et noblement, car mon frère[1] et le général Giroudeau vous ont souvent cité dans leurs rapports...

— Oscar Husson ! s'écria Georges. Ma foi ! sans votre voix, je ne vous aurais pas reconnu.

— Ah ! c'est monsieur qui a si courageusement arraché le vicomte Jules de Sérisy aux Arabes ? demanda Reybert, et à qui M. le comte a fait avoir la perception de Beaumont en attendant la recette de Pontoise ?...

— Oui, monsieur, dit Oscar.

— Hé bien, dit le grand peintre, vous me ferez, monsieur, le plaisir d'assister à mon mariage à L'Isle-Adam.

— Qui épousez-vous ? demanda Oscar.

— Mlle Léger, répondit le peintre, la petite-fille de M. de Reybert. C'est un mariage que M. le comte de Sérisy a bien voulu préparer pour moi, je lui devais déjà beaucoup comme artiste ; et avant de mourir, il a voulu s'occuper de ma fortune, à laquelle je ne songeais point...

— Le père Léger a donc épousé... dit Georges.

— Ma fille, répondit M. de Reybert, et sans dot.

— Il a eu des enfants ?

— Une fille. C'est bien assez pour un homme qui s'est trouvé veuf et sans enfants, répondit le père Léger. Tout comme Moreau, mon associé, j'aurai pour gendre un homme célèbre.

— Et, dit Georges en prenant un air presque respectueux avec le père Léger, vous habitez toujours L'Isle-Adam ?

— Oui, j'ai acheté Cassan[1].

— Eh bien, je suis heureux d'avoir pris ce jour-ci pour *faire* la vallée de l'Oise, dit Georges. Vous pouvez m'être utiles, messieurs.

— En quoi ? dit M. Léger.

— Ah ! voici, dit Georges. Je suis employé de *L'Espérance*, une Compagnie qui vient de se former, et dont les statuts vont être approuvés par une ordonnance du Roi. Cette institution donne au bout de dix ans des dots aux jeunes filles, des rentes viagères aux vieillards ; elle paie l'éducation des enfants ; elle se charge enfin de la fortune de tout le monde…

— Je le crois, dit le père Léger en souriant. En un mot, vous êtes courtier d'assurances.

— Non, monsieur, je suis inspecteur général, chargé d'établir les correspondants et les agents de la Compagnie dans toute la France, et j'opère en attendant que les agents soient choisis, car c'est chose aussi délicate que difficile de trouver d'honnêtes agents…

— Mais comment donc avez-vous perdu vos trente mille livres de rentes ? dit Oscar à Georges.

— Comme vous avez perdu votre bras », répondit sèchement l'ancien clerc de notaire à l'ancien clerc d'avoué.

« Vous avez donc fait quelque action d'éclat avec votre fortune ? dit Oscar avec une ironie mêlée d'aigreur.

— Parbleu ! j'en ai malheureusement fait beaucoup trop… d'actions, j'en ai à vendre. »

On était arrivé à Saint-Leu-Taverny où tous les voyageurs descendirent pendant qu'on relayait. Oscar admira la vivacité que Pierrotin déployait en décrochant les traits des palonniers pendant que son conducteur défaisait les guides des chevaux de volée[2].

« Ce pauvre Pierrotin, pensa-t-il, il est resté,

comme moi, pas très avancé dans la vie. Georges est tombé dans la misère. Tous les autres, grâce à la Spéculation et au Talent, ont fait fortune. Déjeunons-nous là, Pierrotin ? » dit à haute voix Oscar en frappant sur l'épaule du messager.

« Je ne suis pas le conducteur, dit Pierrotin.

— Qu'êtes-vous donc ? demanda le colonel Husson.

— L'entrepreneur, répondit Pierrotin.

— Allons, ne vous fâchez pas avec de vieilles connaissances », dit Oscar en montrant sa mère et sans quitter son air protecteur. « Ne reconnaissez-vous pas Mme Clapart ? »

Ce fut d'autant plus beau à Oscar de présenter sa mère à Pierrotin qu'en ce moment Mme Moreau de l'Oise, descendue du coupé, regarda dédaigneusement Oscar et sa mère en entendant ce nom.

« Ma foi ! madame, je ne vous aurais jamais reconnue, ni vous monsieur. Il paraît que ça *chauffe dur* en Afrique ?... »

L'espèce de pitié que Pierrotin inspirait à Oscar fut la dernière faute que la vanité fit commettre au héros de cette scène, et il en fut encore puni, mais assez doucement[1]. Voici comment.

Deux mois après son installation à Beaumont-sur-Oise, Oscar faisait la cour à Mlle Georgette Pierrotin, dont la dot était de cent cinquante mille francs, et il épousa la fille de l'entrepreneur des Messageries de l'Oise vers la fin de l'hiver 1838.

L'aventure du voyage à Presles avait donné de la discrétion à Oscar, la soirée de Florentine avait raffermi sa probité, les duretés de la carrière militaire lui avaient appris la hiérarchie sociale et l'obéissance au sort. Devenu sage et capable, il fut heureux. Avant sa mort le comte de Sérisy obtint pour Oscar la recette de Pontoise. La protection de M. Moreau de l'Oise, celle de la comtesse de Sérisy et de M. le baron de Canalis qui, tôt ou tard, redeviendra ministre[1], assurent une Recette générale à M. Husson, en qui la famille Camusot reconnaît maintenant un parent.

Oscar est un homme ordinaire, doux, sans prétention, modeste et se tenant toujours, comme son gouvernement, dans un juste milieu[2]. Il n'excite ni l'envie ni le dédain. C'est enfin le bourgeois moderne.

Paris, février 1842.

DOSSIER

VIE D'HONORÉ DE BALZAC

(1799-1850)

La biographie de Balzac est chargée d'événements si divers, et tout s'y trouve si bien emmêlé, qu'un exposé purement chronologique des faits serait d'une confusion extrême.

Dans l'ordre chronologique, nous nous sommes donc contentés de distinguer, d'une manière aussi peu arbitraire que possible, cinq grandes époques de la vie de Balzac: des origines à 1814, 1815-1828, 1828-1833, 1833-1840, 1841-1850.

À l'intérieur des périodes principales, nous avons préféré, quand il y avait lieu, classer les faits selon leur nature: l'œuvre, les autres activités touchant la littérature, la vie sentimentale, les voyages, etc. (mais en reprenant, à l'intérieur de chaque paragraphe, l'ordre chronologique).

Famille, enfance: des origines à 1814

En juillet 1746 naît dans le Rouergue, d'une lignée paysanne, Bernard-François Balssa, qui sera le père du romancier et mourra en 1829; trente ans plus tard nous retrouvons le nom orthographié «Balzac».

Janvier 1797: Bernard-François, directeur des vivres de la division militaire de Tours, épouse à cinquante ans Laure Sallambier, qui en a dix-huit, et qui vivra jusqu'en 1854.

20 mai 1799: naissance à Tours d'Honoré Balzac (le

nom ne comporte pas encore la particule). Un premier fils, né jour pour jour un an plus tôt, n'avait pas vécu.

Après Honoré, trois autres enfants naîtront : 1° Laure (1800-1871), qui épousera en 1820 Eugène Surville, ingénieur des Ponts et Chaussées ; 2° Laurence (1802-1825), qui deviendra en 1821 Mme de Montzaigle : c'est sur son acte de baptême que la particule « de » apparaît pour la première fois devant le nom des Balzac. Elle mourra dans la misère, honnie sans raison par sa mère ; 3° Henry (1807-1858), fils adultérin dont le père était Jean de Margonne (1780-1858), châtelain de Saché.

L'enfance et l'adolescence d'Honoré seront affectées par la préférence de la mère pour Henry, lequel, dépourvu de dons et de caractère, traînera une existence assez misérable ; les ternes séjours qu'il fera dans les îles de l'océan Indien avant de mourir à Mayotte contrastent absolument avec les aventures des romanesques coureurs de mers balzaciens. Balzac gardera des liens étroits avec Margonne et séjournera souvent à Saché, où l'on montre encore sa chambre et sa table de travail.

Dès sa naissance, Honoré est mis en nourrice chez la femme d'un gendarme à Saint-Cyr-sur-Loire, aujourd'hui faubourg de Tours (rive droite). De 1804 à 1807, il est externe dans un établissement scolaire de Tours, de 1807 à 1813, il est pensionnaire au collège de Vendôme. Puis, pendant quelques mois, en 1813, atteint de troubles et d'une espèce d'hébétude qu'on attribue à un abus de lecture, il demeure dans sa famille, au repos. De l'été 1813 à juin 1814, il est pensionnaire dans une institution du Marais. De juillet à septembre 1814, il reprend ses études au collège de Tours, comme externe.

Son père, alors administrateur de l'Hospice général de Tours, est nommé directeur des vivres dans une entreprise parisienne de fournitures aux armées. Toute la famille quitte Tours pour Paris, en novembre 1814.

Apprentissages, 1815-1828

1815-1819. Honoré poursuit ses études à Paris. Il entreprend son droit, suit des cours à la Sorbonne et au Muséum.

Il travaille comme clerc dans l'étude de Me Guillonnet-Merville, avoué, puis dans celle de Me Passez, notaire ; ces deux stages laisseront sur lui une empreinte profonde.

Son père ayant pris sa retraite, la famille, dont les ressources sont désormais réduites, quitte Paris et s'installe pendant l'été 1819 à Villeparisis. Le 16 août, le frère cadet de Bernard-François est guillotiné à Albi pour l'assassinat, dont il n'était peut-être pas coupable, d'une fille de ferme. Cependant Honoré, qu'on destinait au notariat, obtient de renoncer à cette carrière, et de demeurer seul à Paris, dans une mansarde, rue Lesdiguières, pour éprouver sa vocation en s'exerçant au métier des lettres. En septembre 1820, au tirage au sort, il a obtenu un « bon numéro » le dispensant du service militaire.

Dès 1817 il a rédigé des *Notes sur la philosophie et la religion*, suivies en 1818 de *Notes sur l'immortalité de l'âme*, premiers indices du goût prononcé qu'il gardera longtemps pour la spéculation philosophique ; maintenant il s'attaque à une tragédie, *Cromwell*, cinq actes en vers, qu'il termine au printemps de 1820. Soumise à plusieurs juges successifs, l'œuvre est uniformément estimée détestable ; Andrieux, aimable écrivain, professeur au Collège de France et académicien, conclut que l'auteur peut tenter sa chance dans n'importe quelle voie, hormis la littérature. Balzac continue sa recherche philosophique avec *Falthurne* et *Sténie* (1820-1821), que suivront bientôt (1823) un *Traité de la prière* et un second *Falthurne*.

De 1822 à 1827, soit en collaboration soit seul, sous les pseudonymes de lord R'hoone et Horace de Saint-Aubin, il publie une masse considérable de produits romanesques « de consommation courante », qu'il lui arrivera d'appeler « petites opérations de littérature marchande » ou même « cochonneries littéraires ». À leur sujet, les balzaciens se partagent : les uns y trouvent des ébauches de thèmes et les signes avant-coureurs du génie romanesque ; les autres doutent que Balzac, soucieux de satisfaire une clientèle populaire, y ait rien mis qui soit sérieusement de lui-même.

En 1822 commence sa longue liaison (mais, de sa part, non exclusive) avec Antoinette de Berny, qu'il a rencontrée à Villeparisis l'année précédente. Née en 1777, elle a alors deux fois l'âge d'Honoré qui aura pour celle qu'il a rebaptisée Laure, et la *Dilecta*, un amour ambivalent, où il trouvera une compensation à son enfance frustrée.

Fille d'un musicien de la Cour et d'une femme de chambre de Marie-Antoinette, femme d'expérience, Laure initiera son jeune amant aux secrets de la vie. Elle restera pour lui un soutien, et le guide le plus sûr. Elle mourra en 1836.

En 1825, Balzac entre en relation avec la duchesse d'Abrantès (1783-1838) ; cette nouvelle maîtresse, qui d'ailleurs s'ajoute à la précédente et ne se substitue pas à elle, a encore quinze ans de plus que lui. Fort avertie de la grande et petite histoire de la Révolution et de l'Empire, elle complète l'éducation que lui a donnée Mme de Berny, et le présente aux nombreux amis qu'elle garde dans le monde : lui-même, plus tard, se fera son conseiller et même son collaborateur lorsqu'elle commencera ses *Mémoires*.

Durant la fin de cette période, il se lance dans des affaires qui enrichissent d'une manière incomparable l'expérience du futur auteur de *La Comédie humaine*, mais qui, en attendant, se soldent par de pénibles et coûteux échecs.

Il se fait éditeur en 1825, imprimeur en 1826, fondeur de caractères en 1827, toujours en association, les fonds de ses propres apports étant constitués par sa famille et par Mme de Berny. En 1825 et 1826, il publie, entre autres, des éditions compactes de Molière et de La Fontaine, pour lesquelles il a composé des notices. En 1828, la société de fonderie est remaniée ; il en est écarté au profit d'Alexandre de Berny, fils de son amie : l'entreprise deviendra une des plus belles réalisations françaises dans ce domaine. L'imprimerie est liquidée quelques mois plus tard, en août : elle laisse à Balzac 60 000 francs de dettes (dont 50 000 envers sa famille).

Nombreux voyages et séjours en province, notamment dans la région de L'Isle-Adam, en Normandie, et en Touraine.

Les débuts, 1828-1833

À la mi-septembre 1828, Balzac va s'établir pour six semaines à Fougères, en vue du roman qu'il prépare sur la chouannerie. *Le Dernier Chouan ou la Bretagne en 1800*, dont le titre deviendra finalement *Les Chouans*, paraît en mars 1829 ; c'est le premier roman dont il assume ouvertement la responsabilité en le signant de son véritable nom.

En décembre 1829, il publie sous l'anonymat *Physiologie du mariage*, un essai ou, comme il dira plus tard, une « étude analytique » qu'il avait ébauchée puis délaissée plusieurs années auparavant.

1830 : les *Scènes de la vie privée* réunissent en deux volumes six courts récits. Ce nombre sera porté à quinze dans une réédition du même titre en quatre tomes (1832).

1831 : *La Peau de chagrin* ; ce roman est repris pour former la même année, avec douze autres récits, trois volumes de *Romans et contes philosophiques* ; l'ensemble est précédé d'une introduction de Philarète Chasles, certainement inspirée par l'auteur.

1832 : les *Nouveaux contes philosophiques* augmentent cette collection de quatre récits (dont une première version de *Louis Lambert*).

Les *Contes drolatiques*. À l'imitation des *Cent Nouvelles nouvelles* (il avait un goût très vif pour la vieille littérature), il voulait en écrire cent, répartis en dix dizains. Le premier dizain paraît en 1832, le deuxième en 1833 ; le troisième ne sera publié qu'en 1837, et l'entreprise s'arrêtera là.

Septembre 1833 : *Le Médecin de campagne*. Pendant toute cette époque, Balzac donne une foule de textes divers à de nombreux périodiques. Il poursuivra ce genre de collaboration durant toute sa vie, mais à une cadence moindre.

Laure de Berny reste la *Dilecta*. Laure d'Abrantès devient une amie. Passade avec Olympe Pélissier.

Entré en liaison d'abord épistolaire avec la duchesse de Castries en 1831, il séjourne auprès d'elle, à Aix-les-Bains et à Genève, en septembre et octobre 1832 ; elle se laisse chaudement courtiser, mais ne cède pas, ce dont il se « venge » par *La Duchesse de Langeais*.

Au début de 1832, il reçoit d'Odessa une lettre signée « L'Étrangère », et répond par une petite annonce insérée dans *La Gazette de France* : c'est le début de ses relations avec Mme Hanska (1805-1882), sa future femme, qu'il rencontre pour la première fois à Neuchâtel dans les derniers jours de septembre 1833. Vers cette même époque, il a une maîtresse discrète, Maria du Fresnay.

Voyages très nombreux. Outre ceux que nous avons signalés ci-dessus (Fougères, Aix, Genève, Neuchâtel), il faut mentionner plusieurs séjours à Saché, près de Nemours chez Mme de Berny, près d'Angoulême chez Zulma Carraud, etc.

Son travail acharné n'empêche pas qu'il soit très répandu dans les milieux littéraires et dans le monde ; il mène une vie ostentatoire et dispendieuse.

En politique, il s'affiche légitimiste. Il envisage de se présenter aux élections législatives de 1831, et en 1832 à une élection partielle.

L'essor, 1833-1840

Durant cette période, Balzac ne se contente pas d'assurer le développement de son œuvre : il se préoccupe de lui assurer une organisation d'ensemble, comme en témoignaient déjà les *Scènes de la vie privée* et les *Romans et contes philosophiques*. Maintenant il s'avance sur la voie qui le conduira à la conception globale de *La Comédie humaine*.

Le 13 janvier 1833, il publie, dans la *Revue de Paris*, *Histoire de Madame Diard* qui constitue la deuxième partie des Manara. C'est dans la même revue qu'il donne sous forme de feuilleton, du 10 mars à la mi-avril, *Ferragus*, premier volet de l'*Histoire des treize* qui va inaugurer le principe de la réapparition des personnages d'un roman à l'autre et constitue l'une des étapes importantes de la vision d'ensemble du grand œuvre. Après sa rupture avec Amédée Pichot, directeur de la *Revue de Paris*, c'est dans l'*Écho de la Jeune France* qu'il fait paraître *Ne touchez pas à la hache* (chapitres I et II de ce qui s'intitulera plus tard *La Duchesse de Langeais*). Il collabore ensuite à l'*Europe littéraire*, publication à laquelle il donne, le 19 juin, *La Veillée* (un extrait du *Médecin de campagne*) et, du 15 août au 5 septembre, la *Théorie de la démarche* dont il avait déjà utilisé de larges extraits dans *Ferragus*.

En octobre 1833, il signe un contrat pour la publication des *Études de mœurs au XIXe siècle*, qui doivent rassembler aussi bien les rééditions que les ouvrages nouveaux, répartis en quatre tomes de *Scènes de la vie privée*, quatre de *Scènes de la vie de province* et quatre de *Scènes de la vie parisienne*. Les douze volumes paraissent en ordre dispersé de décembre 1833 à février 1837. Le tome I est précédé d'une importante *Introduction* de Félix Davin, porte-plume de Balzac. La classification a une valeur littéraire et symbolique ; elle se fonde à la fois sur le cadre de l'action et sur la signification du thème.

Parallèlement paraissent de 1834 à 1840 vingt volumes d'*Études philosophiques*, avec une nouvelle introduction de Félix Davin.

Principales créations en librairie de cette période : *Eugénie Grandet*, fin 1833 ; *La Recherche de l'absolu*, 1834 ; *Le Père Goriot, La Fleur des pois* (titre qui deviendra *Le Contrat de mariage*), *Séraphita*, 1835 ; *Histoire des Treize*, 1833-1835 ; *Le Lys dans la vallée*, 1836 ; *La Vieille Fille, Illusions perdues* (début), *César Birotteau*, 1837 ; *La Femme supérieure* (titre qui deviendra *Les Employés*), *La Maison Nucingen, La Torpille* (début de *Splendeurs et misères des courtisanes*), 1838 ; *Le Cabinet des antiques, Une fille d'Ève*, la deuxième partie d'*Illusions perdues, Béatrix* (début), 1839 ; *Une princesse parisienne* (titre qui deviendra *Les Secrets de la princesse de Cadignan*), *Pierrette, Pierre Grassou*, 1840.

En marge de cette activité essentielle, Balzac prend à la fin de 1835 une participation majoritaire dans la *Chronique de Paris*, journal politique et littéraire ; il y publie un bon nombre de textes, jusqu'à ce que la société, irrémédiablement déficitaire, soit dissoute six mois plus tard.

Curieusement il réédite (et complète à l'aide de « nègres »), en gardant un pseudonyme qui n'abuse personne, une partie de ses romans de jeunesse ; les *Œuvres complètes d'Horace de Saint-Aubin*, seize volumes, 1836-1840.

En 1838, il s'inscrit à la toute jeune Société des Gens de Lettres, il la préside en 1839, et mène diverses campagnes pour la protection de la propriété littéraire et des droits des auteurs.

Candidat à l'Académie française en 1839, il s'efface devant Hugo, qui ne sera pas élu.

En 1840, il fonde la *Revue parisienne*, mensuelle et entièrement rédigée par lui ; elle disparaît après le troisième numéro, où il a inséré son long et fameux article sur *La Chartreuse de Parme*.

Théâtre, vieille et durable préoccupation depuis le *Cromwell* de ses vingt ans : en 1839, la Renaissance refuse *L'École des ménages*, pièce dont il donne chez Custine une lecture à laquelle assistent Stendhal et Théophile Gautier. En 1840, la censure, après plusieurs refus, finit par autoriser *Vautrin*, qui sera interdit dès le lendemain de la première.

Il séjourne à Genève auprès de Mme Hanska du 24 décembre 1833 au 8 février 1834 ; il la retrouve à Vienne (Autriche) en mai-juin 1835 : alors commence une séparation qui durera huit ans.

Le 4 juin 1834 naît Marie du Fresnay, présumée être sa fille, et qu'il regarde comme telle ; elle mourra en 1930.

Mme de Berny, malade depuis 1834, accablée de malheurs familiaux, cesse de le voir à la fin de 1835 : elle va mourir le 27 juillet 1836.

Le 29 mai 1836, naissance de Lionel-Richard, fils présumé de Balzac et de la comtesse Guidoboni-Visconti.

Juillet-août 1836 : Mme Marbouty, déguisée en homme, l'accompagne à Turin où il doit régler une affaire de succession pour le compte et avec la procuration du mari de Frances Sarah, le comte Guidoboni-Visconti. Ils rentrent par la Suisse.

Autres voyages, toujours nombreux, et nombreuses rencontres.

Au cours de l'excursion autrichienne de 1835, il est reçu par Metternich, et visite le champ de bataille de Wagram en vue d'un roman qu'il ne parviendra jamais à écrire. En 1836, séjournant en Touraine, il se voit accueilli par Talleyrand et la duchesse de Dino. L'année suivante, c'est George Sand qui l'héberge à Nohant ; elle lui suggère le sujet de *Béatrix*.

Durant un second voyage italien, en 1837, il a appris, à Gênes, qu'on pourrait exploiter fructueusement en Sardaigne les scories d'anciennes mines de plomb argentifère ; en 1838, en passant par la Corse, il se rend sur place pour y constater que l'idée était si bonne qu'une société marseillaise l'a devancé ; retour par Gênes, Turin, et Milan où il s'attarde.

On signale en 1834 un dîner réunissant Balzac, Vidocq et les bourreaux Sanson père et fils.

Démêlés avec la Garde nationale, où il se refuse obstinément à assurer ses tours de garde : en 1835, à Chaillot sous le nom de « madame veuve Durand », il se cache autant de ses créanciers que de la Garde qui l'incarcérera, en 1836, pendant une semaine dans sa prison surnommée « Hôtel des Haricots » ; nouvel emprisonnement en 1839, pour la même raison.

En 1837, près de Paris, à Sèvres, au lieu dit les Jardies, il achète les premiers éléments de ce dont il voudra constituer tout un domaine. Sa légende commençant, on prétendra qu'il aurait rêvé d'y faire fortune en y acclimatant la culture de l'ananas. Ses projets assez grandioses lui coûteront fort cher et ne lui amèneront que des déboires. Liquidation onéreuse et longue : à la mort de Balzac, l'affaire n'était pas entièrement réglée.

C'est en octobre 1840 que, quittant les Jardies, il s'installe à Passy dans l'actuelle rue Raynouard, où sa maison est redevenue aujourd'hui « La Maison de Balzac ».

Suite et fin, 1841-1850

Le fait marquant qui inaugure cette période est l'acte de naissance officiel de *La Comédie humaine* considérée comme un ensemble organique. Cet acte, c'est le contrat passé le 2 octobre 1841 avec un groupe d'éditeurs pour la publication, sous ce « titre général », des « œuvres complètes » de Balzac, celui-ci se réservant « l'ordre et la distribution des matières, la tomaison et l'ordre des volumes ».

Nous avons vu le romancier, dès ses véritables débuts ou presque, montrer le souci d'un ordre et d'un classement. Une lettre à Mme Hanska du 26 octobre 1834 en faisait déjà état. Une lettre de décembre 1839 ou janvier 1840, adressée à un éditeur non identifié, et restée sans suite, mentionnait pour la première fois le « titre général », avec un plan assez détaillé. Cette fois le grand projet va enfin se réaliser (sous réserve de quelques changements de détail ultérieurs dans le plan, de plusieurs ouvrages annoncés qui ne seront jamais composés et, enfin, de quelques autres composés et non annoncés).

Réunissant rééditions et nouveautés, l'ensemble désormais intitulé *La Comédie humaine* paraît de 1842 à 1848 en dix-sept volumes, complétés en 1855 par un tome XVIII, et suivis, en 1855 encore, d'un tome XIX (*Théâtre*) et d'un tome XX (*Contes drolatiques*). Trois parties : *Études de mœurs, Études philosophiques, Études analytiques*, — la première partie étant elle-même divisée en *Scènes de la vie privée, Scènes de la vie de province, Scènes de la vie parisienne, Scènes de la vie politique, Scènes de la vie militaire* et *Scènes de la vie de campagne*.

L'*Avant-propos* est un texte doctrinal capital. Avant de se résoudre à l'écrire lui-même, Balzac avait demandé vainement une préface à Nodier, à George Sand, ou envisagé de reproduire les introductions de Davin aux anciennes *Études de mœurs* et *Études philosophiques*.

Premières publications en librairie : *Le Curé de village*, 1841 ; *Mémoires de deux jeunes mariées, Ursule Mirouët, Albert Savarus, La Femme de trente ans* (sous sa forme et son titre définitifs après beaucoup d'avatars), *Les Deux Frères* (titre qui deviendra *La Rabouilleuse*), 1842 ; *Une ténébreuse affaire, La Muse du département, Illusions perdues* (au complet), 1843 ; *Honorine, Modeste Mignon, Un début dans la vie*, 1844 ; *Petites misères de la vie conjugale*, 1846 ; *La Dernière Incarnation de Vautrin* (achevant *Splen-*

deurs et misères des courtisanes), 1847 ; *Les Parents pauvres* (*Le Cousin Pons* et *La Cousine Bette*), 1847-1848.

Romans posthumes. *Le Député d'Arcis* et *Les Petits Bourgeois*, restés inachevés, et terminés, avec une désinvolture confondante, par Charles Rabou agréé par la veuve, paraissent respectivement en 1854 et 1856. La veuve assure elle-même, avec beaucoup plus de tact, la mise au point des *Paysans* qu'elle publie en 1855.

Théâtre. Représentations et échec des *Ressources de Quinola*, 1842 ; de *Paméla Giraud*, 1843. Succès sans lendemain de *La Marâtre*, pièce créée à une date peu favorable (25 mai 1848) ; trois mois plus tard la Comédie-Française reçoit *Mercadet ou le Faiseur*, mais la pièce ne sera pas représentée.

Chevalier de la Légion d'honneur depuis avril 1845, Balzac, encore candidat à l'Académie française, obtient 4 voix le 11 janvier 1849, dont celles de Hugo et de Lamartine (on lui préfère le duc de Noailles), et, aux trois scrutins du 18 janvier, 2 voix (Vigny et Hugo), 1 voix (Hugo) et 0 voix, le comte de Saint-Priest étant élu.

Préoccupations et voyages, durant cette période, portent pratiquement un seul et même nom : Mme Hanska. Le comte Hanski était mort le 10 novembre 1841, en Ukraine ; mais Balzac recevra le 5 janvier 1842 seulement l'annonce de l'événement. Mme Hanska, libre désormais de l'épouser, va néanmoins le faire attendre plus de huit ans encore, soit qu'elle manque d'empressement, soit que réellement le régime tsariste se dispose à confisquer ses biens, qui sont considérables, si elle s'unit à un étranger.

En 1843, après huit ans de séparation, Balzac va la retrouver pour deux mois à Saint-Pétersbourg ; il rentre par Berlin, les pays rhénans, la Belgique. En 1845, voyages communs en Allemagne, en France, en Hollande, en Belgique, en Italie. En 1846, ils se rencontrent à Rome et voyagent en Italie, en Suisse, en Allemagne.

Mme Hanska est enceinte ; Balzac en est profondément heureux, et, de surcroît, voit dans cette circonstance une occasion de hâter son mariage ; il se désespère lorsqu'elle accouche, en novembre 1846, d'un enfant mort-né.

En 1847, elle passe quelques mois à Paris ; peu après, Balzac rédige un testament en sa faveur. À l'automne, il va la retrouver en Ukraine, où il séjourne près de cinq mois. Il rentre à Paris, assiste à la révolution de février 1848 et envisage une candidature aux élections législatives, puis il repart dès la fin de septembre pour l'Ukraine, où il séjourne jusqu'à la fin d'avril 1850. Malade, il ne travaille plus : depuis plusieurs années sa santé n'a cessé de se dégrader.

Il épouse Mme Hanska, le 14 mars 1850, à Berditcheff.

Rentrés à Paris vers le 10 mai, les deux époux, le 4 juin, se font donation de tous leurs biens en cas de décès.

Balzac est rentré à Paris pour mourir. Affaibli, presque aveugle, il ne peut bientôt plus écrire ; la dernière lettre connue, de sa main, date du 1er juin 1850. Le 18 août, il reçoit l'extrême-onction, et Hugo, venu en visite, le trouve inconscient : il meurt à onze heures et demie du soir. On l'enterre au Père-Lachaise trois jours plus tard ; les cordons du poêle sont tenus par Hugo et Dumas, mais aussi par le navrant Sainte-Beuve, qui lui vouait la haine des impuissants, et par le ministre de l'Intérieur ; devant sa tombe, superbe discours de Hugo.

George Sand, Lamartine, Baudelaire, Gautier, Hofmannsthal, Barbey d'Aurevilly, Hugo : aucun parmi les plus grands ne se sera trompé sur le génie de Balzac.

NOTICE

L'histoire matérielle d'*Un début dans la vie* — si l'on ose ainsi écrire, mais comment séparer le métier de l'écrivain des choses dites et à dire ? — ressemble à celle de plus d'un texte balzacien : parti d'un sujet assez mince, mais non dépourvu d'un possible pouvoir de choc, de démonstration ou d'évocation, Balzac, dans un premier temps, l'amplifie, lui donne déjà une certaine profondeur de champ, mais il s'arrête assez vite, l'au-delà de l'histoire immédiate n'étant pas encore réellement trouvé. Puis, dans un second temps, l'imagination repart, prend le pas sur les obligations et nécessités commerciales : l'œuvre acquiert des dimensions nouvelles et inattendues. Dès 1822, *Le Centenaire* était passé de deux à quatre volumes, parce que Horace de Saint-Aubin (l'un des pseudonymes du jeune Balzac) avait autre chose à exprimer que du fantastique ou du satirique et parce qu'il voulait déduire un conte philosophique ; et dix ans plus tard, on sait comment *Le Médecin de campagne*, à partir d'une donnée étroitement religieuse et moralisante, avait explosé en épopée sociale, autobiographique et critique. Dans les deux cas, c'est au mépris de ses intérêts que Balzac avait fait plus que ce pour quoi il avait été ou serait payé. Avec *Un début dans la vie*, on passera, cette fois encore, du court récit au tableau. Mais à deux différences près : l'agrandissement et l'allongement se feront d'une manière linéaire, non par l'éclatement interne d'épisodes déjà existants ; et Balzac ne perdra pas d'argent. C'est un bel exemple de l'influence que peut avoir la nature du support imprimé sur la pratique et la production du romancier : dans le cas de contrats de librairie, le travail de refonte et de modification n'apportait aucune rentrée nouvelle et les énormes frais de correction venaient en déduction des sommes touchées ou à toucher ; le feuilleton, publié au jour le jour, ne permet pas de revenir sur un premier jet déjà livré, mais autorise des relances ; d'autre part, le feuilleton étant payé à la colonne, l'auteur, en même temps qu'il dit davantage, touche davantage.

Au départ, donc, il y eut, le 18 septembre 1841, une lettre de Piquée, directeur du *Musée des familles*, pour faire appel à la collaboration de Balzac. Cette publication, fondée en 1833 par Émile de Girardin, était alors animée par Samuel-Henry Berthoud, un ami de près de dix ans. Balzac se laissa convaincre, hésita quelque peu sur le choix du sujet et finit par s'emparer d'un scénario fourni par sa sœur Laure. Il songea à un premier titre, *Les Jeunes Gens* (auquel il rêvait depuis 1834). Il partait d'une histoire bien morale, conçue pour donner leçon à des étourdis : le genre de la revue l'encourageait à s'engager dans la même voie. Il ne pouvait d'ailleurs se dispenser de tenir compte d'un grand article-bilan, écrit en octobre par Berthoud lui-même, qui soignait son public. Après avoir raconté les débuts de Balzac, Berthoud entreprenait de le juger et de le situer dans son époque : il lui assignait « une place à côté de Walter Scott, mais un peu en dessous ». Son style est compliqué, déplorait-il ; surtout, « ce qu'il faut reprocher sévèrement à M. de Balzac, c'est parfois de fouiller trop avant dans la boue sociale et d'étaler devant son auditoire de ces détritus sociaux qui n'amènent aucun résultat que de faire détourner la tête avec dégoût » : Vautrin déshonore *Le Père Goriot*, dont le héros principal est lui-même un personnage illogique et immoral ; enfin, Balzac a écrit des « livres indignes de lui : les *Contes drolatiques* et *La Fille aux yeux d'or* ». Après cela venait certes un hommage à l'homme, à son imagination, même à sa vie privée, vouée au travail, et Berthoud protestait contre l'injustice de la France à l'égard de son premier romancier ; mais les réserves étaient nettes et portaient bien sur la *morale*. Là n'est peut-être pas, cependant, toute l'explication, et il faut essayer de comprendre pourquoi Balzac fut amené à se servir du texte de sa sœur.

Piquée, le 2 octobre, avait été précis : trois mille lignes. Balzac eut beau prendre ses précautions, en avertissant, quatre jours plus tard, qu'il pourrait bien dépasser de deux ou quatre cents et en demandant qu'on ne lui en tînt pas rigueur, il se sentait lié. Il promettait un *David Séchard* (dernière partie d'*Illusions perdues*, intitulée dans le texte définitif *Les Souffrances de l'inventeur*), ou, à défaut, des *Parisiens en province (La Muse du département)*. Dès octobre 1841, *Le Musée des familles* annonçait *David Séchard*. Mais en janvier suivant, il promettait des illustrations pour… *Les Jeunes Gens*, affirmant qu'il ne s'agissait que d'un changement probable de titre. En fait, il s'agissait d'un changement de sujet. Il est vraisemblable que Balzac, qui portait en lui depuis longtemps *Les Souffrances de l'inventeur*, s'était vite rendu compte que le cadre de trois mille lignes de feuilleton serait trop étroit pour traiter un pareil sujet. Quant à la future *Muse du département*, le sujet en était trop osé pour cette espèce de *Veillée des chaumières* qu'était le journal de Berthoud et Piquée. C'est alors, sans doute, qu'il songea décidément à la nouvelle de Laure : *Les Jeunes Gens*, à la réflexion, conviendraient mieux. Balzac écrit d'un trait soixante feuillets, divisés en trois chapitres (non pourvus de titres). Dès les première lignes, la nouvelle de Laure est transfigurée. Puis le romancier développe l'histoire de ses vantards et de ses mystificateurs ; il la conduit jusqu'à leur confusion, surtout à celle du jeune homme qui a eu honte de sa mère. Le texte, après la pulsion qui précède, retombe assez platement, dans l'évidente impatience de reposer la plume :

« Moreau reprit Oscar et l'emmena chez lui, pendant qu'on allait à Beaumont chercher des chevaux de poste et qu'il écrivait à Mme Clapart une lettre qui expliquait la cause du renvoi de son fils, et que le valet d'écurie de Moreau devait remettre en accompagnant Oscar. Quelle scène pour la mère ! »

Ce qui était écrit fut envoyé à l'imprimerie et Balzac reçut ses placards. À la relecture, le dénouement lui parut bien insuffisant. Il en improvisa alors un second, qui fut joint aux secondes épreuves. et auquel il devait renoncer. Cette fois, il s'agissait de bien plus que d'une simple démonstration morale.

[Dénouement écarté]

Neuf ans après ce voyage, qui marqua la vie des quatre jeunes gens que le hasard avait réunis sur la route de L'Isle-Adam, le hasard se plut à les réunir encore, non plus en voiture, mais presque dans le même milieu.

En 1831, le comte de Sérisy, retiré seul à sa terre de Presles, après la révolution de Juillet, vint faire un tour à la fête de L'Isle-Adam, qui se célèbre dans un endroit appelé *le Pâtis*, terroir communal, où sans doute paissaient jadis les troupeaux des paysans, quand il y avait des paysans à L'Isle-Adam. Aujourd'hui, le Pâtis est une place plantée d'arbres au bord de l'Oise, et au bout de laquelle se trouve une salle de verdure où l'on danse les dimanches, pendant la belle saison.

Le comte était accompagné de Joseph Bridau, devenu l'un des premiers peintres de l'école moderne, de Léon de Lora, le plus remarquable de nos paysagistes, auquel il venait enfin de faire donner la croix de la Légion d'honneur et qu'il avait invités à passer quelques jours à Presles.

À soixante-dix ans, avec ses infirmités, le comte était si changé qu'il eût été difficile à aucun des acteurs du drame qui se passa jadis à son château de le reconnaître.

Il en était de même de Joseph Bridau, de Léon de Lora.

Le premier, devenu plus grand peintre que Schinner, de qui jadis il avait pris le nom, a je ne sais quoi de détruit, de dévasté dans le visage, qui annonce ses luttes, ses souffrances, ses travaux, et font de sa physionomie un spectacle quasi volcanique.

Quant à Léon de Lora, qui jamais eût reconnu dans un élégant et ravissant dandy le rapin qu'il était à dix-sept ans ? Mistigris n'existait plus, même à l'état de souvenir. Mais Léon n'avait point perdu cette fine fleur de gaieté, cet esprit pointu, brillant à la façon de lames de canif, qui distingue les peintres.

Le talent rendait les deux artistes presque les égaux

de ce vieux grand seigneur, l'un des bras administratifs de Napoléon, et le comte leur donnait à chacun le bras, en s'appuyant sur tous les deux.

Ils arrivèrent ainsi, sur les huit heures du soir, derrière la foule qui entourait la salle ronde où l'on dansait à la lumière des verres de couleur et des quinquets.

Au moment où ils arrivèrent, quelques personnes écoutaient en riant un grand jeune homme d'environ trente ans, qui racontait les événements de la Révolution de Pologne d'où, disait-il, il revenait.

« Ah ! bien, celui-là, dit Joseph à Léon, est resté blagueur. » Ce mot dit assez haut attira l'attention du dandy, qui regarda les trois arrivants et qui, reconnaissant le comte, devint muet comme un poisson.

« Que fait ce monsieur qui pérorait là ? demanda le comte à une jeune femme.

— C'est, je crois, le fondateur d'une Compagnie d'assurances à primes, inventée pour donner des dots aux filles et payer des remplaçants aux jeunes gens tombés au sort. Il est venu faire des affaires ici, et mon mari l'a reconnu pour l'avoir vu dans une circonstance à laquelle il a dû d'avoir de la discrétion pour le reste de ses jours...

— Qui est votre mari, madame ? dit le comte.

— M. Husson, le notaire de L'Isle-Adam.

— Et de qui êtes-vous la fille ?

— De M. Léger.

— Ma foi, oui, dit Léon, je reconnais encore le père Léger. »

Entendant prononcer son nom d'une façon si leste, le gros fermier, à demi millionnaire, se retourna, reconnut le comte et salua très humblement.

« Ah ! Moreau a fini par faire quelque chose de ce petit Husson ?

— Oui, Monsieur. Mais que ne ferait pas M. Moreau de Grèves ? Le voilà député.

— Ah ! c'est mon ancien régisseur qui est M. de Grèves ?

— Oui, Monsieur le Comte. Il a voulu se distinguer de tous les Moreau... Son fils est notaire à Paris ; sa fille est mariée au fils de M. Camusot pair de France, et son cadet est receveur général à Pau... Il vient bien rarement ici. Mon gendre fait ses affaires.

— Hé bien, la leçon a profité, dit le comte aux deux artistes.

— Oui, Monsieur le Comte », dit maître Husson, qui vint rejoindre sa femme, en amenant sa vieille mère à laquelle il donnait le bras.

Comme le montrent ces pages, le temps, dans l'esprit de Balzac, est intervenu beaucoup plus fortement que chez Laure et la nouvelle s'en trouve relancée. Il ne s'agit plus de petite faute absurde ou bénigne ; il s'agit d'une aventure pleine de signification, profondément liée à un devenir historique et social. La nouvelle prend son poids propre d'étude de mœurs.

Quand fut exactement rédigé ce premier *Début dans la vie* ? Dans le texte publié en librairie, l'œuvre est datée de février 1842, mais cette date ne saurait être retenue. Le 12 avril, Balzac écrit en effet à Mme Hanska : « J'ai une petite histoire à faire pour *Le Musée des familles* » et le 14 mai il précise : « Hier j'ai fini *Le Voyage en coucou* ». Aussi faut-il peut-être corriger la date d'une lettre à Laure, toujours donnée comme de février, dans laquelle il est dit : « *Les Jeunes Gens* ont fait un volume. » Balzac fait allusion, il est vrai, à quelque chose dont Laure aura besoin « au mois d'avril », ce qui nous incline à dater la lettre de fin mars au plus tard, et force à admettre que l'allusion au volume n'est qu'une vantardise destinée à flatter sa sœur (« Regarde, comme, grâce à toi, j'ai fait vite ! »). Le 7 avril 1843, Balzac écrira d'ailleurs à Mme Hanska : « Il y aura *bientôt un an* [souligné par nous] que Mistigris est fait. » Ainsi, il est aisé de conclure que la première partie du roman (l'épisode du voyage en coucou) fut terminée en mai seulement. Mais il faut retenir de la lettre à Laure que, pour Balzac, la nouvelle destinée au feuilleton représentait déjà, peut-être, au moins dans l'idée qu'il s'en faisait et dans ce qu'il en entrevoyait de développements possibles, la valeur d'un volume à publier en librairie. Balzac anticipait ainsi sur la rédaction alors réalisée et sur l'opération-journal, que devait relayer une opération-librairie.

Que se passa-t-il, pour que le texte fût retiré au *Musée des familles* et pour que Balzac songeât à lui trouver un nouveau destinataire ? Deux hypothèses sont plausibles, qui ne s'excluent nullement l'une l'autre. D'une part, Piquée a pu s'inquiéter d'éventuelles réactions de ses lecteurs à certains aspects un peu lestes du texte : toute l'immoralité de la conduite d'Oscar envers sa mère, les licencieuses considérations sur Mme de Sérisy et sur ses rapports avec son mari etc. D'autre part, Balzac, qui avait commencé à développer son texte et qui envisageait sans doute la possibilité de l'enrichir en l'allongeant encore, ne pouvait plus tenir l'engagement des trois mille lignes. C'est dans ces conditions que le projet fut repris par *La Législature*, que dirigeait Féburier, ami des Nacquart. Piquée, lui, eut *Les Méchancetés d'un saint*, fragment du futur et pieux *Envers de l'histoire contemporaine*. C'est en juillet 1842 que, libre du côté du *Musée des familles*, Balzac put traiter pour son histoire de coucou avec *La Législature*. Selon la coutume, il était entendu que, sitôt terminée la publication en feuilleton, l'auteur recouvrerait la propriété de son texte pour publication en librairie. Conditions financières : un centime par lettre, sans limitation (ce qui permettait de tirer à la ligne, mais ici, en fait, on va le voir, de développer efficacement l'histoire), plus trois cents francs « pour toute indemnité de correction ». Il n'y avait plus de clause de longueur maximale et l'on pouvait faire aller Pégase sans que, bien au contraire, Plutus en souffrît. *La Législature* reçut un texte à nouveau allongé (la seconde conclusion sautant bien évidemment), mais cette fois de plus forte et nette manière. Le texte remis, qui comptait alors neuf chapitres, s'arrêtait sans doute, comme on peut le penser avec Guy Robert, à la réplique de Mme Clapart : « Allez vous mettre au lit, monsieur, dit-elle à son fils, et laissez-le tranquille, monsieur Clapart, ne le rendez pas fou, car il est changé à faire peur » (p. 138). Quant au titre, il devenait : *Le Danger des mystifications* (sur les épreuves, Balzac avait barré *Les Jeunes Gens* au profit d'*Un voyage en coucou* après avoir hésité à mettre : *Un clerc en voyage*). *La Législature* commença la publication dans son premier numéro, le 26 juillet, et sauf les 1er et 4 août, la poursuivit tous les jours jusqu'au 7 août, ce qui s'explique par le fait qu'elle était en possession de la copie. Il y eut, en définitive, quatorze chapitres. Le dernier feuilleton s'arrêtait sur les plaintes de Mme Clapart adressées à son fils après le retour de son catastrophique voyage à Presles (p. 141) et avant que ne s'ouvre l'épisode Cardot (p. 146).

Il se produit alors une interruption de quatre jours. Balzac écrit à Mme Hanska, le 8 août, qu'il est en train de travailler pour « un nouveau journal » qui attend de la copie pour le lendemain. En fait, la publication ne devait reprendre que le 12, puis les 15, 23, 26 et 31 août, enfin le 4 septembre. Les à-coups s'expliquent sans doute par une rédaction à mesure. Si toute la première partie du futur *Un début dans la vie* était écrite en mai (les soixante feuillets initiaux plus la conclusion provisoire), la seconde fut écrite par giclées successives, le prote attendant chaque fois que la copie soit disponible pour faire le numéro. De cette seconde vague de rédaction, il ne subsiste ni manuscrit ni épreuves. Les additions internes, depuis le feuilleton du 7 août, étaient considérables et nourrissaient cinq nouveaux chapitres (ce qui en portait le nombre à quatorze) : Oscar clerc de notaire, le tableau de la basoche, l'aventure chez Florentine, la campagne algérienne, le tableau final avec les jeunes gens des premiers feuilletons devenus des hommes installés, tandis que, du côté de leurs aînés, c'est toute la société bourgeoise qui se renforce et s'impose. On était bien loin de la simple leçon originelle et l'on avait maintenant, dans un vaste tableau, tout un parcours significatif, comme un raccourci d'épopée contemporaine.

Sitôt entré en possession de son texte, Balzac engagea des tractations pour le publier en librairie. Dès le 25 août, il mentionne à Mme Hanska le nouveau titre, appelé à devenir définitif : *Un début dans la vie*. Le 20 novembre, il lui parle d'un contrat passé avec un certain Loquin. Le traité, en date du 16, prévoyait, outre le *Début*, *Un député de province (Le Député d'Arcis)* et *La Chaumière et le Château (Les Paysans)*, à publier d'abord dans les journaux, auxquels s'ajoutait une réimpression de *La Fausse Maîtresse* pour faire deux volumes. On voit que, dans l'énoncé de ce projet, le futur *Député d'Arcis* et les futurs *Paysans* ne devaient être que des œuvres assez courtes. Loquin recevait comme copie des feuilletons corrigés de *La Législature*. Seule œuvre prête de l'ensemble, *Un début dans la vie* pouvait être annoncé immédiatement. Pour les autres textes, inédits, il faudrait attendre que la publication soit commencée dans les journaux auxquels à juste titre on réservait la priorité. Balzac, une fois de plus, mangeait son blé en herbe. L'affaire traîna et tourna mal. L'impression d'*Un début dans la vie*, que Balzac alla lui-même surveiller à Lagny, n'avançait pas. En fait, Loquin, simple négociant, n'était qu'un intermédiaire, qui, assez rapidement (21 novembre 1843), cédait ses droits à l'éditeur Dumont; *David Séchard* et *Esther* (premier état, encore fragmentaire, de *Splendeurs et misères des courtisanes*) prenaient la place des hypothétiques *Députés d'Arcis* et *Paysans*, qui ne devaient d'ailleurs jamais être terminés. En juin 1844, Dumont publiait la première édition d'*Un début dans la vie* en deux volumes: on avait joint, pour faire la longueur, *La Fausse Maîtresse*. Le texte n'était que très peu corrigé par rapport à celui de *La Législature* (fautes d'impression). Balzac avait renoncé à refondre son œuvre. La division en quatorze chapitres était maintenue. Plusieurs préfaçons belges, démarquées de *La Législature*, avaient déjà couru le marché.

Mais déjà Balzac songeait à une nouvelle utilisation: introduire *Un début dans la vie* dans le quatrième volume des *Scènes de la vie privée* de *La Comédie humaine*. L'opération fut réalisée en 1844-1845. Les corrections, assez nombreuses, ne portent que sur des détails de forme, bien que Balzac affirme à Mme Hanska, le 17 septembre 1844, que «tout y est démoli chaque fois». La division en chapitres était supprimée. Les seules modifications importantes portent sur le rôle de Mistigris, dont sont multipliés les exercices burlesques sur des proverbes: sur ce point, Balzac bourre littéralement son texte.

Le dernier état du roman est l'état fourni par l'exemplaire de Furne corrigé, ici reproduit, et dans lequel Balzac a introduit notamment de nouvelles plaisanteries de Mistigris.

On peut tirer quelques leçons. La cellule originelle d'*Un début dans la vie* ne s'est pas développée en rosace ou par explosion, mais par allongement. Alors que Balzac a introduit dans *Le Médecin de campagne* les pages épiques sur la construction du pont, sur le Napoléon du peuple et sur la confession de Bénassis, alors qu'il a éventré le récit originel du *Lys dans la vallée* pour y introduire le récit autobiographique de Félix de Vandenesse, cette fois il s'est contenté, pour donner de l'ampleur, de continuer vers l'avant. Les raisons sont multiples. Terriblement pressé par d'autres travaux, pris dans l'engrenage du journal, beaucoup plus impitoyable (et qui n'attend pas) que celui de la librairie, Balzac ne peut plus réellement refondre. Il est pris par le temps et par le rythme nouveau de la production littéraire. Il fallait tenir compte, à partir de 1836, des conditions nouvelles dans lesquelles écrit Balzac, et qui constituent une « transformation commerciale de la littérature » (préface d'*Illusions perdues*). Il s'agit ici d'un problème de nouveau public, mais surtout de nouvelle technique, à laquelle Balzac a dû sacrifier, non sans difficultés. À la différence d'Eugène Sue, Balzac n'écrit pas au jour le jour ; il part d'un manuscrit massif, qu'il s'agit ensuite de découper. Mais Balzac ne sut jamais très bien se plier à ces nouvelles règles de découpage. Il pratiquait mal, quitte à avoir bien fini la veille, l'art de bien repartir le lendemain.

Ce sont là autant de disparates. Pour le fond, il est sûr (et *Un début dans la vie* en administre une preuve supplémentaire) que le feuilleton, destiné à un public peu relevé, explique, à partir d'une certaine date, l'inflation, dans *La Comédie humaine*, des tableaux parisiens et d'études de mœurs parfois nettement plus « faciles » qu'au temps des premières *Scènes de la vie privée*, ainsi que, en contrepartie, la disparition progressive des *Études philosophiques* et des *Études analytiques* : « Il n'y a pas de place dans les colonnes des quotidiens pour des œuvres de ce genre qui ne supporteraient pas le découpage et ne correspondent guère à ce que les abonnés réclament. L'architecture de *La Comédie humaine* en est irrémédiablement compromise » (René Guise). On retrouve ici le poids exercé par les conditions de travail sur la production littéraire. *Un début dans la vie* est peut-être l'un des textes dans lesquels apparaît le mieux, en Balzac, le fournisseur professionnel de copie. Ce qui, bien entendu, n'empêche pas autre chose.

Le MANUSCRIT PARTIEL, intitulé *Un voyage en coucou*, est conservé à la collection Lovenjoul sous la cote

A 230 (f°s 1 à 60). Il est accompagné d'ÉPREUVES avec corrections et additions de l'auteur (f°s 93 à 214). Les folios intermédiaires contiennent divers documents relatifs à l'histoire du roman, avec le texte du FEUILLETON paru dans *La Législature* du 26 juillet au 4 septembre 1842 et intitulé *Le Danger des mystifications*. Van der Perre a signalé trois impressions belges du texte du feuilleton : chez Jamar, chez Alph. Lebègue et Sacré fils, chez Méline, Cans et Cie ; toutes trois au millésime de 1842 et, bien entendu, sous le titre *Le Danger des mystifications*.

L'ÉDITION ORIGINALE a été publiée chez Dumont, en deux volumes in-8°, au mois de juin 1844. Le second volume est complété par une réimpression de *La Fausse Maîtresse*.

La DEUXIÈME ÉDITION se trouve au tome IV des *Scènes de la vie privée*, quatrième volume de *La Comédie humaine* dans l'édition Furne, Dubochet et Hetzel, datée de 1845.

LE RÉCIT
DE LAURE SURVILLE

Voici le texte intégral du Voyage en coucou, *tel qu'il apparaît en 1854 dans* Le Compagnon du foyer. *On verra à quel point Balzac, dans toute la première partie de son roman, se tient proche de la nouvelle composée par sa sœur, non seulement pour le choix des personnages, mais pour le déroulement de l'action et, parfois, jusque dans le détail de l'expression. Nous avons relevé dans les Notes, à titre d'exemples, quelques analogies particulièrement frappantes.*

Une comparaison systématique entre les deux textes serait fort intéressante et instructive. Elle permettrait de mesurer les écarts et de voir comment le romancier a transfiguré le récit d'où il est parti. « Le Voyage en coucou, *écrivait Laure Surville dans la préface au* Compagnon du foyer, *a eu l'insigne honneur d'inspirer le* Début dans la vie *à ce savant alchimiste qui convertissait le strass en diamant.* »

Laure montre trop d'humilité et sa nouvelle n'est nullement méprisable. Mais elle était consciente des multiples enrichissements apportés par son frère au canevas fourni et qui donnaient à l'œuvre, une signification neuve.

LE VOYAGE EN COUCOU

§ 1er. — Le coucou

Par une belle matinée de septembre 1825, Thierry, voiturier du village de Claye, situé à six lieues de Paris, arrivait vers onze heures dans la cour de l'auberge du Petit-Saint-Martin, conduisant un cabriolet à six places, traîné par deux chevaux blancs, d'inégale grandeur. Cette voiture se laissait aller avec abandon à toutes les défectuosités de la route, et les sons de ferraille qu'elle faisait entendre en roulant étaient si singuliers, qu'on les distinguait même au milieu des bruits de Paris. Grâce à cette particularité, on prédisait à l'auberge l'arrivée de Thierry comme l'astronome prédit une comète quelque temps avant son apparition.

Thierry payait une redevance à l'aubergiste pour remiser sa voiture et ses chevaux dans l'hôtellerie pendant les quatre heures qu'il passait tous les jours à Paris et pour tenir le bureau où venaient s'inscrire les voyageurs.

Ce Thierry était un gros garçon rouge et jovial, qui ne manquait pas plus de philosophie que de finesse.

« Cette voiture n'est pas encore trop mauvaise quand elle est chargée, disait-il au voyageur effrayé de son aspect ; et, si elle était un peu moins vieille et un peu moins lourde, je n'en voudrais jamais d'autres, mais elle fatigue les chevaux et les rend maigres en un rien de temps. »

Quelques tours de roue avaient promptement désabusé le voyageur sur la prétendue bonté de la voiture, mais Thierry, qui le surveillait, était encore là pour l'encourager.

« Si elle était complètement chargée, vous ne sentiriez pas un seul cahot, et on arrive tout de même. » Qu'est-ce que sept lieues en quatre heures ? car dans ce temps-là on ne faisait que sept lieues en quatre heures.

Thierry variait si bien ses amorces et ses consolations, que bon an mal an, chevaux et maître se trouvaient à peu près nourris.

Ce jour de septembre, quand il eut descendu les paquets de ses derniers voyageurs, il entra dans son bureau pour s'informer des chances du chargement du soir, il en sortit brusquement en criant à Lorau, le garçon d'écurie qui dételait les chevaux :

« Regarde donc quel guignon que j'ai ! le comte Maurice a fait prendre aujourd'hui une place, demain il étrennait ma grande voiture !...

— C'est donc demain ? » fit Lorau d'un air narquois qui donnait à penser qu'il y avait longtemps que cette grande voiture était présentée à l'imagination des clients de Thierry.

« Oui, c'est demain qu'il nous faudra quinze personnes au lieu de neuf, mon garçon.

— Bah ! une voiture à quatre roues, ça excite les voyageurs, répliqua Lorau. Le comte Maurice est donc le gros bourgeois de Claye ?

— Est-ce qu'un comte est un bourgeois ? imbécile ! Tu veux être conducteur, et tu n'as pas plus de chic que ça ? Connaître son monde, c'est ce qui fait le pourboire.

— Mais sans vous mépriser, monsieur Thierry, pourquoi aussi que ce comte va dans votre voiture !

— Il veut peut-être surprendre son intendant, M. Renaud ? » répondit Thierry, se prenant à excuser le comte d'aller dans sa voiture. « J'ai ramené hier le fermier, ils sont en train de refaire le bail, il paraît qu'il faut un fameux pot-de-vin à M. Renaud. C'est bien sûr le comte qui payera tout ça ! Ce Renaud est-il arrogant avec les pauvres gens, un rien du tout ! Qu'est-ce qu'il serait sans son maître ? Mais, après tout, ça ne me regarde pas. »

Quatre heures après ce colloque, nous retrouvons Thierry et Lorau attelant les chevaux et arrangeant les bagages sur la voiture qui s'agitait convulsivement au moindre poids.

« Avez-vous charge complète aujourd'hui ?

— Ah ! ben oui, ils ne sont que cinq compris le comte et un lapin. » Et sur ce propos, Thierry alla fumer tristement sa pipe à la porte de l'hôtel, soit pour guetter ses voyageurs, soit pour en racoler.

À peine était-il assis sur la borne, qu'il fut abordé par une dame suivie d'un petit jeune homme portant une petite valise. La dame était vêtue d'une robe de soie noire, d'un châle de mérinos tourterelle, d'un chapeau de soie couleur raisin de Corinthe ; un parapluie à canne bleu de roi et un cabas de paille complétaient son équipement. Elle parla longuement à Thierry : elle lui recommandait sans doute le petit voyageur en lui expliquant l'endroit où il fallait le déposer. Thierry hocha la tête tant de fois en signe d'acquiescement, qu'il parut évident à la dame qu'il avait compris, et qu'elle n'avait plus rien à lui dire ; elle s'avança alors dans la cour de l'auberge, vers le cabriolet, reconnut le numéro de la place qu'elle avait retenue, fit poser à l'enfant sa valise sous le banc qu'il devait occuper, et commença une série de recommandations qui n'avait d'autre inconvénient que de mettre les indifférents au courant des affaires de la mère et du fils. Lorau souriait de temps à autre en les écoutant, à la grande confusion du jeune garçon qui se trouvait aussi humilié des sourires de Lorau que des paroles de sa mère.

« Ne prends rien en route, Joseph, tu n'as que l'argent nécessaire pour ton retour et pour la domestique de M. Renaud. Conduis-toi bien chez ton parrain, ne mange pas trop, aie soin de tes hardes, je ne peux pas toujours recommencer à t'habiller ; pas de bavardage surtout, et ne reste pas plus de quinze jours.

— Mais si l'on me fait des instances, maman ?...

— Reviens tout de même. Il ne faut pas fatiguer ses protecteurs. »

L'enfant, que le sourire de Lorau gênait déjà, frémit en apercevant deux beaux jeunes gens qui, heureusement pour lui, s'arrêtèrent aussi à causer avec Thierry.

« S'ils entendent ma mère, je suis perdu, pensa-t-il, leurs moqueries me poursuivront jusqu'à Villeparisis. »

Il prit alors un moyen héroïque pour faire partir sa mère avec plus d'adresse que sa tournure gauche et sa figure niaise ne l'auraient fait soupçonner.

« Tu es ici à tous les airs, maman, ta fluxion reviendra si tu y restes plus longtemps. Voici l'heure du départ, je vais te dire adieu et monter dans la voiture. »

Il embrassa sa mère et prit sa place.

Les nouveaux venus s'avancèrent dans la cour d'un air dégagé, et, apercevant la mère de Joseph, ils se poussèrent le coude, leurs regards semblaient dire : « *Vois donc quelle tournure ?...* »

« Que serait-ce s'ils l'avaient écoutée ! » pensa Joseph en

suivant avec inquiétude les pas de sa mère, craignant que quelques recommandations oubliées ne la fissent revenir. Il respira plus librement quand il la vit tourner la porte et disparaître.

« C'est dans cette vinaigrette que tu vas t'embarquer, Alfred ? dit l'un des deux jeunes gens en montrant le coucou.

— Vinaigrette est pittoresque, je vais être retourné là-dedans comme une salade, sans compter que la fourniture ne me manquera pas, fit Alfred en regardant Joseph.

— Il est si petit que je ne l'avais pas aperçu, repartit l'autre.

— Bah ! je ne hais pas les enfants en voyage, ils font de la place. »

Joseph, trop occupé de sa tournure et de celle de son futur compagnon de route, n'entendit pas ou ne voulut pas entendre ces mauvaises plaisanteries. Parti fort content de lui de la rue des Nonandières, où il demeurait, jusqu'à la rue Saint-Martin, où il n'avait fait aucune rencontre décevante, une seule comparaison avec des jeunes gens à la mode lui faisait comprendre combien il devait leur paraître ridicule. Il se souvenait de son visage rouge et rond, encore exagéré par une chevelure impitoyablement coupée en brosse, et le comparait involontairement à la figure pâle encadrée de cheveux bruns bouclés de son futur compagnon de route. Alfred était du nombre de ceux que le vulgaire et les enfants admirent comme le type du beau et qui laissent les physionomistes indifférents : il était habillé dans le goût le plus moderne par le Staub de son quartier, et tirait de cette circonstance un aplomb imperturbable, tandis que Joseph, livré à des mains aussi chères que peu exercées, avait maintenant le sentiment de son manque d'élégance ; tout, depuis sa chaussette jusqu'à son gilet et son habit, trahissait des héritages paternels mis à sa taille avec plus de bonne volonté que de succès.

Ces jeunes gens étaient arrivés à l'âge où l'on préfère, sans hésiter, un malheur à une toilette ridicule, où les plus petites choses font les plus grandes joies ou les plus grandes peines.

« Quelle heureuse idée j'ai eue de me blottir au fond de la voiture, pensait Joseph ; s'il avait fallu marcher devant eux, au grand soleil, au milieu de cette cour!... Espérons que cet Alfred descendra avant moi! »

Quelques secondes avaient suffi pour ces aperçus si longs à décrire.

Les deux amis se promenaient toujours en chuchotant et ricanant aux dépens de Joseph. Celui-ci, ayant enfin trouvé un peu de sang-froid, se vengea de leur impertinence en fredonnant une chanson fort à la mode alors: *C'est la faute de Voltaire, c'est la faute de Rousseau,* sans paraître s'occuper d'eux.

Un troisième voyageur, suivi du lapin annoncé par Thierry, survint alors: ce voyageur, après avoir dit un mot au conducteur, traversa la cour et monta lestement dans la voiture où il s'assit près de Joseph qu'il salua, tandis que le petit garçon venu avec lui, grimpa comme un chat sur l'impériale, où il plaça deux seaux pleins de bouteilles qu'il avait apportés.

« Vous êtes fameusement bien là, M. *Dubois* », cria le petit garçon au nouveau venu.

M. Dubois était un jeune blond, grand et svelte, aux traits fins, aux yeux lumineux, à la tournure distinguée. Sa mise, plus que simple (il portait une blouse de toile grise et une casquette), contrastait si singulièrement avec ses avantages naturels qu'on le prenait pour un artiste commençant ses pérégrinations. Peu après son arrivée, l'ami d'Alfred, qui restait à Paris, prit congé de lui; Alfred alla alors gourmander Thierry en lui demandant si l'on partirait.

« Que diable! l'ami, quand on a un pareil sabot, il faut avoir au moins le mérite de l'exactitude? Ce ne sont pas de pareilles rosses qui rattraperont le temps perdu! »

Thierry, pour toute réponse, n'eut pas l'air de comprendre que c'était à lui que ce discours s'adressait, et cria au petit garçon toujours hissé sur l'impériale:

« Hé! petit, prends donc mon fouet et ôte cette mouche qui pique la grande; là, c'est bien. »

Le petit, fier d'avoir rendu un service, vint aussitôt entamer une conversation avec son obligé, qui l'écouta et lui répondit pour narguer le jeune homme impatient.

Alfred, soit qu'il crût le mépris plus digne, soit qu'un engagement avec un gaillard comme Thierry ne lui convînt pas, se décida, sans autres pourparlers, à monter dans le sabot, comme il appelait la voiture, se bornant à murmurer entre ses dents les mots de *manant* et de *rustre*. Il s'assit sur le banc de devant après avoir mis d'un air important un grand portefeuille dans une des poches de la voiture.

« Vous n'êtes guère poli avec les beaux messieurs, dit tout bas Lorau à Thierry.

— Bah ! tu ne vois pas que c'est un blanc-bec, un rien du tout ?... »

Un sourire des deux jeunes gens accueillit Alfred dans la voiture, et Joseph, heureux de prendre sitôt sa revanche, le remercia d'un air goguenard d'avoir ainsi hâté leur départ.

« C'est si désagréable d'attendre », ajouta Jules Dubois, comprenant Joseph.

Un homme, grand et sec, au visage pâle et austère vint faire diversion. Thierry le salua respectueusement, l'aida à monter dans le cabriolet avec un soin que les jeunes gens remarquèrent avec étonnement, car rien dans la mise de l'étranger n'indiquait son rang à leur inexpérience ; son chapeau, rabattu sur ses yeux, cachait un front admirable, des gants empêchaient de voir ses mains blanches et soignées, sa redingote boutonnée couvrait le linge le plus beau. Ce dernier venu s'assit sur le banc de devant, auprès d'Alfred. Ni Joseph, ni le jeune blond ne lui offrirent le fond de la voiture, ils ignoraient sans doute qu'une des meilleures preuves d'une bonne éducation consiste dans les égards que l'on a pour les vieillards.

« Si monsieur le comte voulait, dit Thierry, un de ces jeunes messieurs se mettrait bien sur le devant.

— Pourquoi vous permettez-vous de disposer de la place qui m'appartient ? » dit aigrement Joseph.

M. Dubois offrit la sienne.

« Merci, monsieur, je ne dérange jamais personne », répondit le comte.

Thierry avait évidemment attendu ce voyageur, car aussitôt qu'il fut assis il monta sur son siège, ajusta les rênes, prit son fouet et partit.

Alfred, pour se venger de la mystification que ce retardataire lui avait valu, dit en regardant ses deux jeunes compagnons :

« Quand on veut partir à son heure, on prend équipage,

cela vaut mieux que de faire attendre tous les voyageurs d'une voiture.

— Ou l'on retient toutes les places», ajouta Joseph, décidé à se monter au diapason de celui qui faisait son envie.

La tournure de Joseph, ou l'idée d'être ballotté tout seul dans le coucou, fit sourire le comte, mais il ne répondit rien. Second échec pour Alfred.

Les chevaux allaient au petit trot ; arrivés au faubourg Saint-Martin, ils le grimpèrent mieux qu'on n'aurait pu l'espérer, il est vrai que Thierry leur donnait le courage du désespoir en les harcelant sans cesse de la tête à la queue ; le petit garçon assis à côté de lui regardait avec admiration cette gymnastique du fouet qui atteignait toujours si adroitement le but.

Le silence régnait dans l'intérieur du coucou, le comte étudiait les physionomies de ses trois compagnons en homme qui cherche à résoudre quelque problème. Joseph contemplait les maisons du faubourg avec l'avidité du touriste qui médite des impressions de voyage. Jules Dubois paraissait enseveli dans des rêveries profondes. Alfred épiait l'occasion de prendre un brillant essor.

§ II. — La route

Les chevaux cheminaient paisiblement dans des flots de poussière jaunâtre, le silence régnait toujours dans l'intérieur du coucou ; le petit garçon babillait sur son banc avec Thierry qui s'amusait de sa gaieté et de ses saillies ; une exclamation de Joseph devant les buttes de Chaumont et de Romainville, fit prendre la parole au jeune Alfred, à son grand contentement.

« Quel beau paysage ! avait dit Joseph.

— Jeune pensionnaire, repartit aussitôt Alfred d'un ton de protection, quand vous aurez, comme moi, couru le monde, vous n'admirerez plus de misérables bottes de chiendent poussées sur des taupinières…

— Il est à présumer qu'à votre âge je serai aussi avancé que vous, car mon père compte me faire faire le tour de l'Europe aussitôt mon éducation finie, répliqua Joseph, piqué du ton protecteur d'Alfred.

— Ce tour d'Europe me paraît un fameux tour de voyageur, mon petit ami, reprit Alfred en riant, mais n'y comptez pas trop, nous déjouons si souvent les projets de nos parents!... Mon père voulait me garder près de lui, m'apprendre l'état de grand propriétaire qu'il exerce avec un certain succès, et une folie de jeunesse, pour laquelle il fut trop sévère peut-être, me jeta sous les drapeaux.

— Vous êtes militaire? dirent avec envie Joseph et Jules Dubois.

— Ayant gagné le grade de capitaine, et donné et reçu déjà quelques coups d'épée.

— Dans quelle guerre, monsieur? demanda le comte.

— Dans des engagements particuliers d'abord, monsieur, car je suis peu endurant de mon naturel, puis, dans la guerre d'Espagne, d'où je reviens.

— Vous arrivez d'Espagne? s'écria Jules, la nature est splendide, en ce pays, n'est-ce pas?...

— Les plantes y croissent comme dans les contes de fée, j'y ai vu des aloès se développer et fleurir en quelques heures, sur le bord des chemins...

— Et les femmes y sont bien belles? demanda Joseph en rougissant jusqu'à la racine des cheveux.

— Leurs yeux sont plus grands que leurs pieds et lancent des flammes qui feraient bouillir le bronze!... Je me fis deux fois assassiner pour elles!...

— Êtes-vous heureux! reprit Jules en soupirant.

— Trop heureux, car l'une d'elles m'attira par-dessus le marché certain duel assez émouvant!... »

Et le capitaine, voyant la crédulité de ses jeunes auditeurs, risqua la description d'un combat au poignard qui les fit pâlir.

« Monsieur est du Midi, sans doute? demanda le comte pendant que le duelliste reprenait haleine.

— Je suis d'un pays où l'on est toujours prêt à soutenir ce que l'on avance, répliqua fièrement celui-ci.

— Qui oserait douter de vos paroles, monsieur?

— Y a-t-il longtemps que vous servez, capitaine? dit Joseph, qui n'eût pas voulu pour beaucoup voir tomber la conversation.

— Assez longtemps pour être déjà fort expérimenté en l'art de la guerre, du moins c'est l'opinion de mon colonel.

— Quel âge avez-vous donc ? lui demanda Jules.

— Trente ans le 29 de ce mois, répondit Alfred avec aplomb.

— L'état militaire conserve bien les hommes, remarque le comte, on vous donnerait vingt ans à peine.

— Il n'y a rien de bien étonnant à cette conservation, sans cette misérable guerre d'Espagne je ne connaîtrais que les garnisons, et les parades fatiguent peu l'officier...

— Le soleil d'Espagne a bien respecté votre teint.

— C'est un teint de famille ; rien ne peut l'altérer.

— Cet avantage tourne contre vous, comme militaire, je gage que vous enviez les figures hâlées et martiales de vos camarades ?

— Ne m'en parlez pas, répondit-il avec une feinte bonhomie ; cette fraîcheur me vaut au régiment le sobriquet de *Mlle Alfred*, et me fait jouer au camp les rôles de jeunes premières, dont je ne me tire pas trop mal, par parenthèse.

— Je n'en doute pas, dit le comte avec un sérieux imperturbable, quand on se tire d'un duel au poignard on se tire de tout.

— Mais, puisque vous revenez d'Espagne, vous avez assisté sans doute à la prise du Trocadero ? demanda Jules.

— Bast ! une affaire de rien, fit Alfred en haussant les épaules, j'eus cependant l'esprit d'y attraper une blessure et la croix.

— Une blessure ! comme cela doit faire mal, s'écria Joseph.

— Où avez-vous été blessé ? reprit Jules.

— Au pied gauche. Le Trocadero me coûte la première phalange du petit doigt.

— Pourquoi ne portez-vous donc pas une décoration dont vous devez être fier ? demanda le comte qui s'amusait visiblement des hâbleries du capitaine.

— Je vais dans un château où il faut la cacher, répondit Alfred avec mystère, le châtelain se méfie des militaires...

— Je comprends, fit le comte, je ne voudrais pas être à la place de cet homme-là ! d'autant plus qu'il doit être dupe, car votre incognito est on ne peut mieux gardé.

— Vrai ?... ma tournure martiale ne perce pas un peu sous l'habit du pékin ? repartit Alfred paraissant joyeux.

— Pas le moins du monde, assura Joseph. Je suis sûr que vous pourriez nous conter des aventures bien intéressantes ? ajouta-t-il avec curiosité.

— Que dirait madame votre mère, mon petit ami, si j'oubliais le respect dû à l'innocence ?...

— Ma mère ? dit Joseph devenant cramoisi, ma mère est morte, capitaine, et quant à mon innocence...

— Comment ? la dame qui vous accompagnait à la voiture n'est pas votre mère ?

— Cette femme est la femme de charge de notre maison », répondit effrontément Joseph.

En l'entendant ainsi se poser fièrement en fils de grande famille, les trois auditeurs partirent à la fois de grands éclats de rire en échangeant entre eux des regards qui disaient :

« Ment-il, ce petit coquin-là !... »

Renier sa mère, quel crime !

« Vous faites si bon marché de votre innocence que je vois que je puis parler sans danger », reprit Alfred. Quand il eut repris son sérieux, il s'engagea aussitôt dans des récits militaires et galants qui laissaient tous les héros de l'Arioste loin derrière lui.

Jules et Joseph dévoraient avec avidité ces mensonges. Le comte, qui, au premier mot d'Alfred, avait deviné le hâbleur, n'avait garde de les interrompre, curieux de savoir jusqu'où irait le capitaine. Celui-ci était donc fort content de l'effet qu'il produisait lorsqu'on arriva à Bondy. Thierry fit souffler ses chevaux. Alfred descendit lestement du cabriolet, et frappant sur l'épaule du conducteur, il lui dit :

« Réparation d'honneur, mon brave, vos chevaux marchent véritablement en avant.

— Vous ne voyez pas qu'ils ont blanchi sous le harnais à force de galoper ? » répondit Thierry sans se fâcher et prévoyant le petit verre qu'Alfred lui offrit.

« C'est un blanc-bec bon enfant », pensa Thierry en s'essuyant la bouche sur le revers de sa manche.

Alfred sortit de l'auberge un cigare à la bouche et vint offrir des gâteaux à Joseph qu'il n'appelait plus que l'orphelin. Celui-ci, furieux, les refusa en cherchant ce qu'il pourrait dire pour vaincre l'incrédulité de ses compagnons.

Thierry, stimulé sans doute par des promesses de pourboire, s'arrêta fort peu de temps à Bondy. Alfred jeta son cigare à moitié consumé.

« Est-il riche ce gaillard-là », pensait Joseph en voyant cette prodigalité.

La voiture roula de nouveau en se dirigeant sur Livry. La conversation se renoua aussitôt. Alfred reprit et acheva ses histoires fabuleuses, puis s'adressant à Jules Dubois :

« Vous êtes artiste, n'est-ce pas ? Nous autres militaires nous avons bientôt lu l'état d'un homme sur sa physionomie.

— Bien deviné, capitaine, je suis peintre, répondit Jules.

— C'est un bel état aussi et qui plaît bien aux femmes. »

Ici, le comte, qui s'était expliqué Joseph et Alfred et qui cherchait ce que pouvait être Jules, prit l'air d'un homme délivré d'un doute.

« Je viens de concourir pour le grand prix de Rome, ajouta Jules rougissant et regardant si le petit garçon pouvait l'entendre.

— Vous avez un front fait pour porter des couronnes, touchez là, nous sommes frères, dit Alfred en lui tendant la main, le pinceau vaut le glaive, tous deux se couvrent également de lauriers ! Et vous, intéressant orphelin, après votre tour d'Europe, à quoi vous destine monsieur votre père ? Serons-nous un jour réunis dans le chemin de la gloire comme nous le sommes aujourd'hui dans ce coucou ? Ou je me trompe fort, ou monsieur votre père vous destine à quelque petit commerce.

— Votre science divinatoire est en défaut cette fois-ci, répondit Joseph pâle de colère. Mon père me destine à la diplomatie. »

Aux violents éclats de rire qui suivirent cette déclaration, les chevaux blancs, fort ombrageux, se mirent à galoper. Thierry, inquiet, regarda s'il n'y avait rien de dérangé à leurs harnais. Joseph, pris d'une rage égale à sa confusion, jura qu'il aurait raison de ses compagnons.

Quand on eut retrouvé un peu de sérieux, le comte Maurice se félicita du bonheur d'une pareille rencontre.

« Je vois que je voyage avec trois célébrités futures.

— Je veux devoir mon titre de général à la protection de M. l'ambassadeur futur, dit Alfred en s'inclinant devant le petit Joseph, car vous devez avoir de belles connaissances !

— Il est certain que mes liaisons ne sont pas en Espagne, comme les vôtres, et que je puis nommer les châteaux où je me rends et les noms des amis que j'y vais voir, répondit Joseph exaspéré.

— Je serais curieux de connaître ces noms, intéressant orphelin, répondit Alfred.

— Ils ne sont pas difficiles à nommer. Je vais chez le comte Maurice, avec lequel mon père est intimement lié.

— Vous allez chez le comte Maurice ? dit Alfred stupéfait, malgré son assurance.

— Vous allez chez le comte Maurice ? reprit Jules atterré.

— Mon petit ami, êtes-vous bien sûr de ce que vous avancez ? reprit à son tour le comte.

— Aussi sûr que je le suis de vous regarder en ce moment. Je vais achever mes vacances avec ses deux fils, Paul et Sosthène, avec lesquels je suis élevé.

— Réfléchissez, mon enfant ; monsieur votre père est-il bien réellement l'ami du comte ?

— À telles enseignes que je puis vous donner sur lui tous les renseignements que vous pourriez désirer.

— J'ai justement besoin de sa protection, et je ne serais pas fâché de savoir comment je puis l'aborder avec succès.

— Placez tous ses titres dans votre première phrase, reprit Joseph, se remettant, et vous aurez à moitié gagné votre cause. Il est député, académicien et conseiller d'État.

— Il a donc beaucoup de vanité ? reprit le comte.

— Les parvenus en ont toujours, dit Alfred.

— C'est si vrai, repartit Joseph, que malgré son avarice, il donnerait le quart de sa fortune pour qu'elle n'ait pas été gagnée dans le commerce par ses parents.

— Il est peut-être jaloux de la noblesse de monsieur votre père ? dit en riant le capitaine.

— Si ces renseignements sont exacts, il a un juge sévère en son ami, reprit le comte.

— Mais comment, un homme qui a su conquérir un si haut rang dans le monde sans la protection d'une grande famille peut-il avoir un si petit esprit ? demanda Jules.

— Il y a des gens qui ont tant de bonheur, répliqua le capitaine.

— Le bonheur n'explique jamais que la moitié des succès ; il faut de grands talents pour les soutenir, reprit Jules.

— Les talents du comte sont sans doute hors la portée de notre futur diplomate ? reprit le comte en souriant.

— Malgré l'avarice que vous lui reprochez, je sais, moi, qu'il fait beaucoup travailler les ouvriers, ajouta Jules.

— Je soutiens l'enfant, moi, fit le capitaine, il a de l'audace, il ira loin ; la bourgeoisie du comte perce-t-elle sous ses titres ? quel air a-t-il ?

— L'air le plus commun du monde.

— Messieurs, vous n'en pouvez douter, l'orphelin est virtuose dans ces airs-là ! riposta Alfred fort content de son mauvais jeu de mots.

— Mais, reprit Jules indigné, s'adressant au petit Joseph, vous tenez donc à nous prouver que votre père n'est pas l'ami du comte ?

— Ne comprenez-vous pas que cet enfant répète des propos de laquais ? dit le comte Maurice.

— De laquais ! Monsieur ?... fit Joseph en élevant le ton.

— Il ne vous manquerait plus que de donner un démenti à un vieillard », répondit vivement le comte.

Puis s'adressant à Thierry : « *Descends-moi ici*.

— Ici ? » fit Thierry étonné. Le comte mit un doigt sur sa bouche.

« Compris », murmura Thierry aidant le comte à descendre. Celui-ci, en lui remettant un bon pourboire, lui dit à l'oreille : « Va au pas jusqu'au village », et le comte s'engagea dans un sentier qui conduisait à une des petites portes du château.

Remonté sur son siège, Thierry se mit sur le débord de la route.

« Il y aura du grabuge là-bas, bien sûr », murmura-t-il en remontant sur son banc, et il sifflait l'air de *Partant pour la Syrie*, ce qui annonçait chez lui une grande préoccupation.

Les chevaux, abandonnés par leur maître à leur caractère pacifique, ayant plus de mal à traîner la lourde voiture dans le sable, semblaient s'endormir en rêvant le farniente de l'écurie.

« Capitaine, vous qui êtes physionomiste, avez-vous deviné la profession du voyageur qui nous quitte ?

— Il doit être juge de paix de canton ou notaire, mais j'inclinerais pour le premier état, parce que j'ai surpris chez lui des airs de dignité qui s'accordent avec ce degré de magistrature.

— C'est bien facile à savoir, le conducteur paraît le connaître.

— L'ami, dit Alfred, que fait ce M. *Lecomte* qui vient de descendre ?

— C'est le maire du village de là-bas.

— Quand je vous disais qu'il exerçait une autorité quelconque, reprit Alfred.

— Il a de belles lignes sur la figure, et ses regards semblent deviner les pensées, dit le peintre Jules.

— Il ne s'exprime pas mal pour un maire de village, ajouta Joseph qui voulait toujours mettre son mot. Quel est ce beau château que nous voyons ? demanda-t-il à Thierry.

— C'est le château du comte Maurice.

— Comment ! vous ne connaissez pas le château de l'ami de monsieur votre père ? dirent ensemble Jules et Alfred comme soulagés d'inquiétude.

— Il y a de bonnes raisons pour cela, c'est la première fois que j'y viens. »

Arrivé en face de l'avenue, Thierry tourna sa voiture et y entra.

« Pourquoi prenez-vous ce chemin ? dirent ensemble les trois jeunes gens.

— Puisque vous descendez tous trois là, je vais jusqu'à la grille ; bien sûr que je n'aurais pas cette condescendance pour un seul voyageur. » Le visage des trois compagnons passa successivement par tous les degrés de la stupéfaction. Thierry, qui les regardait, leur dit : « Est-ce que ma galanterie vous fâche par hasard ? Vous ne saviez donc pas que vous alliez à la même destination ? Qu'est-ce qui vous consterne donc comme cela ? Où est le mal d'aller tous au même endroit, puisque la connaissance est faite ?

— je suis bien content de ne pas porter mes seaux tout le long de l'avenue, dit le lapin.

— Nous irons jusqu'à Claye, petit, lui cria Jules.

— Ah ! ben, c'est bon, y pensez-vous, monsieur Dubois ?

que dirait le bourgeois, et le comte Maurice qui attend après le marbre de la salle à manger, et les sonnettes qu'il faut pour les escapades, les avons-nous ? »

Jules, honteux, cherchait vainement à rencontrer les yeux du petit afin de lui imposer silence.

« De quoi vous tourmentez-vous, monsieur Dubois ? dit Alfred, je vois bien que nous avons chacun un masque à déposer à la grille ; il est bien permis de s'amuser un peu en voyage ?... »

L'intendant, M. Renaud, rentrait au château.

« Vous m'amenez mon filleul, le petit Porriquet, n'est-ce pas ? demanda-t-il à Thierry.

— Je vas vous le remettre entre les mains, lui et sa petite valise, car sa maman me l'a bien recommandé.

— Voilà un nom qui sonnera joliment haut dans la diplomatie ; encore un masque qui tombe », dit Alfred.

Joseph, anéanti, ne répondit rien.

En acquérant la certitude que Joseph avait renié sa mère, Jules s'éloigna instinctivement de lui par un mouvement empreint de mépris ; renier sa mère, monsieur, vous n'avez donc pas de cœur !

« La maman n'est pas flatteuse à l'œil, c'est vrai, mais ce n'est tout de même pas bien de ne pas oser l'avouer, dit Alfred.

— La mienne porte des robes d'indienne et des bonnets, et je suis fier d'elle partout où elle se trouve, ajouta Jules.

— Pourquoi vous moquiez-vous de moi aussi ?

— Vous êtes inexcusable, monsieur, la vanité ne doit pas toucher à de pareils sentiments », répondit Jules.

On arrivait à la grille, Thierry sauta lestement à terre et sonna comme pour un roi. « Je sonne pour trois, madame Henry », dit-il à la concierge scandalisée.

Joseph se précipita à terre la tête la première, et manqua de tomber.

« Là, là, petit Porriquet, lui dit Alfred, ce n'est pas la peine de se casser le col pour quelques mauvaises blagues ; après tout, il y en a de plus malins que vous qui en usent aussi. — Nous peignons donc sur pierre au lieu de peindre sur toile, monsieur Dubois ? dit-il à Jules ; il n'y a pas de honte à cela. Mais motus sur mon titre. Je ne suis plus ici qu'un clerc d'étude, et voici mon passeport», fit-il en montrant le portefeuille qu'il tira de la poche de la voiture.

Retrouvant toute son audace, il entra dans le château en donnant un coup de vent à sa chevelure, pendant que Jules Dubois aidait son aide à descendre les seaux.

Mme Henry, pendant ce colloque, avait parlé bas à l'oreille de Thierry. «C'est bon! c'est bon! demain à sept heures, au bout de l'avenue.»

Les jeunes gens, plus ou moins troublés, ne firent pas attention à ces paroles qui les intéressaient cependant sans qu'ils s'en doutassent. Thierry repartit au trot.

§ III. — Le château

Mme Henry, après avoir parlé à Thierry, dit à M. Renaud: «M. le comte vous attend ainsi que votre fillot.

— Le comte Maurice est ici? Depuis quand? Est-il venu avec ses chevaux? Comment sait-il que j'attends ce petit?...

— Vous m'en demandez plus long que je n'en sais. Il est entré par la petite porte du bas avec M. Claudin.»

Aurait-il pris la voiture de Thierry? N'aurait-il pas signé le bail? Ces pensées, rapides comme l'éclair, traversèrent la tête de l'intendant et le remplirent de trouble.

«Aviez-vous avec vous un grand vieillard pâle et maigre?

— Oui», fit Joseph en frissonnant de la tête aux pieds, car il comprit que le grand vieillard pâle et maigre était le comte Maurice; et, se souvenant de tout ce qu'il avait dit, le sang lui monta à la tête et lui fit entendre des sons de cloche.

Pendant les discours du parrain et du filleul, la jardinière accueillait Alfred et les deux peintres en femme renseignée aussi sur leur compte.

«Entrez chez moi, mes enfants, dit-elle aux derniers, j'ai ordre de vous faire souper et de vous loger, et vous ne manquerez de rien, ce sont les ordres de M. le comte.

— Monsieur est l'envoyé du notaire? dit-elle au jeune Alfred. M. le comte vous attend, et je vais vous conduire.»

Jules entra avec son aide dans le pavillon du concierge, heureux d'échapper pour la fin de la soirée aux moqueries du clerc; il se promit de se coucher aussitôt après son souper, en songeant avec chagrin qu'il peindrait le lendemain les murs de la salle à manger sous les regards d'Alfred, assis sans doute à table, à côté du comte Maurice.

Alfred, la concierge, l'intendant et Joseph entrèrent ensemble dans le cabinet du comte. Le comte tournait le dos à la porte et causait vivement avec M. Claudin.

« Voici l'envoyé du notaire, monsieur le comte, dit la concierge à son maître.

— C'est bon », répondit le comte sans se retourner, n'apercevant ni Joseph, ni l'intendant.

Celui-ci fit signe à son filleul de ne pas bouger et de se taire ; il volait sans doute surprendre les paroles qui s'échangeaient entre son maître et le fermier.

L'ex-capitaine s'apprêtait à saluer lorsqu'il reconnut dans le maître de la maison, le voyageur qu'il avait traité si cavalièrement pendant la route, et cette découverte le déconcerta.

« Il savait qui j'étais !... J'étais sa dupe, il n'était pas la mienne ! » Cette réflexion confusionnait le hâbleur qui subissait le seul échec auquel il pût être sensible.

« Remettez-vous, monsieur, dit le châtelain, le capitaine Alfred ne pouvait faire aucun tort au comte Maurice. Il est veuf et n'a que des fils. Votre nom, monsieur ?

— Je ne suis ici que le clerc de l'étude de M. N..., et je n'ai commis aucune indiscrétion préjudiciable ni à mon patron, ni à son client, répondit Alfred, reprenant aussitôt son aplomb.

— C'est vrai, monsieur, répliqua le comte avec hauteur, vous n'avez fait tort qu'à vous aujourd'hui, mais avec vos habitudes, vous ne devez pas être toujours aussi heureux ?

— Monsieur ? dit Alfred en élevant la voix.

— Pas de forfanterie, monsieur, il n'y a plus de capitaine ici, et vous n'êtes pas plus tenté que moi de vous prendre au sérieux, donnez-moi le bail et asseyez-vous. »

Un homme de cœur eût été profondément humilié de ces paroles. Alfred obéit au comte sans mot dire, ouvrit son portefeuille, chercha le bail et le présenta au client de son patron.

« Ce bail, je vous le répète, monsieur Claudin, ne porte pas toutes les clauses que j'avais exigées pour consentir à ne pas augmenter la redevance annuelle, je ne le signerai pas ; nous allons le discuter ensemble. Monsieur l'écrira sous ma dictée ; mais avant de commencer, j'ai à parler à mon intendant. » Il allait sonner lorsqu'en tournant la tête il l'aperçut ainsi que Joseph. Celui-ci, qui avait assisté à l'exécution du capitaine, si lestement faite, pensa avec terreur que son tour était arrivé.

« Pourquoi ne vous êtes-vous pas montré en entrant ici, monsieur ? » demanda le comte d'un air sévère à l'intendant ; puis, sans attendre sa réponse, il ajouta : « Depuis quand connaissez-vous ce jeune homme ? »

M. Renaud, que la première question troublait, respira librement à la seconde, et ne soupçonnant aucun méfait de ce côté, il répondit :

« Cet enfant est mon filleul, monsieur le comte, et son père est mon ami.

— C'est de vous alors qu'il tient les calomnies qu'il a débitées tout le long du chemin sur le comte Maurice ? Préparez cette nuit vos comptes de gestion, monsieur, je vous attendrai demain matin à cinq heures, pour les examiner et les signer ; la place de cet enfant est retenue pour demain dans la voiture de Thierry.

— Monsieur le comte, on ne base pas le renvoi d'un homme sur les propos d'un enfant », répondit audacieusement l'intendant, pensant que le comte, comme bien des maîtres, reculerait devant les conséquences graves que peut entraîner une attaque contre la probité du serviteur.

Le comte regarda l'intendant d'une façon qui le fit tressaillir.

« Votre conscience doit vous dire, monsieur, qu'il y a de la générosité de ma part à baser votre renvoi sur une autre cause que la véritable, et vous devez de la reconnaissance à cet enfant, pour le prétexte qu'il me fournit. Au surplus, l'ingratitude d'un homme est une faute assez grande pour couvrir les autres fautes. »

L'intendant voulut parler.

« Ma décision est irrévocable, ce bail pour lequel vous vouliez surprendre ma signature, cette minute de votre main, où mes intérêts sont visiblement lésés, prouve que les vôtres ne l'étaient pas ; cette minute déposera, au besoin, de la justice de ma décision. Allez préparer votre départ, je n'ai plus rien à vous dire. »

« Misérable ! quel bavardage as-tu fait ? cria M. Renaud à Joseph quand il fut loin de son maître.

— Il paraît qu'ils vous ont rendu service, mon parrain, n'avez-vous pas entendu le comte ? répondit effrontément Joseph.

— Tu me payeras cher ce service, je te recommanderai à ton père et à ta mère ! méchant bavard !... Aller répéter en public ce qu'on dit dans l'intimité !... Abuser de la confiance !... » L'intendant n'eut pas plutôt prononcé ces mots qu'il s'en repentit.

« Je vois bien que cela n'amène rien de bon, mon pauvre parrain », reprit l'audacieux enfant d'un air d'intérêt.

Cette circonstance capitale pour Joseph développa instantanément l'habileté cauteleuse dont il était doué et qu'il ignorait peut-être encore. Sans deviner toute la portée des paroles du comte, qu'il devait s'expliquer plus tard, il en compris cependant assez pour se servir déjà de ce secret comme d'une arme qui mit son parrain à sa merci.

« Serpent ! » répondit le parrain devinant Joseph.

Les fautes ont toujours de funestes conséquences ; dans cette occurrence elles firent rougir le protecteur devant le protégé, l'homme devant l'enfant ! M. Renaud, au lieu de faire parler Joseph, le fit taire.

Pendant que le jeune Porriquet tournait sa position avec une finesse qui devait lui être un jour fatale, Alfred, après avoir remis le bail, alla souper. « Les paroles du petit lui coûteront cher, se disait-il tout en dégustant un perdreau, mais il faut l'avouer, il aura bien mérité les corrections du papa et de la maman Porriquet, sa diplomatie était drôle, mais le reste ne valait rien. S'attaquer aux vivants, fi donc !... C'est d'un élève de septième. On invente, ou l'on fait parler les morts, voilà les principes de l'art ! Ce petit n'est pas fort, il a besoin de quelques conseils ; et, puisque nous voyageons encore demain ensemble, je lui en donnerai. Quant au vieux, il est très fort, et s'il voulait blaguer, ce serait du fameux !... »

Ces trois jeunes gens que le hasard avait réunis dans la même voiture et sous le même toit, devaient toujours se souvenir de cette rencontre, car ces heures passées ensemble allaient décider de leur destinée !... Contre les habitudes de leur âge, tous trois dormirent peu Joseph pensait à l'*agréable* surprise qui attendait le lendemain son père et sa mère, et à l'accueil qui lui était réservé, si son parrain parlait de ses indiscrétions ; aussi cherchait-il avec la profondeur d'un Machiavel ce qu'il dirait à son parrain pour le décider à expliquer son retour sans le mettre en cause.

Alfred, en récapitulant ses hauts faits de la veille, se reconnaissait fautif en quelques points. « Les œuvres de l'imagination ont leur écueils, pensait-il, et il vaut mieux les lancer sur l'océan parisien que sur la mare villageoise ; l'océan engloutit tout ; la mare ne noie pas même la coquille d'un œuf ! Donc, la blague est douce dans le coucou qui vole vers Paris, mais elle est amère quand ledit coucou retourne au nid !... Tous les voyageurs, il est vrai, ne se jettent pas ordinairement à la même grille d'un château, mais concluons de ce hasard qu'il faut, avant de tirer ses blagues, s'enquérir soigneusement du lieu où demeurent les compagnons de route. » Telles étaient les fautes que se reprochait le hâbleur, et la morale qu'il en faisait sortir.

Quant au jeune Dubois, mécontent de lui et honteux d'avoir cédé à un sot orgueil, il cherchait comment il réparerait un mensonge dont la délicatesse de son âme lui exagérait encore le mal. Au petit jour, il se mit résolument à l'ouvrage, pendant que son aide sifflait joyeusement son air favori en apprêtant les couleurs ; Jules jetait de temps à autre des regards inquiets sur les fenêtres, croyant toujours y voir apparaître la figure du clerc ou celle de Joseph, décidé néanmoins à réparer noblement sa faute. Mais il n'aperçut que la famille du concierge ; petits et grands couraient en gens fort affairés ; le concierge traversa bientôt la cour traînant une petite charrette remplie de caisses et de paquets. Joseph poussait la charrette par derrière, soit pour se donner une contenance, soit pour obéir aux ordres de son parrain. Alfred, la tête haute, le portefeuille sous le bras, marchait à côté de lui, commençant peut-être déjà les leçons qu'il s'était proposé de lui donner. L'intendant manquait à ce cortège ; il n'osait sans doute passer par la grande porte du château, et devait rejoindre ses compagnons dans l'avenue.

Jules les suivait des yeux avec joie, en homme délivré de grands soucis.

« Vous regardez le départ de notre intendant ? dit la concierge qui mettait le couvert ; en voilà un qui a fait des bêtises ! Se faire chasser de chez un maître si bon pour lui ! M. le comte lui avait fait apprendre tout ce qu'il savait, et ne l'aurait jamais laissé dans la peine, bien sûr.

— Sait-on pourquoi il est renvoyé ?

— Le fermier le dirait aussi bien que M. le comte, je crois, mais justice est faite, et notre maître nous a recommandé le silence.

— Quel homme est-ce que vot' bourgeois ? dit le petit garçon.

— Un homme bon et juste ; mais je ne voudrais pas avoir vendu une fleur de la serre et me trouver en face de lui ! car il a bientôt fait le compte de chacun.

— Ma mère, le déjeuner est prêt, puis-je avertir M. le comte ? demanda par la fenêtre la fille de la concierge.

— Va », répondit sa mère.

Jules entendit peu après le comte descendre l'escalier, et, levant les yeux lorsqu'il entra, il eut le même éblouissement qui avait saisi la veille Alfred et Joseph en le revoyant.

Le comte ne put retenir un sourire, mais ce sourire était si bienveillant, que le jeune homme, quittant aussitôt pinceaux et palette, s'avança vers lui.

« Vous devez avoir une mauvaise opinion de moi, monsieur le comte ? et cette idée me tourmente. Je peins le marbre pour faire vivre ma mère qui est veuve et pauvre, la mort de mon père arrêta ma carrière, et je n'ai pas concouru pour le grand prix de Rome. Mais une vocation m'appelle à mieux que cela, je le crois, je l'espère, et ce mensonge que j'ai fait aura décidé de ma vie, dorénavant. Je travaillerai pour ma mère et pour mon avenir, et si vous entendez un jour parler des œuvres de Jules Dubois, pensez qu'il est homme de cœur et de courage, au-dessus du rôle qu'il a joué hier, car j'aurai souffert et travaillé pour arriver à faire parler de moi.

— Dès hier, je ne vous ai pas confondu avec vos compagnons de route, mon jeune ami, asseyez-vous là, déjeunons ensemble et causons. »

À la fin du repas, après les renseignements que le comte Maurice avait demandés au jeune homme et pendant lesquelles *[sic]* le protecteur avait achevé de juger celui qu'il voulait protéger, le comte disait au jeune Jules :

« Je veux hâter vos succès et vous venir en aide, en vous évitant des luttes qui usent l'énergie et quelquefois même le talent.

— Monsieur le comte, répondit Jules touché jusqu'aux larmes, suis-je assez sûr de moi pour accepter vos offres généreuses ? Sais-je si je pourrai jamais m'acquitter envers vous ? Il faut des années pour faire un peintre, quand même Dieu m'aurait accordé le génie.

— Je puis attendre, répondit le comte, calmez vos scrupules, un seul de vos tableaux vous libérera un jour envers moi, et c'est moi peut-être qui serai alors votre débiteur. »

La joie du jeune homme, les conventions qui suivirent dépasseraient les limites de cette narration.

§ IV. — Conclusion

Six ans après le voyage qui a été raconté, Jules Dubois avait réalisé les prédictions du comte Maurice, et celui-ci inaugurait avec pompe, dans ce même château où il avait déjeuné et causé avec le peintre futur, le tableau qui acquittait le jeune homme envers lui.

Le comte avait choisi pour cette inauguration le jour de la fête du village, il présentait l'auteur à tous ses amis, gens d'élite qui, en admirant l'œuvre du jeune peintre, s'inscrivaient pour obtenir aussi des tableaux de lui.

Jules Dubois, par la puissante protection du comte devenu son ami, voyait donc la fortune et la célébrité lui sourire au début de sa carrière, plus heureux que tant de génies qui, faute de circonstances, meurent pauvres sans avoir jamais joui de leur gloire.

La fête du village se célébrait tous les ans sous les grands arbres de l'avenue du château le jour de l'Ascension.

Le comte Maurice, suivi de toute sa société, alla, comme tous les ans, visiter la fête. Il avait pris le bras du jeune peintre dont tout le monde admirait la tournure élégante et la beauté qui rappelait celle de Van Dyck.

Arrivés à l'endroit où l'on gagnait les prix fondés par le comte, ils s'arrêtèrent un instant à voir tirer les concurrents qui les disputaient. Jules reconnut parmi eux ce fier capitaine du coucou dont il n'avait pas entendu parler, et qu'il n'avait pas revu depuis ce voyage fait en sa compagnie, voyage si mémorable pour lui.

Le poing sur la hanche, un chapeau gris posé sur l'oreille, M. Alfred se faisait remarquer entre tous ses rivaux par le nœud extravagant d'une cravate trop bleue pour ne pas attirer l'œil. Une chemise de couleur sur laquelle des messieurs et des dames dansaient des valses échevelées, un gilet où miroitaient toutes espèces de couleurs, une redingote à la mode *du lendemain*, pour laquelle la déesse avait trouvé une coupe savante, destinée à dissimuler l'embonpoint précoce du jeune lion de la Grande Chaumière. Telle était la tenue de ce capitaine des hâbleurs.

Son tour arrivé, il s'avança avec la grâce d'un Lovelace de faubourg, jeta son chapeau en arrière et ajusta son coup. On ne peut donner mieux l'idée de sa désinvolture qu'en disant qu'il cherchait à imiter la pose de l'Apollon du Belvédère.

« Nous avons perdu, dit un des concurrents découragé à son voisin, sans regarder ce qu'il adviendrait du coup.

— Tu connais donc ce gros-là, toi ?

— Pour le voir à toutes les fêtes de banlieue décrocher au bout de son fusil toutes les timbales et les couverts aux pauvres gens. Il passe sa vie sans doute à s'exercer…

— Gagné ! cria-t-on de toutes parts.

— Pur hasard, mes amis, dit Alfred.

— Blagueur ! » reprit l'homme qui avait parlé.

Alfred apercevant alors Jules qu'il reconnut, s'avança vers lui.

« Eh bien ! dit-il en prenant l'attitude d'un maître à danser à la première position, qu'est-ce que j'avais prédit ?… Les lauriers ont poussé sous nos pinceaux ? Nous avons commis une fort belle œuvre, ce tableau-là sent le marbre ; nul doute que nous aurons notre buste à l'exposition prochaine.

— Et vous, capitaine, qu'avez-vous commis depuis que nous ne nous sommes vus ? répondit Jules froidement.

— J'avais quitté l'état militaire en descendant de notre coucou, vous le savez, mais le fameux tour d'Europe du jeune Porriquet me tentant, j'abandonnai ma boutique de notaire pour l'état de commis voyageur. Je vends, pour le quart d'heure, à la Suisse, à l'Allemagne et autres lieux, de la littérature en gros et en détail. Si les peintres pouvaient se servir de nous comme les libraires, je serais à votre service, monsieur Dubois.

«*Jeté dans les beaux-arts j'en connais les détours.*»

En disant ces mots, l'ex-capitaine et l'ex-clerc, peu encouragé par la froideur de son ex-ami, prit congé de lui en saluant le comte qui revenait prendre le bras du jeune homme.

«Monsieur le comte Maurice ne me reconnaît pas, sans doute?

— On reconnaît toujours ceux qui ne changent jamais, monsieur, dit le comte lui rendant gravement son salut en entraînant Jules.

— Cet homme-là fait tout ce qu'il veut de ses pattes, disaient près d'eux des mécontents déplorant la perte des prix, il est de première force au billard.

— Voilà sa fin trouvée, dit le comte Maurice à Jules en entendant ces paroles, il deviendra un faraud d'estaminet où il jouera les poules d'honneur pour le compte des maîtres de café en les partageant avec eux.»

À deux pas de l'endroit où le comte et le peintre s'étaient arrêtés un instant, deux hommes se cachaient derrière les arbres, l'ancien intendant et Joseph Porriquet, devenu son associé et son complice en toute spéculation douteuse; ils faisaient ostensiblement le commerce de la graineterie, et venaient demander du temps au fermier Claudin pour solder sa dernière fourniture de fourrage. S'étaient-ils engagés dans de mauvaises affaires? avaient-ils perdu la confiance de leurs pratiques? toujours est-il qu'ils étaient pauvres et obligés de se cacher là, comme ailleurs peut-être?

Ces paroles divines: *À chacun selon ses œuvres*, sont des paroles déjà vraies pour ce monde, car on y porte presque toujours le fardeau des fatales conséquences de ses fautes.

Hâbleurs nés ou à naître, si vos mensonges font sourire et sont excusés dans votre jeunesse, ils vous font perdre toute considération quand ils y survivent, et dégénèrent en caractère; tout homme qui respecte sa parole, au contraire, mérite l'estime de tous, quel que soit le rang où Dieu l'a fait naître.

INDICATIONS BIBLIOGRAPHIQUES

*Éditions critiques d'*Un début dans la vie

BALZAC : *Un début dans la vie*, introduction et relevé de variantes par Guy Robert, notes et index de Georges Matoré, Droz et Giard, 1950.

DURRY, Marie-Jeanne, *Un début dans la vie*, Centre de documentation universitaire, 1953 (fascicule dactylographié).

BARDÈCHE, Maurice, introduction à *Un début dans la vie*, dans Balzac, *Œuvres complètes*, t. II, Club de l'Honnête Homme, 1re éd., 1956.

BALZAC, *Un début dans la vie*, in *La Comédie humaine*, t. 1, Bibliothèque de la Pléiade, édition de Pierre Barbéris, sous la direction de Pierre-Georges Castex, Gallimard, 1976.

Quelques ouvrages

DAGNEAUD, Robert, *Les Éléments populaires dans le lexique de* La Comédie humaine *de Balzac*, Les Belles-Lettres, 1954.

GUISE, René, « Balzac et le roman-feuilleton », in *L'Année balzacienne*, 1964.

MEININGER, Anne-Marie, « Théodore. Quelques scènes de la vie privée », in *L'Année balzacienne*, 1964.

BALZAC, *Lettres à Madame Hanska*, 4 vol., éd. de Roger Pierrot, Éditions du Delta, 1967-1971 ; nouvelle édition revue et augmentée, 2 vol., Robert Laffont, « Bouquins », 1990.

NOTES

Page 17.

1. Balzac décerne à sa sœur l'hommage de reconnaissance qu'elle mérite. Mais, en fait, elle lui a donné plus qu'un sujet.

2. Industries : au sens, alors normal, d'*occupations productives*.

3. Neveux : au sens classique et, ici, légèrement parodique de *descendants*.

4. Un coucou, selon le *Dictionnaire de l'Académie* (1835), est une voiture publique « à quatre ou six places qui parcourt les environs de Paris ». On verra un peu plus loin que le coucou de Pierrotin est « présenté comme tenant six voyageurs », mais peut en accueillir en surnombre. Sur ce mode de locomotion, voir « Le Conducteur de coucou », d'Achille Jubinal (*Le Livre des Cent et Un*, XIV, Ladvocat, 1834, p. 315-352), qui fournit un témoignage comparable à celui de Balzac.

5. Place de la Concorde : exactement le long du jardin des Tuileries.

Page 18.

1. « Messageries Touchard », 50, rue du Faubourg Saint-Denis (*Almanach du commerce*, 1822).

2. Centralisation : ici « concentration économique ».

3. Les premiers omnibus circulèrent à Paris en 1828. L'entreprise eut un début difficile, mais se développa sous la monarchie de Juillet.

Page 19.

1. Passe-debout : « permission donnée à un négociant ou à un voiturier de faire entrer, sans payer l'octroi, des marchandises dans une ville, où elles ne pourront être vendues, ni même déchargées » (*Dictionnaires de l'Académie*, 1835).

2. Les Toulouse : « commissionnaire de roulage, 71, faubourg Saint-Denis » (*Almanach du commerce*, 1822).

3. Chambly est donc en 1822 comme le bout du monde. Balzac a situé à Chambly l'intrigue de *Wann-Chlore* (1822) : c'est la première « province » balzacienne.

Page 20.

1. Maison éteinte de L'Isle-Adam : il semble bien, en effet, que l'écrivain Villiers de L'Isle-Adam se soit fait illusion, quand il prétendait descendre en droite lignée de la maison qui eut son berceau dans la vallée de l'Oise. Le généalogiste Max Prinet a déterminé l'endroit exact où la chaîne se rompt. Mais une branche bretonne se constitua au XVIIIe siècle et releva le nom.

2. L'Isle-Adam était devenu en 1651 le patrimoine d'Armand de Conti, fils cadet de la princesse de Condé, née Montmorency.

3. Le pays échappait à la concurrence : aux concurrents de l'industrie moderne, qui ne connaît que les grandes routes.

Page 21.

1. « Rue du Faubourg-Saint-Denis, 51, hôtel du Lion d'Argent, Maucomble entr. voitures pour Crépy, Clermont, Nanteuil, L'Isle-Adam etc., tous les jours à 7 et 8 heures du matin, et en retour à 3 et 4 heures de l'après-midi » (*Almanach du commerce*, 1822).

Page 22.

1. D'après ce qui a été noté au paragraphe précédent, Pierrotin s'est sensiblement éloigné de cette exactitude militaire qui avait concouru à l'imposer dans ses débuts.

Page 23.

1. Les messagers du premier ordre sont ceux qui parcourent de longues distances et qui ont un uniforme consa-

cré. Voir « Le Conducteur de diligence », dans *Les Français peints par eux-mêmes*, t. II, p. 98, Curmer, texte de J. Hilpert, dessins de Henry Monnier.

2. C'est ce respect pour les supériorités sociales qui fait encore défaut à Oscar Husson et que son aventure, notamment son passage par l'armée, lui apprendra.

3. Depuis la paix : depuis 1815.

4. Le progrès des lumières : ici, le progrès de la civilisation matérielle.

5. Farry, Breilmann et Compagnie : ces voituriers sont également mentionnés dans *Eugénie Grandet*, mais on n'en a pas retrouvé trace dans les annuaires de l'époque.

Page 24.

1. *Lapins* : le mot est déjà dans la nouvelle de Laure et dans le texte sur « Le Conducteur de coucou » mentionné ci-dessus. On lit dans le *Dictionnaire de l'Académie* (complément de 1842) que *lapin* se dit, « parmi le peuple de Paris, de la position du voyageur assis à côté du conducteur ».

Page 26.

1. « Populairement et fig. Faire la queue à quelqu'un, le tromper, lui soutirer de l'argent » (Littré). Le mot *queue* désigne au sens propre la queue de cheveux, dont la confection requiert certains soins.

Page 27.

1. Topographie exacte. Mais on n'a pas retrouvé trace du Café de l'Échiquier dans les annuaires de l'époque.

Page 28.

1. *Il* : l'autre messager, celui qui croise avec Pierrotin et part de L'Isle-Adam quand Pierrotin part de Paris.

2. Expression familière et tombée en désuétude, à entendre par antiphrase : « Voilà un beau venez-y-voir se dit d'une chose dont on fait peu de cas » (Antoine Caillot, *Nouveau dictionnaire proverbial, satirique et burlesque*, Dauvin, 1826).

3. Brûle-gueule : l'usage du tabac passe des militaires aux civils, ici par l'intermédiaire d'un ancien militaire. Le vocabulaire suit.

Page 30.

1. Carcans : ce mot se disait familièrement de personnes âpres au gain. On le rencontre déjà dans le *Code des gens honnêtes* et on le retrouvera dans *La Cousine Bette* (voir Robert Dagneaud, *Les Éléments populaires dans le lexique de* La Comédie humaine *de Balzac*, Les Belles-Lettres, 1956, p. 48).

2. « Que d'or ! » Tour populaire commenté par Robert Dagneaud (*op. cit.*, p. 147), qui relève encore : « Plus que ça de perles » dans *La Cousine Bette*.

Page 31.

1. Le comte de Sérizy : première mention de ce personnage selon l'ordre de *La Comédie humaine*. Dans tout ce roman, Balzac écrit Sérisy, alors qu'on rencontrera ailleurs la graphie *Sérizy*.

2. Cachemite : en cachette. Le mot se dit d'un jeu d'enfants analogue au « cache-cache » (Bescherelle).

3. « Attelage à la Daumont, c'est-à-dire deux chevaux et, sur celui de gauche, un postillon » (*Journal des modes*, 20 septembre 1816, cité par Guy Robert et Georges Matoré dans leur édition d'*Un début dans la vie*) (voir la bibliographie).

Page 32.

1. La bourgeoisie locale, « industrielle » et utilitariste, est offusquée des frais engagés dans un château par des propriétaires nobles. Ce thème est déjà esquissé dans *Le Grand Propriétaire*, premier état des futurs *Paysans*.

2. *Magni-magnon* : Robert Dagneaud rapproche ce mot d'un *magni magnos* rencontré chez Tallemant des Réaux et, d'après le contexte, le définit ici par « dame riche et hautaine qui fait étalage de fortune ».

3. *Evu* est une forme dialectale de *eu* et *valiscence* est un vieux mot qui signifie valeur, prix. *Avoir la valiscence* est ici une formule de politesse analogue à « avoir l'honneur, l'avantage » (R. Dagneaud).

Page 33.

1. Remise : « Voiture à quatre places, sans numéro, qui se loue ordinairement par jour ou par mois » (*Dict. Acad.*,

1835). Mode de transport coûteux, qui correspond à un niveau de vie élevé.

Page 34.

1. La devise paraîtrait faire prévaloir la graphie Sérisy sur la graphie Sérizy. Mais le personnage existait avant qu'elle ait été conçue.

2. Sérisy descend de la noblesse de robe. Il échappe ainsi aux fatalités qui pèsent sur les ultras, et demeure disponible pour figurer le grand serviteur de l'Administration et de l'État à travers les changements de régime.

Page 35.

1. Bel exemple de fusion des classes par l'Empire : le thème apparaissait pour la première fois en 1822 dans *Le Centenaire*. Gaubert est un personnage fictif, semble-t-il, malgré le commentaire dont le nom s'accompagne : Balzac pratique systématiquement l'amalgame entre le monde réel et son monde imaginaire.

Page 37.

1. Balzac semble vouloir donner à entendre que Sérisy (qui a un fils) est devenu impuissant. Voir d'autre part la note suivante.

2. Une dermatose qui sera décrite plus loin et rapportée à la même origine hautement honorable ; voir cependant la curieuse variante relevée en cet endroit (p. 67).

Page 38.

1. Depuis *Le Colonel Chabert* (1832), Derville est l'avoué des grands personnages balzaciens.

Page 39.

1. De paysan à diplomate, le diplomate succombe : interférence, qui vaut, avant la lettre, un résumé, avec le texte central des *Paysans* (écrit en 1844).

2. Un architecte à la mode : et l'architecte des grands personnages de *La Comédie humaine*, comme Derville en est l'avoué. Il intervient souvent à partir de *César Birotteau* (1837). On dirait plutôt à son propos aujourd'hui : « décorateur » ou « ensemblier ».

3. Robespierre : selon l'ordre de *La Comédie humaine,* première mention de ce personnage. Balzac écrit ordinairement *Roberspierre,* selon une graphie conforme à l'origine du nom, mais tombée en désuétude.

Page 41.

1. En sac : en espèces, net et comptant. C'est le sac d'argent que remet le fermier au propriétaire, par opposition à l'argent fiduciaire ou à la rente.

Page 42.

1. Henri-IV : collège (aujourd'hui lycée) de la bonne société : le fils de Louis-Philippe y avait été le condisciple d'Alfred de Musset.
2. Quatre-vingts francs : cotation exacte vers 1822.
3. Auparavant : pour « avant ». Usage tombé en désuétude.

Page 45.

1. Honnête homme et témoin, Derville discerne et démasque les malhonnêtetés. Mais qu'il le veuille ou non, il sert toujours des intérêts et des ambitions.
2. Derville ne fait pas l'éloge de la pauvreté. Il montre seulement comment, dans un contexte socio-historique précis, toute réussite est pervertissante. Ce n'est pas ici maxime de moraliste, mais analyse d'une situation concrète.

Page 46.

1. *Le Courrier français* : journal d'un libéralisme modéré, fondé en 1819 et animé par Benjamin Constant.
2. Les anciens officiers ont le sens de la discipline et de l'organisation. Ils représentent aussi une main-d'œuvre disponible après l'Empire.
3. De couleur carmélite : brun pâle.

Page 48.

1. Délibération mutuelle : entendons « en partie double ».
2. Pourtraite : terme archaïque, pour « peinte », et déjà noté comme tel par Vaugelas.

Page 49.

1. Le quartier de l'Arsenal : Balzac se souvient de l'avoir habité, en 1819, au temps de la rue Lesdiguières.

Page 51.

1. Madame faisait quelquefois de petits savonnages elle-même : comme Mme Camusot à Alençon dans *Le Cabinet des Antiques*.

2. Avant la mise en service du timbre-poste, qui intervint à Paris en 1849, le port des lettres, fort élevé et calculé selon la distance, était à la charge du destinataire.

3. Un fournisseur... que Napoléon ruina : thème fréquent chez Balzac, qui vient des relations de son père et de l'exemple d'Ouvrard.

Page 52.

1. Capacités : mot ambigu, qui est ici positif et signifie « aptitudes », « compétences », mais qui avait aussi une signification économique dans le système censitaire de la monarchie constitutionnelle.

2. Oscar était tout l'avenir [...] de sa mère : banalité apparente. Mais en fait cet exclusivisme maternel éclaire l'état d'esprit d'Oscar Husson qui, ainsi tenu en bride, cherche maladroitement à se libérer et qui ira jusqu'à renier sa mère.

Page 53.

1. Les splendeurs civiles de l'Empire, que le petit Honoré Balzac avait bien connues à Tours, bien différentes des splendeurs *militaires* dont parlent toutes les enfances impériales (Vigny, Sainte-Beuve, Hugo, Musset).

2. À l'envi des autres : au sens inhabituel de « vis-à-vis ».

3. Thème de l'écolier mal pourvu, déjà développé dans *Le Lys dans la vallée*.

Page 56.

1. Emprunt très précis au texte de Laure : « Tu es ici à tous les airs, maman, ta fluxion reviendra si tu y restes plus longtemps. »

Page 57.

1. Parodie du style néo-romantique, plus concevable en 1842 qu'en 1822. Le jargon littéraire concourt à définir un univers du faux, où s'inscrivent à l'aise les faux héros, mais d'où échappent les héros vrais.

Page 58.

1. L'Ambigu-Comique : théâtre fréquenté par un public populaire, situé jusqu'en 1827 boulevard du Temple, où d'ailleurs, sous la Restauration, se jouaient des vaudevilles, plutôt que des mélodrames.

Page 59.

1. Venture et Bacle : deux médiocres aventuriers, que Rousseau a évoqués au livre III des *Confessions*.

Page 60.

1. Beau fils désigne sous la Restauration un type de jeune élégant. Le mot équivaut sensiblement à *fashionable*.

2. « *C'est la faute à Voltaire...* » : chanson mise à la mode en 1817 à la suite d'un « mandement de Carême » qui accusait les écrits de Voltaire et de Rousseau d'avoir « perverti le caractère et les mœurs publiques ». Laure la citait déjà dans sa nouvelle. Le sens de ce refrain est clair : les hommes du pouvoir rendent les écrivains et les philosophes responsables des catastrophes historiques dont ils refusent de voir les véritables causes.

Page 61.

1. Rapin : le mot a été mis à la mode à la fin de la Restauration. Le style atelier et le style étude vont se succéder dans la suite du récit.

2. Mistigris : première apparition dans *La Comédie humaine* de ce personnage, ici plaisantin aimable, qui imposera son talent sous le nom de Léon de Lora.

Page 62.

3. Ce maître, qui usurpe, dans le récit, l'identité du peintre Schinner, sera désigné plus loin sous son vrai nom de Joseph Bridau, dont rayonnera la gloire. Le portrait physique ici proposé fait songer à Delacroix qui, sans pou-

voir être donné comme le modèle du personnage — ainsi qu'on le lit quelquefois — a fourni incontestablement certains détails au romancier.

2. « Chiquer » au sens de « manger » se rencontre encore dans *La Rabouilleuse*. Le mot est populaire, selon Bescherelle ; Selon R. Dagneaud, il appartiendrait au vocabulaire particulier des peintres.

3. Souvenir précis du texte de Laure : « Que diable ! l'ami, quand on a un pareil sabot, il faut avoir au moins le mérite de l'exactitude. » *Sabot* est un terme péjoratif, ici appliqué à une voiture, ailleurs *(Illusions perdues)* à des presses d'imprimerie démodées et pouvant désigner aussi, selon le *Dictionnaire de l'Académie*, un mauvais violon.

Page 64.

1. Louis XVIII : effet à rapporter à la date de l'intrigue (1822).

2. Poindait : Balzac conjugue incorrectement le verbe *poindre* : il en est d'assez nombreux exemples dans *La Comédie humaine*.

3. Le « fantastique troisième cheval, qui se paye toujours et ne se voit jamais », comme on lit encore au début d'*Ursule Mirouët*. « Il s'agit du cheval de renfort que les maîtres de poste étaient autorisés à employer dans certains endroits à cause de la difficulté du chemin » (Madeleine Ambrière-Fargeaud), dans son édition d'*Ursule Mirouët* (Folio classique, 1981, p. 360).

Page 65.

1. On sait que Balzac a constitué tout un arsenal de proverbes déformés (voir *Pensées, sujets, fragments*, éd. Jacques Crépet, p. 64, A. Blaizot, 1910) et distribués dans plusieurs romans *(Illusions perdues, La Rabouilleuse, Ursule Mirouët)*, en prenant prétexte, comme ici, d'une mode rapportée aux ateliers de peinture, mais tout aussi bien, comme dans *Ursule Mirouët*, de l'inculture d'un personnage qui écorche la langue (Mme Crémière). De telles trouvailles l'amusaient beaucoup ; elles annoncent les surprises du hasard que cultivera le surréalisme, sans impliquer chez lui aucune intention de créer un vertige ; tout au plus mettent-elles légèrement en cause le conformisme de la « sagesse » popu-

laire et bourgeoise. Jean Baudry rappelle («Notes» citées, *L'Année balzacienne 1977*, p. 299) que le Bazile du *Mariage de Figaro* pratiquait le même jeu, et on sait que Balzac appréciait beaucoup Beaumarchais.

Page 66.

1. Lecomte : l'équivoque est déjà dans le texte de Laure.
2. «Ne dérangez personne» : «Je ne dérange jamais personne», disait le comte du *Voyage en coucou*.
3. Même trait dans *Le Voyage en coucou* (voir note précédente).

Page 67.

1. La dermatose du comte de Sérisy est expliquée, comme plus haut (voir la note 2 de la page 37) par un excès de travail. Mais une variante du texte («produite par une jeunesse orageuse») montre que Balzac avait songé à suggérer une maladie vénérienne. En renonçant à cette indication, il préserve l'image de marque d'un personnage dont la dignité morale et les talents d'administrateur éveillent l'admiration.

Page 68

1. Cette «rue de la Fidélité» rappelle le cours de la Fidélité, à Verrières, dans *Le Rouge et le Noir*, et évoque le départ de Louis XVIII, en 1815, via Saint-Denis, avec quelques fidèles.

Page 69.

1. Parodie, non seulement de la Charte, mais de la Déclaration des droits de l'homme, dont est reprise une affirmation formelle et illusoire. Balzac suggère le caractère mystificateur de ces textes fondamentaux.

Page 70.

1. La Tribune : le système parlementaire.
2. Étienne, auteur dramatique, puis, sous la Restauration, journaliste de l'opposition. Béranger, le poète et chansonnier frondeur, tenu à la même époque pour un héros de la liberté.
3. 1822 est l'année de l'exécution des sergents de La

Rochelle et d'autres procès politiques. *Empoigner* est un terme consacré, en langage de police politique ou autre : en 1823, le colonel de Foucault donna l'ordre d'« empoigner » le député Manuel.

4. Le Champ-d'Asile : Balzac a souvent fait allusion (voir notamment *La Rabouilleuse*) à cette entreprise qui visait à installer sur les bords du golfe du Mexique, puis dans l'Alabama, d'anciens soldats de l'Empire. L'opposition libérale avait fait grand bruit autour de l'affaire, une souscription ayant été lancée, mais tout s'était écroulé en 1818-1819. Le Champ d'Asile apparaît à Balzac comme l'un des plus forts exemples de la démagogie et de l'incapacité libérales.

Page 71.

1. Victor Cousin fut suspendu de ses fonctions en 1821 et Balzac s'était enthousiasmé pour son enseignement en 1817-1818. Mais en 1842 il était devenu un personnage officiel, le philosophe du Juste Milieu. L'effet de lecture joue sur cette dissonance.

2. Ali, pacha de Jamina : figure très populaire de la guerre de l'indépendance grecque. En révolte contre le Sultan, il avait appuyé les Grecs. Alexandre Dumas lui fera jouer un rôle important dans *Le Comte de Monte-Cristo*.

3. Sur le Ponant : l'équivoque suggère ici le postérieur, les fesses. Le mot *ponant* est répertorié dans cette acception grossière par d'Hautel (*Dictionnaire du bas langage*, 1808).

Page 72.

1. Vingt-neuf ans : c'est le même âge que prétend avoir dans le récit de Laure, en se vieillissant d'une dizaine d'années, l'homologue de Georges, prénommé Alfred.

2. Hanau : victoire remportée par Napoléon sur l'armée austro-bavaroise dans les derniers jours d'octobre 1813.

3. Dire « l'Empereur » et non « Buonaparte » est déjà une preuve de libéralisme (ou d'impérialisme). L'allusion est risquée en 1822, elle le serait davantage s'il fallait s'en tenir à la date de 1820, portée une fois, tout au début du récit, sur le Furne corrigé, puisque Napoléon était encore vivant.

4. « Vous ne portez pas la croix ? » : dans le récit de Laure, cette question est posée par le comte.

5. Crachats : emploi populaire et métaphorique du mot pour désigner les plaques servant d'insigne aux grades supérieurs d'un Ordre. Mais le mot tend à passer dans la langue commune autour de 1830.

Page 73.

1. Waterloo : d'après Achile de Vaulabelle (*Histoire des deux Restaurations*, Perrotin, 1860), l'Empereur prit le commandement du dernier bataillon de la garde et, décidé à mourir, poussa son cheval dans les rangs, mais Soult et les généraux présents parvinrent à l'entraîner sur la route de Jemmapes.

2. Sèves, et non Selves, après avoir appartenu à l'administration napoléonienne, entra au service du pacha d'Égypte en 1815. Besson, lieutenant de vaisseau sous Napoléon, se fixa en Égypte et y devint amiral.

3. Le Pacha Mohammed : Mehemet-Ali, modernisateur de l'Égypte, l'une des idoles de la gauche, notamment saint-simonienne, sous la Restauration. Balzac l'admirait lui aussi. Le lecteur de 1842 pouvait songer aux événements de 1840, qui avaient conduit la France au bord de la guerre.

Page 74.

1. *Le Massacre des Mameluks* : massacre ordonné par Mehemet-Ali, qui eut lieu au Caire le 1er mars 1811, et qui fut peint, évidemment de chic, par Horace Vernet dans une toile exposée au Salon de 1819.

2. Thalaris : monnaie vénitienne en argent, qui avait cours dans le Proche-Orient ; il faudrait écrire *talaro* et, au pluriel, *talari*.

3. Polacre : « sorte de bâtiment à voile latine, qui va à rames, et qui est en usage sur la Méditerranée » (*Dictionnaire de l'Académie*, 1835).

4. Ali de Tébélen : il s'agit encore du pacha de Janina.

Page 75.

1. Balzac suggère par ce trait ce qu'est devenu vingt ans après, dans l'opinion de 1842, le thème oriental. L'épopée se pervertit en aventure.

2. Czerni-Georges ou Kara-Georges (1762-1817), qui fut le chef des Serbes dans les guerres de l'indépendance et fut mis à mort par les Turcs.

3. L'invraisemblance chronologique est totale pour tout le passage qui concerne Czerni-Georges et sa descendance.

Page 76.

1. La Chaumière : établissement de plaisir, devenu La Grande Chaumière sous Louis XVI, à l'angle du boulevard d'Enfer (boulevard Raspail) et du boulevard Montparnasse (il existe encore une rue de la Grande Chaumière). Beaucoup d'étudiants venaient y danser ou profiter des jeux et attractions qui y étaient installés: boules, tirs au pistolet, « montagnes suisses ».

2. Balzac a évoqué dans *L'Épicier* (1830) ces bourgeois libéraux qui achètent un Voltaire et un Rousseau complet lors de leur retraite, mais qui meurent avant d'avoir achevé le premier volume. La femme et la fille de César Birotteau lui offrent un Rousseau.

3. « Si quelque appétit vous survenait [à Saint-Denis], vous trouveriez sur votre chemin l'hôtel du Grand Cerf, fort renommé par une espèce de pâtisserie appelée *Talmouses*. Mme Dutocq, qui vient de céder cette maison à Mme Auguste, laisse de précieux souvenirs aux voyageurs gastronomes » (Henri de Latouche, *Montmorency, voyage, anecdotes*, Paris, 1823, texte cité par Robert et Matoré dans leur édition du roman). C'est une pâtisserie au fromage, aux œufs et au beurre.

Page 77.

1. Schinner : ce peintre, dont le patron de Mistigris usurpe ici l'identité, a été évoqué comme déjà célèbre, à vingt-cinq ans, dans *La Bourse*.

2. Marais, place Royale et île Saint-Louis: quartier bourgeois et petit-bourgeois par excellence, que Balzac connaissait bien pour y avoir vécu avec ses parents. Géographie consacrée.

Page 78.

1. Chosrew-Pacha: général et homme d'État turc (1769?-

1855). Il devint le grand vizir du sultan Mahmoud, contre lequel Ali de Tébélen s'était révolté.

Page 79.

1. Le texte définitif, inversant la proposition initiale, prend une signification érotique. « Arnaute » est le nom donné par les Turcs aux Albanais.
2. Mes bigallions : mon argent. On rencontre plus fréquemment « picaillons ». Le terme est, de toute façon, populaire et, à l'origine, argotique.
3. Le duc de Rivière (1763-1828), nommé ambassadeur à Constantinople en 1816, avait été rappelé en 1820.

Page 80.

1. Georges donne à entendre qu'il courait le risque d'être châtré.
2. Tchiaoux : simple sujet, d'après le contexte. Mais nous ne connaissons pas d'autre emploi de ce mot.
3. Troubadour : ce mot se rencontre, sous la Restauration, avec le sens de « troupier », « fantassin ». Il signifie plus généralement ici « militaire ». Il a une tout autre acception dans le vocabulaire des artistes, lorsqu'il désigne un genre, un style caractérisé par le goût du Moyen Âge, et se rattache alors au provençal *trobador*, trouveur, poète.
4. Le consul de France : Louis, baron Félix de Beaujour (voir ouvrage d'Anne-Marie Meininger, dans la bibliographie).

Page 81.

1. François Espoz y Mina (1781-1836) combattit Napoléon, puis devint le chef des troupes constitutionnelles qui s'opposèrent en 1823 à Ferdinand VII et au corps expéditionnaire du général Moncey.
2. Le comte joue ici un rôle, lui aussi, et s'amuse à mettre dans l'embarras le jeune hâbleur. Cette sortie prépare la leçon du château.

Page 82.

1. Le drapeau blanc est oublié depuis longtemps en 1842. Vingt ans plus tôt, il représente l'autorité de la monarchie légitime. 1822 est l'année où le gouvernement de Villèle,

à ses débuts, prit le parti d'accentuer la répression politique.

2. Lattaqui : on écrit plutôt Latakié. Tabac cultivé dans l'actuelle Syrie. Le 2 mars 1838, Balzac écrivait à Mme Hanska : « Si vous trouvez du vrai Latakié à Moscou, envoyez-m'en aussi une assez grande quantité. »

3. La statistique : l'emploi du terme est peu plausible dans la conversation courante en 1822. Ce sont les travaux de Benoiston de Châteauneuf et ceux du baron Dupin qui, à partir de 1826-1827, ont popularisé la statistique.

Page 83.

1. Texte exact : « Quand les sauvages de la Louisiane veulent avoir du fruit, ils coupent l'arbre au pied et cueillent le fruit. Voilà le gouvernement despotique » (*L'Esprit des lois*, I, 13).

2. Allusion aux projet ultra de coup d'État contre la Charte et le régime représentatif.

Page 84.

1. L'opposition entre le « bourgeois » et l'« artiste » est devenue courante dans les ateliers. le thème a été traité par Balzac dans *Pierre Grassou* (1840).

Page 85.

1. Kergarouët : voir *La Bourse.*

2. Niaisement : en faisant le niais et en affectant de réagir selon la mode bourgeoise.

3. Trait de libéralisme assez vif. Mais la réponse du comte dépasse la polémique facile et à courte vue.

4. Ce Chinois d'Anglais : c'est en raccourci l'expression d'origine populaire « chinois de paravent », personnage grimaçant et laid. Le rapprochement avec « Anglais » crée un effet comique supplémentaire.

Page 86.

1. La Savate : sorte de lutte, ordinairement pratiquée dans le bas peuple, mais qui se répandit dans la haute société sous le nom de chausson (voir Théophile Gautier, « Le Maître de chausson », dans *Les Français peints par eux-mêmes*, t. V, p. 263-270). On a dit plus tard : boxe française.

Page 87.

1. Uscoques : le mot désigne, à l'origine, des aventuriers slaves, originaires des Balkans, qui avaient été détruits par les Turcs.

Page 88.

1. Couleur locale : encore un terme peu plausible à la date de 1822. C'est vers la fin de la Restauration que la querelle sur la couleur locale a battu son plein.
2. Les romantiques, pour qui les grands peintres étaient Delacroix et Géricault, détestaient le classique David.
3. Diafoirus : l'apothicaire chez lequel le faux Schinner prétendait avoir habité.

Page 91.

1. Émeute : encore un terme employé en surimpression, car on ne parlait guère d'émeutes autour de 1822 et le mot renvoie à l'expérience de la monarchie de Juillet.

Page 92.

1. Mésaventure également évoquée par Joseph Bridau dans *La Rabouilleuse*. M. Guy Robert s'est demandé (édition citée d'*Un début dans la vie*, p. LV) si l'indication ne viendrait pas de Nodier.

Page 95.

1. Terme alors très vif, notamment utilisé dans le vocabulaire militaire : « Nous n'allons pas nous laisser *embêter* », dit le commandant Hulot dans *Les Chouans*.
2. « Je vous les prêterais » : ce n'est pas de la générosité. L'argent bourgeois fait la guerre aux propriétés nobles.

Page 97.

1. La générosité réelle du comte s'oppose à l'esprit agressif du propos relevé dans la bouche de l'aubergiste à la note précédente.

Page 98.

1. Berme : « chemin qu'on laisse entre une levée et le bord d'un canal ou d'un fossé » (*Dictionnaire de l'Académie*, 1835).

Page 99.

1. La femme de charge: Joseph, dans la nouvelle de Laure, fait exactement le même mensonge.

Page 100.

1. Allusion au problème des frontières naturelles. La Révolution de 1830 n'a pas rendu la Belgique à la France. Louis-Philippe avait refusé le trône pour son fils, au mécontentement de la gauche et aussi de Balzac au temps des *Lettres sur Paris*.

2. « Renier sa mère, Monsieur, vous n'avez donc pas de cœur ! » dit Jules à Joseph dans *Le Voyage en coucou*. Ici, le narrateur prend lui-même à son compte la condamnation formulée par le jeune artiste et Balzac est entraîné par le moralisme de sa sœur.

Page 101.

1. M. Andrieux: Balzac avait de bonnes raisons de connaître cet académicien, ancien professeur de son beau-frère Surville, et qui, en 1819, après avoir formulé un avis très critique à l'encontre de sa tragédie *Cromwell*, avait conseillé au jeune Honoré de renoncer à toute ambition littéraire.

2. L'abbé Loraux apparaît pour la première fois dans *César Birotteau* (1837). Il joue un rôle important dans *La Rabouilleuse*. Oscar cherche ici une caution respectable et bien pensante, comme un peu plus loin lorsqu'il nomme l'abbé Frayssinous, grand maître de l'Université en 1822.

Page 102.

1. On songe aux promenades à cheval, bien réelles, de Julien Sorel avec Norbert de La Mole, dans *Le Rouge et le Noir*. Mais Oscar vit dans un univers faux.

2. Le docteur Alibert : médecin de Louis XVIII, donc autre figure bien pensante. Dermatologue (Lois XVIII souffrait, comme Sérisy, d'une cruelle maladie de peau), et, à ce titre, médecin-chef de l'hôpital Saint-Louis. Dans *La Comédie humaine*, il fournit l'Huile comagène à César Birotteau.

Page 103.

1. Allusion à la tradition selon laquelle les rois de France possédaient le pouvoir, notamment le jour du Sacre à Reims, de guérir les écrouelles par l'imposition des mains : « Le Roi te touche, Dieu te guérit. » Le roi Charles X avait repris, en 1825, cette gothique coutume. Oscar n'hésite pas, ici, à parler le langage bien pensant du Trône et de l'Autel, en contrepoint avec le libéralisme agressif de Georges Marest.

2. Un médecin écossais : allusion à Willan, qui fut en opposition avec Alibert sur des questions de dermatologie (Anne-Marie Meininger).

3. Arnolphe : dans *L'École des femmes*. Mais l'allusion est imprécise.

4. La liaison de Victor d'Aiglemont avec la comtesse de Sérisy est évoquée dans *La Duchesse de Langeais*.

Page 104.

1. Nous ne connaissons aucune pièce qui porte ce titre. Mais Mistigris veut peut-être seulement dire que « l'honneur et les dames » est un sujet typique de mélodrame.

Page 106.

1. De La Cave au château de Presles : topographie exacte.

Page 110.

1. Bergeret, fermier général sous Louis XV, devenu propriétaire des châteaux de Cassan et de Nointel. Baudart (Balzac écrit Bodard) de Saint-James, trésorier général de la Marine, dont la faillite occupa Bernard-François Balzac comme secrétaire au Conseil du Roi (voir Marcel Bouteron, *Études balzaciennes*, Jouve, 1954, p. 27). L'un des quatre frères Pâris, célèbres financiers du XVIIIe siècle, qui concoururent à la chute de Law et conseillèrent Louis XV. Bouret (1710-1777), plusieurs fois nommé dans *Les Paysans*, fils de laquais, devenu fermier général, et qui se ruina après avoir gaspillé quarante millions.

Page 114.

1. Mme Moreau a accédé à une couche sociale petite-bourgeoise déjà privilégiée. Moreau, quoique opposé en

fait au châtelain, n'est pas, pour autant, du peuple, ni du côté du peuple. Ainsi seront distingués, dans *Les Paysans*, les grands propriétaires, les bourgeois aisés et le prolétariat rural.

Page 115.

1. Il est difficile de savoir si Balzac a voulu ou non l'effet burlesque né du rapprochement, dans la même phrase, des deux expression «pied de guerre» et «pied de grue».

Page 116.

1. Une croix «à la jeannette», croix suspendue à un ruban noir autour du cou.

2. Nattier : marchande de plumes et de fleurs artificielles, 85, rue de Richelieu.

Page 118.

1. Mot de singe à dauphin: un mot imprudemment lâché, éclairant l'ignorance ou la sottise du personnage qui se laisse aller à le prononcer. Allusion à la fable de La Fontaine *Le Singe et le Dauphin* (IV, 7). Un singe naufragé, qui veut se faire convoyer jusqu'au rivage grec sur le dos d'un dauphin, se déclare citoyen d'Athènes, mais montre, l'instant d'après, qu'il prend Le Pirée pour un homme.

Page 119.

1. *Belle dame*: expression du langage bourgeois, comme l'expression «votre époux», également imprimée en italiques un peu plus loin. L'artiste Bridau l'emploie par dérision, pour se moquer implicitement de la bourgeoise Mme Moreau. Balzac la placera plus loin dans la bouche de Cardot et la donnera même comme un tic de langage de ce personnage.

Page 120.

1. Rosalie: c'est déjà le prénom de la servante des dames d'Arneuse dans *Wann-Chlore*, en 1822. Mais il est vrai aussi que Balzac donne le même prénom, dans *Albert Savarus*, à l'aristocratique Mlle de Watteville.

Page 125.

1. Gausses : mot populaire. « Histoires extravagantes. » On rencontrera un peu plus loin, avec le même sens, le mot « gausserie ».

Page 129.

1. Couture avec *La Rabouilleuse,* où est évoquée la gloire conquise par Joseph Bridau.

Page 130.

1. Allusion au procès de Bridau, accusé d'avoir participé à une conspiration *(La Rabouilleuse).*

Page 131.

1. Moucelim : *muslim,* adhérent à l'Islam, musulman. Allusion à l'exécution du commandant de Smyrne, dont le récit a été promis par Georges.

Page 133.

1. Nourrir ce serpent-là... : cliché classique, Mme Moreau est vaguement frottée de littérature.

Page 135.

1. Poiret : l'« idémiste » du *Père Goriot,* le complice de Mlle Michonneau, qui fait ici une rentrée inattendue. Clapart, être nul, a des relations dignes de lui.

Page 137.

1. La chatte : formule familière de dénégation, que l'on retrouve dans *La Rabouilleuse.* Robert Dagneaud la commente (*op. cit.,* p. 148), sans pouvoir en préciser l'exacte signification.

Page 142.

1. Les Camusot font les ultra : comme Nucingen « fait le royaliste » *(Le Père Goriot).* Dans *Splendeurs et misères des courtisanes,* Mme Camusot poussera son mari à bien servir le pouvoir, à la veille des Ordonnances.

2. Mlle Amélie Thirion (voir *Le Cabinet des Antiques* et *Le Cousin Pons*).

3. Le Maximum : taxation autoritaire des denrées et

articles commerciaux, destinée à freiner le prix de la vie et à combattre la spéculation.

Page 143.

1. Belleville est alors la banlieue. Le quartier de La Courtille était célèbre pour ses cabarets à bosquets et tonnelles : les Parisiens allaient s'y égayer.

2. Le costume du vieux Cardot est le costume classique encore revêtu par l'ancienne génération autour de 1820. Ragon en porte un semblable, dans *César Birotteau*.

Page 144.

1. Coralie : voir *Un grand homme de province à Paris*, seconde partie d'*Illusions perdues*.

2. *Les refus de sépulture* : aux suicidés, aux duellistes, aux excommuniés. C'est l'un des chevaux de bataille de l'opposition libérale et anticléricale sous la Restauration, et notamment du *Constitutionnel*.

3. Cardot semble aimer en Béranger l'auteur léger plutôt que le poète politique. Lisette, dans les chansons de Béranger, est le nom courant de la grisette.

4. *Chanter la Mère Godichon* : faire bombance (Dagneaud, *op. cit.*, p. 120). L'origine et le sens littéral de cette expression ne sont pas expliqués.

Page 145.

1. Bonhomme : au sens classique de « vieil homme ».

Page 146.

1. *Le Cadran-Bleu* : célèbre restaurant parisien établi boulevard du Temple, au coin de la rue Charlot.

2. La Gaîté : également boulevard du Temple, au moins sous la Restauration.

Page 149.

1. Le sérieux et le libertinage vont de pair dans la philosophie bourgeoise du vieux Cardot.

Page 152.

1. À M. le Prieur : au personnage dont il doit dépendre. Le *Dictionnaire de l'Académie* cite en 1835 le proverbe : « Il

faut toujours dire du bien de monsieur le prieur», dont l'acception figurée est analogue.

2. Rue de Béthisy : rue proche du Châtelet, aujourd'hui disparue à la suite des prolongements de la rue de Rivoli. Elle commençait rue des Bourdonnais, où se trouvait le magasin de passementerie des Sallambier, cousins de Balzac.

3. Selon Altaroche, («L'Année de Paris», dans *Nouveaux tableaux de Paris*, t. II, p. 77), «l'avoué de Paris a toujours de vingt-huit à quarante ans [...] Un noviciat de dix à quinze ans est nécessaire pour qu'on puisse passer des chaises de l'étude sur le fauteuil de cuir du cabinet particulier» (texte cité dans l'édition Robert et Matoré, p. 241). L'ascension de Desroches a donc été exceptionnellement brillante. Dans *Le Colonel Chabert*, où le personnage a été introduit tardivement, Desroches est seulement cinquième clerc.

Page 153.

1. Les relations entre patron et employés sont encore ici, comme dans *La Maison du chat-qui-pelote*, du type personnel et familial.

2. Souvenir précis des trajets du jeune Balzac entre l'étude et le domicile.

3. Mariette : cette sœur de Godeschal apparaît dans *La Rabouilleuse* ; elle y est la maîtresse de Philippe Bridau, à qui elle donne de l'argent, et elle est entretenue et protégée par le duc de Maufrigneuse.

4. Traiter : négocier l'achat d'une étude.

5. Clerc : malgré ses grands mérites, Godeschal a eu une carrière moins brillante que celle de Desroches, puisque, dans l'étude de Derville décrite dans *Le Colonel Chabert*, il est déjà troisième clerc, donc au-dessus de Desroches.

Page 154.

1. On songe un instant à la vie de Raphaël *(La Peau de chagrin)* et de Félix de Vandenesse *(Le Lys dans la vallée)*. Mais avec Oscar Husson, le thème tournera court.

2. Des expéditions : des copies d'actes.

3. Le Palais-Royal : le quartier demeurait à la mode en 1822. Il ne l'était plus en 1842.

Page 155.

1. Selon Altaroche (*op. cit.*, p. 189), «le troisième clerc fait ce qu'on appelle l'*audience*, c'est-à-dire qu'il représente l'avoué devant les cours et les tribunaux»; le second «fait la procédure d'après les instructions de son supérieur immédiat», c'est-à-dire du premier clerc.

Page 156.

1. Le vote «à boules blanches» traduit la pleine satisfaction des examinateurs.

2. Oscar n'ira pas jusqu'à la révolte, ni jusqu'au désespoir; ses «rudes combats» intérieurs ne prendront jamais de dimension poétique ou épique. Il n'a pas l'étoffe d'un héros.

Page 157.

1. Mirliflor: se dit familièrement d'un jeune homme qui pratique une élégance de mauvais aloi. Le père Grandet applique le terme à son neveu Charles.

Page 160.

1. *La Chambre des délibérés* : sans doute les toilettes, où les clercs paresseux s'attardent volontiers.

Page 161.

1. Si l'écriture peut sembler être du dix-huitième siècle, il ne saurait en être de même pour les graphies, qui font songer à une époque plus ancienne. Balzac retrouve le langage archaïsant des *Contes drolatiques*.

Page 162.

1. Déjà, dans *Le Colonel Chabert*, les clercs de Derville convenaient d'aller «voir Talma dans Néron».

Page 163.

1. Terrasse: Clouzot et Valensi, dans *Le Paris de «La Comédie humaine»* (Le Goupy, p. 155), signalent un personnage réel de ce nom, archiviste royal et chef de la section judiciaire au Palais de justice. Duclos désigne Charles Jacquet-Duclos, que Balzac a connu chez Guillonnet-Merville et qu'il nomme Jacquet dans *Lettres à Mme Hanska*

(voir Bibliographie), t. I, p. 102 à propos du personnage ainsi appelé dans *Ferragus* (Anne-Marie Meininger).

2. Léon Gozlan raconte comment, sur l'initiative de Balzac, fut constituée au Cheval-Rouge une société d'écrivains dont les statuts pouvaient se résumer dans la formule : « Chacun sera à tous, et tous seront à chacun » (*Balzac en pantoufles*, XVI, Michel Lévy et J. Hetzel, 1856).

2. *Jus romanum* : au droit romain (avec également calembour sur le mot *jus*).

Page 164.

1. 1822 : à cette date, le jeune Balzac, lancé dans la vie littéraire, était en pleine bataille pour faire réussir les deux romans qu'il venait de publier chez Pollet sous le pseudonyme Horace de Saint-Aubin, *Le Vicaire des Ardennes* et *Le Centenaire*. Il était sorti du système. En écrivant ces lignes, il pouvait songer à ce qu'aurait été sa vie s'il était resté clerc de notaire.

Page 167.

1. Le Rocher-de-Cancale : célèbre restaurant établi rue Montorgueil.

2. Marest-Pontins : cette plaisanterie prouve que *Marest* doit se prononcer *Maret*.

Page 168.

1. Prompte : paraît signifier ici « une gratification », mais nous ne connaissons pas d'autre emploi de ce mot.

2. Lien avec *Le Lys dans la vallée* et surtout avec *Une fille d'Ève*, qui intègre Félix de Vandenesse dans la vie parisienne et lui ménage une revanche sur son frère Charles, le préféré.

3. Légère inexactitude. Béranger a composé en 1820 une chanson, *Les Parques*, sur l'air « Elle aime à rire... », chanson à boire du XVIIIe siècle, encore célèbre aujourd'hui.

Page 169.

1. Mlle Cabirolle : Balzac n'a pas inventé ce nom, qui figure déjà dans *L'Héritière de Birague* (1822) et qui vient de Jean Cabirol, domestique de la famille à Villeparisis.

2. Coulon : c'est le nom de toute une famille de danseurs.

Il s'agit ici de celui qui dirigea une classe de danse de l'Opéra de 1808 à 1831, et qui s'y fit une grande réputation.

3. Ailes de pigeon : disposition symétrique des cheveux sur un front découvert, mode ancienne, cultivée également par le chevalier de Valois *(La Vieille Fille)*, fidèle, lui aussi, aux usages du siècle passé.

4. Marie-Jean-Augustin Vestris (1760-1842), qui fut danseur à l'Opéra de 1772 à 1816 et professa au Conservatoire.

Page 170.

1. *Les Ruines de Babylone* : mélodrame de Pixérécourt, créé en 1810 à la Gaîté.

2. Ravie aux arts : au théâtre (elle avait du talent) ; à l'amour : à Lucien (qui l'aimait) ; et ravie à Camusot (qui l'entretenait). Voir *Un grand homme de province à Paris*.

Page 172.

1. L'idée est sans doute que les actrices, exposées à périr dans le cirque de la vie parisienne et du théâtre, vivent comme vivaient les gladiateurs (les athlètes).

Page 176.

1. L'Ordre moral : l'expression signifie seulement ici « la Morale ». Elle ne prendra une signification politique que sous la Seconde République, en 1850, puis au début de la Troisième, avec Mac-Mahon.

2. Jacques II, roi d'Angleterre, d'Écosse et d'Irlande (1633-1701), fut détrôné en 1689 par sa fille Marie II Stuart (1662-1694), femme de Guillaume de Nassau, prince d'Orange, stathouder de Hollande.

Page 177.

1. Le légitimiste Balzac prend ici position. Il est exact d'autre part que la révolution de 1830 fonda l'ordre rêvé par la bourgeoisie, et que le peuple n'y fut qu'un instrument.

Page 178.

1. Balaine fut effectivement le fondateur du *Rocher de Cancale* et Borrel lui succéda.

2. *Iner pocula...* : « au milieu des coupes dorées du restaurant communément appelé Rocher de Cancale. »

3. Henry Dundas, homme politique anglais, ministre en 1791 et en 1794, était un ami de Pitt. Tous deux avaient la réputation d'aimer la bonne chère et les bons vins.

4. Lien avec le monde des viveurs de *La Comédie humaine*, mais il s'agit d'un monde de viveurs vulgaires, dépourvu de toute poésie, différent de celui de *La Peau de chagrin*.

Page 179.

1. Le vingt-et-un : « sorte de jeu de hasard, qui se joue avec des cartes, et où le nombre de vingt et un points est le plus avantageux » (*Dictionnaire de l'Académie*, 1835).

2. *Keepsake* : « petit livre qui se donne comme souvenir, et qui enferme des pièces de vers et des fragments de prose, entremêlés de gravures. » (Complément au *Dictionnaire de l'Académie*, 1842, où le mot est encore considéré comme un néologisme). En France, les premiers apparurent vers 1820. Balzac écrit *Kepseake*.

Page 180.

1. La Famille d'Anglade: mélodrame de Fournier et Frédéric (il s'agit en l'espèce de Dupetit-Méré, 1785-1827), créé à la Porte-Saint-Martin en 1816.

2. Nouveau signe de dégradation romanesque. Oscar n'a pas, avec l'argent de Florentine, la même chance que Rastignac avec celui de Delphine de Nucingen, dans *Le Père Goriot*.

Page 181.

1. Les banquiers : ceux qui tiennent la banque au jeu.

2. 500 francs : somme énorme; Rastignac n'a que 1 200 francs de pension par an. Oscar paie 900 francs par an pour apprendre son métier (p. 152). Deux ans après, il gagne 800 francs (p. 156).

Page 182.

1. L'écarté se joue à deux; mais autour de la table on peut miser sur la chance de l'un ou de l'autre joueur.

Page 193.

1. 27 : c'est un mauvais numéro, car ce sont les numéros les plus petits qui désignent les hommes à enrôler au service.

Page 195.

1. Sous-lieutenant : mutation importante. S'il était resté dans la Garde royale, qui se battit bien contre les insurgés, Oscar n'aurait pu « passer au peuple » comme on lit un peu plus bas. La Ligne était plus proche des libéraux.

2. Allusion au mot célèbre de La Fayette qui, ayant fait accepter Louis-Philippe comme lieutenant général du royaume, le 29 juillet 1830, lança à la foule du balcon de l'Hôtel de Ville : « La voilà, la meilleure des républiques ! »

3. Le prince royal : le duc d'Orléans, héritier du trône.

4. Sur la rivière de la Macta, dans le département d'Oran, Abd el-Kader, le 28 juin 1835, remporta sur le général Trézel une victoire dont le retentissement fut considérable.

Page 196.

1. L'attentat de Fieschi : 28 juillet 1835. Que le médiocre Clapart soit une des victimes jette sur cet attentat manqué une lumière de dérision.

Page 197.

1. *L'Hirondelle* sera aussi le nom de la diligence d'Yonville, dans *Madame Bovary*.

2. [Son] domestique : sans doute un de ses anciens soldats en Algérie.

Page 198.

1. Balzac paraît suggérer qu'il a contracté des maladies vénériennes.

Page 199.

1. Autre élément de dégradation romanesque : les gants jaunes caractérisent les dandies...

2. M. Moreau : on ne dit plus : « le père Moreau ».

3. Ainsi Canalis, faux poète élégiaque, romantique, défenseur du Trône et de l'Autel, finit rallié à l'ordre bourgeois,

marié à la fille du riche Moreau, après avoir manqué la dot de Modeste Mignon.

Page 200.

1. Quatorze ans : une page plus loin, on lit : « il y a quinze ans. »

Page 201.

1. Cette figure ravagée si célèbre : ici encore, Balzac semble songer à Delacroix.

Page 203.

1. Le comte Laginski : voir *La Fausse Maîtresse*.

Page 204.

1. Philippe Bridau, lui aussi, s'est refait un nom et une situation en Algérie.

Page 205.

1. Admirable trait, dans le cadre de l'univers balzacien. Cassan, le parc poétique de *Wann-Chlore* et de la *Physiologie du mariage*, où Balzac avait tant aimé se promener, devient la propriété des bourgeois, comme cinq ans plus tard le trésor de Pons.

2. « *Palonnier.* Pièce qui fait partie du train d'une voiture, et à laquelle les traits des chevaux sont attachés. » « *Volée* [...] pièce de bois de traverse, qui s'attache au timon d'une voiture [...] et à laquelle les chevaux du second rang sont attachés » (*Dictionnaire de l'Académie*, 1835).

Page 206.

1. Assez doucement : d'une manière assez agréable.

Page 207.

1. M. de Canalis... redeviendra ministre : cette prophétie sera réalisée dans *Les Comédiens sans le savoir*.

2. Le juste-milieu : mot clef après 1830. Il avait été lancé par Louis-Philippe lui-même, répondant le 29 janvier 1831 à une députation de la ville de Gaillac : « Quant à la politique intérieure, nous chercherons à nous tenir dans un juste milieu. »

DU MÊME AUTEUR

Dans la même collection

LE PÈRE GORIOT. *Préface de Félicien Marceau.*

EUGÉNIE GRANDET. *Édition présentée et établie par Samuel S. de Sacy.*

ILLUSIONS PERDUES. *Préface de Gaëtan Picon. Notice de Patrick Berthier.*

LES CHOUANS. *Préface de Pierre Gascar. Notice de Roger Pierrot.*

LE LYS DANS LA VALLÉE. *Préface de Paul Morand. Éditions établie par Anne-Marie Meininger.*

LA COUSINE BETTE. *Édition présentée et établie par Pierre Barbéris.*

LA RABOUILLEUSE. *Édition présentée et établie par René Guise.*

UNE DOUBLE FAMILLE suivi de LE CONTRAT DE MARIAGE et de L'INTERDICTION. *Préface de Jean-Louis Bory. Édition établie par Samuel S. de Sacy.*

LE COUSIN PONS. *Préface de Jacques Thuillier. Éditions établie par André Lorant.*

SPLENDEURS ET MISÈRES DES COURTISANES. *Édition présentée et établie par Pierre Barbéris.*

UNE TÉNÉBREUSE AFFAIRE. *Édition présentée et établie par René Guise.*

LA PEAU DE CHAGRIN. *Préface d'André Pieyre de Mandiargues. Édition établie par Samuel S. de Sacy.*

LE COLONEL CHABERT. *Préface de Pierre Barbéris. Édition de Patrick Berthier.*

LE COLONEL CHABERT, suivi de EL VERDUGO, ADIEU, LE RÉQUISITIONNAIRE. *Préface de Pierre Gascar. Édition établie par Patrick Berthier.*

LE MÉDECIN DE CAMPAGNE. *Préface d'Emmanuel Le Roy Ladurie. Édition établie par Patrick Berthier.*

LE CURÉ DE VILLAGE. *Édition présentée et établie par Nicole Mozet.*

LES PAYSANS. *Préface de Louis Chevalier. Édition établie par Samuel S. de Sacy.*

CÉSAR BIROTTEAU. *Préface d'André Wurmser. Édition établie par Samuel S. de Sacy.*

LE CURÉ DE TOURS, suivi de PIERRETTE. *Édition présentée et établie par Anne-Marie Meininger.*

LA RECHERCHE DE L'ABSOLU, suivi de LA MESSE DE L'ATHÉE. *Préface de Raymond Abellio. Édition établie par Samuel S. de Sacy.*

FERRAGUS, CHEF DES DÉVORANTS («Histoire des Treize»: 1er épisode). *Édition présentée et établie par Roger Borderie.*

LA DUCHESSE DE LANGEAIS. LA FILLE AUX YEUX D'OR («Histoire des Treize»: 2e et 3e épisodes). *Édition présentée et établie par Rose Fortassier.*

LA FEMME DE TRENTE ANS. *Édition présentée et établie par Pierre Barbéris.*

LA VIEILLE FILLE. *Édition présentée et établie par Robert Kopp.*

L'ENVERS DE L'HISTOIRE CONTEMPORAINE. *Préface de Bernard Pingaud. Édition établie par Samuel S. de Sacy.*

BÉATRIX. *Édition présentée et établie par Madeleine Fargeaud.*

LOUIS LAMBERT. LES PROSCRITS. JÉSUS-CHRIST EN FLANDRE. *Préface de Raymond Abellio. Édition établie par Samuel S. de Sacy.*

UNE FILLE D'ÈVE, suivi de LA FAUSSE MAÎTRESSE. *Édition présentée et établie par Patrick Berthier.*

LES SECRETS DE LA PRINCESSE DE CADIGNAN et autres études de femme. *Préface de Jean Roudaut. Édition établie par Samuel S. de Sacy.*

MÉMOIRES DE DEUX JEUNES MARIÉES. *Préface de Bernard Pingaud. Édition établie par Samuel S. de Sacy.*

URSULE MIROUËT. *Édition présentée et établie par Madeleine Ambrière-Fargeaud.*

MODESTE MIGNON. *Édition présentée et établie par Anne-Marie Meininger.*

LA MAISON DU CHAT-QUI-PELOTE, suivi de LE BAL DE SCEAUX, LA VENDETTA et de LA BOURSE. *Préface d'Hubert Juin. Édition établie par Samuel S. de Sacy.*

LA MUSE DU DÉPARTEMENT, suivi de UN PRINCE DE LA BOHÈME. *Édition présentée et établie par Patrick Berthier.*

LES EMPLOYÉS. *Édition présentée et établie par Anne-Marie Meininger.*

PHYSIOLOGIE DU MARIAGE. *Édition présentée et établie par Samuel S. de Sacy.*

LA MAISON NUCINGEN précédé de MELMOTH RÉCONCILIÉ. *Édition présentée et établie par Anne-Marie Meininger.*

LE CHEF-D'ŒUVRE INCONNU, PIERRE GRASSOU et autres nouvelles. *Édition présentée et établie par Adrien Goetz.*

SARRASINE, GAMBARA, MASSIMILLA DONI. *Édition présentée et établie par Pierre Brunel.*

LE CABINET DES ANTIQUES. *Édition présentée et établie par Nadine Satiat.*

COLLECTION FOLIO

Dernières parutions

3548.	Philippe Beaussant	*Stradella.*
3549.	Michel Cyprien	*Le chocolat d'Apolline.*
3550.	Naguib Mahfouz	*La Belle du Caire.*
3551.	Marie Nimier	*Domino.*
3552.	Bernard Pivot	*Le métier de lire.*
3553.	Antoine Piazza	*Roman fleuve.*
3554.	Serge Doubrovsky	*Fils.*
3555.	Serge Doubrovsky	*Un amour de soi.*
3556.	Annie Ernaux	*L'événement.*
3557.	Annie Ernaux	*La vie extérieure.*
3558.	Peter Handke	*Par une nuit obscure, je sortis de ma maison tranquille.*
3559.	Angela Huth	*Tendres silences.*
3560.	Hervé Jaouen	*Merci de fermer la porte.*
3561.	Charles Juliet	*Attente en automne.*
3562.	Joseph Kessel	*Contes.*
3563.	Jean-Claude Pirotte	*Mont Afrique.*
3564.	Lao She	*Quatre générations sous un même toit III.*
3565.	Dai Sijie	*Balzac et la petite tailleuse chinoise.*
3566.	Philippe Sollers	*Passion fixe.*
3567.	Balzac	*Ferragus, chef des Dévorants.*
3568.	Marc Villard	*Un jour je serai latin lover.*
3569.	Marc Villard	*J'aurais voulu être un type bien.*
3570.	Alessandro Baricco	*Soie.*
3571.	Alessandro Baricco	*City.*
3572.	Ray Bradbury	*Train de nuit pour Babylone.*
3573.	Jerome Charyn	*L'Homme de Montezuma.*
3574.	Philippe Djian	*Vers chez les blancs.*
3575.	Timothy Findley	*Le chasseur de têtes.*
3576.	René Frégni	*Elle danse dans le noir.*
3577.	François Nourissier	*À défaut de génie.*
3578.	Boris Schreiber	*L'excavatrice.*

3579. Denis Tillinac — *Les masques de l'éphémère.*
3580. Frank Waters — *L'homme qui a tué le cerf.*
3581. Anonyme — *Sindbâd de la mer* et autres contes.
3582. François Gantheret — *Libido Omnibus.*
3583. Ernest Hemingway — *La vérité à la lumière de l'aube.*
3584. Régis Jauffret — *Fragments de la vie des gens.*
3585. Thierry Jonquet — *La vie de ma mère!*
3586. Molly Keane — *L'amour sans larmes.*
3587. Andreï Makine — *Requiem pour l'Est.*
3588. Richard Millet — *Lauve le pur.*
3589. Gina B. Nahai — *Roxane,* ou *Le saut de l'ange.*
3590. Pier Paolo Pasolini — *Les Anges distraits.*
3591. Pier Paolo Pasolini — *L'odeur de l'Inde.*
3592. Sempé — *Marcellin Caillou.*
3593. Bruno Tessarech — *Les grandes personnes.*
3594. Jacques Tournier — *Le dernier des Mozart.*
3595. Roger Wallet — *Portraits d'automne.*
3596. Collectif — *Le Nouveau Testament.*
3597. Raphaël Confiant — *L'archet du colonel..*
3598. Remo Forlani — *Émile à l'Hôtel.*
3599. Chris Offutt — *Le fleuve et l'enfant.*
3600. Marc Petit — *Le Troisième Faust.*
3601. Roland Topor — *Portrait en pied de Suzanne.*
3602. Roger Vailland — *La fête.*
3603. Roger Vailland — *La truite.*
3604. Julian Barnes — *England, England.*
3605. Rabah Belamri — *Regard blessé.*
3606. François Bizot — *Le portail.*
3607. Olivier Bleys — *Pastel.*
3608. Larry Brown — *Père et fils.*
3609. Albert Camus — *Réflexions sur la peine capitale.*
3610. Jean-Marie Colombani — *Les infortunes de la République.*
3611. Maurice G. Dantec — *Le théâtre des opérations.*
3612. Michael Frayn — *Tête baissée.*
3613. Adrian C. Louis — *Colères sioux.*
3614. Dominique Noguez — *Les Martagons.*
3615. Jérôme Tonnerre — *Le petit voisin.*
3616. Victor Hugo — *L'Homme qui rit.*
3617. Frédéric Boyer — *Une fée.*
3618. Aragon — *Le collaborateur* et autres nouvelles.

3619.	Tonino Benacquista	*La boîte noire* et autres nouvelles.
3620.	Ruth Rendell	*L'Arbousier.*
3621.	Truman Capote	*Cercueils sur mesure.*
3622.	Francis Scott Fitzgerald	*La Sorcière rousse,* précédé de *La coupe de cristal taillé.*
3623.	Jean Giono	*Arcadie...Arcadie...,* précédé de *La pierre.*
3624.	Henry James	*Daisy Miller.*
3625.	Franz Kafka	*Lettre au père.*
3626.	Joseph Kessel	*Makhno et sa juive.*
3627.	Lao She	*Histoire de ma vie.*
3628.	Ian McEwan	*Psychopolis* et autres nouvelles.
3629.	Yukio Mishima	*Dojoji* et autres nouvelles.
3630.	Philip Roth	*L'habit ne fait pas le moine,* précédé de *Défenseur de la foi.*
3631.	Leonardo Sciascia	*Mort de l'Inquisiteur.*
3632.	Didier Daeninckx	*Leurre de vérité* et autres nouvelles.
3633.	Muriel Barbery	*Une gourmandise.*
3634.	Alessandro Baricco	*Novecento : pianiste.*
3635.	Philippe Beaussant	*Le Roi-Soleil se lève aussi.*
3636.	Bernard Comment	*Le colloque des bustes.*
3637.	Régine Detambel	*Graveurs d'enfance.*
3638.	Alain Finkielkraut	*Une voix vient de l'autre rive.*
3639.	Patrice Lemire	*Pas de charentaises pour Eddy Cochran.*
3640.	Harry Mulisch	*La découverte du ciel.*
3641.	Boualem Sansal	*L'enfant fou de l'arbre creux.*
3642.	J.B. Pontalis	*Fenêtres.*
3643.	Abdourahman A. Waberi	*Balbala.*
3644.	Alexandre Dumas	*Le Collier de la reine.*
3645.	Victor Hugo	*Notre-Dame de Paris.*
3646.	Hector Bianciotti	*Comme la trace de l'oiseau dans l'air.*
3647.	Henri Bosco	*Un rameau de la nuit.*
3648.	Tracy Chevalier	*La jeune fille à la perle.*
3649.	Rich Cohen	*Yiddish Connection.*
3650.	Yves Courrière	*Jacques Prévert.*
3651.	Joël Egloff	*Les Ensoleillés.*

3652. René Frégni — *On ne s'endort jamais seul.*
3653. Jérôme Garcin — *Barbara, claire de nuit.*
3654. Jacques Lacarrière — *La légende d'Alexandre.*
3655. Susan Minot — *Crépuscule.*
3656. Erik Orsenna — *Portrait d'un homme heureux.*
3657. Manuel Rivas — *Le crayon du charpentier.*
3658. Diderot — *Les Deux Amis de Bourbonne.*
3659. Stendhal — *Lucien Leuwen.*
3660. Alessandro Baricco — *Constellations.*
3661. Pierre Charras — *Comédien.*
3662. François Nourissier — *Un petit bourgeois.*
3663. Gérard de Cortanze — *Hemingway à Cuba.*
3664. Gérard de Cortanze — *J. M. G. Le Clézio.*
3665. Laurence Cossé — *Le Mobilier national.*
3666. Olivier Frébourg — *Maupassant, le clandestin.*
3667. J. M. G. Le Clézio — *Cœur brûle* et autres romances.
3668. Jean Meckert — *Les coups.*
3669. Marie Nimier — *La Nouvelle Pornographie.*
3670. Isaac B. Singer — *Ombres sur l'Hudson.*
3671. Guy Goffette — *Elle, par bonheur, et toujours nue.*
3672. Victor Hugo — *Théâtre en liberté.*
3673. Pascale Lismonde — *Les arts à l'école. Le Plan de Jack Lang et Catherine Tasca.*
3674. Collectif — *«Il y aura une fois». Une anthologie du Surréalisme.*
3675. Antoine Audouard — *Adieu, mon unique.*
3676. Jeanne Benameur — *Les Demeurées.*
3677. Patrick Chamoiseau — *Écrire en pays dominé.*
3678. Erri De Luca — *Trois chevaux.*
3679. Timothy Findley — *Pilgrim.*
3680. Christian Garcin — *Le vol du pigeon voyageur.*
3681. William Golding — *Trilogie maritime, 1. Rites de passage.*
3682. William Golding — *Trilogie maritime, 2. Coup de semonce.*
3683. William Golding — *Trilogie maritime, 3. La cuirasse de feu.*
3684. Jean-Noël Pancrazi — *Renée Camps.*
3686. Jean-Jacques Schuhl — *Ingrid Carven.*

3687. *Positif,* revue de cinéma	*Alain Resnais.*
3688. Collectif	*L'amour du cinéma. 50 ans de la revue* Positif.
3689. Alexandre Dumas	*Pauline.*
3690. Le Tasse	*Jérusalem libérée.*
3691. Roberto Calasso	*la ruine de Kasch.*
3692. Karen Blixen	*L'éternelle histoire.*
3693. Julio Cortázar	*L'homme à l'affût.*
3694. Roald Dahl	*L'invité.*
3695. Jack Kerouac	*Le vagabond américain en voie de disparition.*
3696. Lao-tseu	*Tao-tö king.*
3697. Pierre Magnan	*L'arbre.*
3698. Marquis de Sade	*Ernestine. Nouvelle suédoise.*
3699. Michel Tournier	*Lieux dits.*
3700. Paul Verlaine	*Chansons pour elle* et autres poèmes érotiques.
3701. Collectif	*« Ma chère maman... »*
3702. Junichirô Tanizaki	*Journal d'un vieux fou.*
3703. Théophile Gautier	*Le capitaine Fracassse.*
3704. Alfred Jarry	*Ubu roi.*
3705. Guy de Maupassant	*Mont-Oriol.*
3706. Voltaire	*Micromégas. L'Ingénu.*
3707. Émile Zola	*Nana.*
3708. Émile Zola	*Le Ventre de Paris.*
3709. Pierre Assouline	*Double vie.*
3710. Alessandro Baricco	*Océan mer.*
3711. Jonathan Coe	*Les Nains de la Mort.*
3712. Annie Ernaux	*Se perdre.*
3713. Marie Ferranti	*La fuite aux Agriates.*
3714. Norman Mailer	*Le Combat du siècle.*
3715. Michel Mohrt	*Tombeau de La Rouërie.*
3716. Pierre Pelot	*Avant la fin du ciel.*
3718. Zoé Valdès	*Le pied de mon père.*
3719. Jules Verne	*Le beau Danube jaune.*
3720. Pierre Moinot	*Le matin vient et aussi la nuit.*
3721. Emmanuel Moses	*Valse noire.*
3722. Maupassant	*Les Sœurs Rondoli* et autres nouvelles.
3723. Martin Amis	*Money, money.*
3724. Gérard de Cortanze	*Une chambre à Turin.*

3725. Catherine Cusset — *La haine de la famille.*
3726. Pierre Drachline — *Une enfance à perpétuité.*
3727. Jean-Paul Kauffmann — *La Lutte avec l'Ange.*
3728. Ian McEwan — *Amsterdam.*
3729. Patrick Poivre d'Arvor — *L'Irrésolu.*
3730. Jorge Semprun — *Le mort qu'il faut.*
3731. Gilbert Sinoué — *Des jours et des nuits.*
3732. Olivier Todd — *André Malraux. Une vie.*
3733. Christophe de Ponfilly — *Massoud l'Afghan.*
3734. Thomas Gunzig — *Mort d'un parfait bilingue.*
3735. Émile Zola — *Paris.*
3736. Félicien Marceau — *Capri petite île.*
3737. Jérôme Garcin — *C'était tous les jours tempête.*
3738. Pascale Kramer — *Les Vivants.*
3739. Jacques Lacarrière — *Au cœur des mythologies.*
3740. Camille Laurens — *Dans ces bras-là.*
3741. Camille Laurens — *Index.*
3742. Hugo Marsan — *Place du Bonheur.*
3743. Joseph Conrad — *Jeunesse.*
3744. Nathalie Rheims — *Lettre d'une amoureuse morte.*
3745. Bernard Schlink — *Amours en fuite.*
3746. Lao She — *La cage entrebâillée.*
3747. Philippe Sollers — *La Divine Comédie.*
3748. François Nourissier — *Le musée de l'Homme.*
3749. Norman Spinrad — *Les miroirs de l'esprit.*
3750. Collodi — *Les Aventures de Pinocchio.*
3751. Joanne Harris — *Vin de bohème.*
3752. Kenzaburô Ôé — *Gibier d'élevage.*
3753. Rudyard Kipling — *La marque de la Bête.*
3754. Michel Déon — *Une affiche bleue et blanche.*
3755. Hervé Guibert — *La chair fraîche.*
3756. Philippe Sollers — *Liberté du XVIIIème.*
3757. Guillaume Apollinaire — *Les Exploits d'un jeune don Juan.*
3758. William Faulkner — *Une rose pour Emily* et autres nouvelles.
3759. Romain Gary — *Une page d'histoire.*
3760. Mario Vargas Llosa — *Les chiots.*
3761. Philippe Delerm — *Le Portique.*
3762. Anita Desai — *Le jeûne et le festin.*
3763. Gilles Leroy — *Soleil noir.*

3764.	Antonia Logue	*Double cœur.*
3765.	Yukio Mishima	*La musique.*
3766.	Patrick Modiano	*La Petite Bijou.*
3767.	Pascal Quignard	*La leçon de musique.*
3768.	Jean-Marie Rouart	*Une jeunesse à l'ombre de la lumière.*
3769.	Jean Rouaud	*La désincarnation.*
3770.	Anne Wiazemsky	*Aux quatre coins du monde.*
3771.	Lajos Zilahy	*Le siècle écarlate. Les Dukay.*
3772.	Patrick McGrath	*Spider.*
3773.	Henry James	*Le Banc de la désolation.*
3774.	Katherine Mansfield	*La Garden-Party* et autres nouvelles.
3775.	Denis Diderot	*Supplément au Voyage de Bougainville.*
3776.	Pierre Hebey	*Les passions modérées.*
3777.	Ian McEwan	*L'Innocent.*
3778.	Thomas Sanchez	*Le Jour des Abeilles.*
3779.	Federico Zeri	*J'avoue m'être trompé. Fragments d'une autobiographie.*
3780.	François Nourissier	*Bratislava.*
3781.	François Nourissier	*Roman volé.*
3782.	Simone de Saint-Exupéry	*Cinq enfants dans un parc.*
3783.	Richard Wright	*Une faim d'égalité.*
3784.	Philippe Claudel	*J'abandonne.*
3785.	Collectif	«*Leurs yeux se rencontrèrent...*». *Les plus belles rencontres de la littérature.*
3786.	Serge Brussolo	«*Trajets et itinéraires de l'oubli*».
3787.	James M. Cain	*Faux en écritures.*
3788.	Albert Camus	*Jonas ou l'artiste au travail* suivi de *La pierre qui pousse.*
3789.	Witold Gombrovicz	*Le festin chez la comtesse Fritouille* et autres nouvelles.
3790.	Ernest Hemingway	*L'étrange contrée.*
3791.	E. T. A Hoffmann	*Le Vase d'or.*
3792.	J. M. G. Le Clezio	*Peuple du ciel* suivi de *Les Bergers.*
3793.	Michel de Montaigne	*De la vanité.*

Impression Bussière Camedan Imprimeries
à Saint-Amand (Cher),
le 25 janvier 2003.
Dépôt légal : janvier 2003.
Numéro d'imprimeur : 030412/1.
ISBN 2-07-041911-8./Imprimé en France.

1619